Colleen Hoover
Tarryn Fisher

Colleen Hoover
Tarryn Fisher
Nunca nunca

Traducción de Iria Rebolo

 Planeta

Never Never – 2015 por Colleen Hoover y Tarryn Fisher
Never Never: Part II – 2015 por Colleen Hoover y Tarryn Fisher
Never Never: Part III – 2016 por Colleen Hoover y Tarryn Fisher

Esta edición se publica por acuerdo con Dystel, Goderich & Bourret LLC, a través de International Editors and Yañez' Co.

© por la traducción, Iria Rebolo, 2023
Créditos de portada: © 2024, Portada original de Harlequin Enterprises ULC
Adaptación de portada: © Genoveva Saavedra / aciditadiseño
Fotografía de la portada: © Sean Zanni / Patrick McMullan / Getty Images
Composición: Realización Planeta

Derechos reservados

© 2024, Editorial Planeta Mexicana, S.A. de C.V.
Bajo el sello editorial BOOKET M.R.
Avenida Presidente Masarik núm. 111,
Piso 2, Polanco V Sección, Miguel Hidalgo
C.P. 11560, Ciudad de México
www.planetadelibros.com.mx

Primera edición impresa en Booket: julio de 2024
ISBN: 978-607-39-1237-2

Impreso en los talleres de Bertelsmann Printing Group USA
25 Jack Enders Boulevard, Berryville, Virginia 22611, USA
Impreso en U.S.A. - *Printed in U.S.A.*

*Este libro está dedicado a todos aquellos
que no sean Sundae Colletti*

PRIMERA PARTE

1

Charlie

Un golpe. Los libros caen en el suelo de linóleo moteado. Recorren unos metros dando vueltas y se paran junto a unos pies. *Mis* pies. No reconozco las sandalias negras, ni las uñas pintadas de rojo, pero se mueven cuando se lo ordeno, así que deben de ser míos. *¿No?*

Suena un timbre. Estridente.

Doy un respingo. Mi corazón se acelera. Muevo los ojos de izquierda a derecha mientras observo a mi alrededor, intentando no delatarme.

«¿Qué clase de timbre ha sido? ¿Dónde estoy?»

Unos chicos con mochilas entran a toda prisa en la habitación, hablando y riendo. «Un timbre de colegio.» Se deslizan en sus pupitres, sus voces compiten en volumen. Veo movimiento a mis pies y me revuelvo por la sorpresa. Alguien se ha agachado y está recogiendo los libros del suelo: es una chica con la cara sonrojada y lentes. Antes de levantarse, me mira con algo parecido al miedo y se marcha corriendo. La gente se está riendo. Cuando miro a mi alrededor, creo que se están riendo de mí, pero es a la muchacha con lentes a quien miran.

—¡Charlie! —llama alguien—. ¿No lo has visto? —Y luego—: Charlie..., ¿qué te pasa? ¿Hola?

El corazón me late rápido, muy rápido.

«¿Dónde estoy? ¿Por qué no puedo acordarme?»

—¡Charlie! —bufa alguien.

Miro a mi alrededor.

«¿Quién es Charlie? ¿Cuál de ellos es Charlie?»

Hay tantos chicos; rubios, de pelo revuelto, castaños, con lentes, sin lentes...

Entra un hombre con un portafolios. Se sienta en la mesa.

«El profesor. Estoy en un aula, y ese es el profesor. ¿Preparatoria o universidad?», me pregunto.

Me levanto de golpe. Estoy en el sitio equivocado. Todo el mundo está sentado y yo estoy de pie... caminando.

—¿Adónde va, señorita Wynwood? —El profesor me mira por encima de los anteojos mientras rebusca entre un montón de papeles. Los deja caer con fuerza sobre la mesa y doy un respingo. Debo de ser la señorita Wynwood.

—¡Tiene calambres! —grita alguien.

La gente se ríe. Siento que un escalofrío me sube por la espalda y me recorre los brazos. Se ríen de mí, pero no sé quiénes son.

Oigo la voz de una chica que dice: «Cállate, Michael».

—No lo sé —digo, oyendo mi voz por primera vez. Es demasiado aguda. Me aclaro la garganta y vuelvo a intentarlo—: No lo sé. No debería estar aquí.

Se oyen más risas. Echo un vistazo a los posters de la pared, caras de presidentes dibujadas con las fechas debajo. «¿Clase de Historia? Preparatoria.»

El hombre (el profesor) inclina la cabeza hacia un lado como si yo acabara de decir una tontería.

—¿Y dónde iba a estar si no el día del examen?

—No... no lo sé.

—Siéntese —dice.

No sé adónde iría si me fuera de aquí. Me giro para volver a mi sitio. La chica de lentes me mira fugazmente cuando paso junto a ella. Aparta la mirada casi con la misma rapidez.

Cuando me siento, el profesor empieza a repartir papeles. Camina entre las mesas; su voz, en un tono monótono y plano, nos dice qué porcentaje de nuestra nota final representará el examen. Cuando llega a mi mesa, se detiene con el ceño fruncido.

—No sé qué es lo que pretende. —Presiona la punta de su dedo índice gordo sobre mi mesa—. Sea lo que sea, estoy harto. Un numerito más y la envío al despacho del director.

Me deja el examen delante con brusquedad y continúa avanzando por la fila.

No asiento, no hago nada. Intento decidir qué hacer. Decirle a toda la clase que no tengo ni idea de quién soy ni dónde estoy, o llamar aparte al maestro y decírselo en voz baja. Ha dicho que nada de numeritos. Miro el papel que tengo delante. La gente ya está inclinada sobre los exámenes, escribiendo.

Cuarta clase
Historia
Sr. Dulcott

Hay un espacio en blanco para el nombre. Se supone que debo poner el mío, pero no sé cómo me llamo. Él me dijo «señorita Wynwood».

¿Por qué no reconozco mi propio nombre? ¿Ni *dónde* estoy? ¿Ni *qué* soy?

Todas las cabezas están inclinadas sobre los papeles excepto la mía. Así que sigo sentada mirando fijamente al frente. El señor Dulcott me observa desde su mesa. Cuanto más tiempo permanezco sentada, más roja se le pone la cara.

El tiempo pasa y, sin embargo, mi mundo se ha detenido. Finalmente, el señor Dulcott se levanta y abre la boca para decir algo cuando suena el timbre:

—Dejen los exámenes en mi mesa al salir —dice mirándome fijamente.

Todo el mundo sale en fila. Me pongo de pie y los sigo porque no sé qué hacer. Mantengo la mirada fija en el suelo, pero puedo sentir su rabia. No entiendo por qué está tan enfadado conmigo. Ahora estoy en un pasillo con hileras de casilleros azules a ambos lados.

—¡Charlie! —llama alguien—. ¡Charlie, espera!

Un segundo más tarde un brazo se entrelaza con el mío. Espero que sea la muchacha de lentes, no sé por qué. No lo es. Pero ahora sé que soy Charlie. *Charlie Wynwood.*

—Se te olvidó la mochila —me dice entregándome una mochila blanca.

La tomo y me pregunto si dentro habrá una cartera con una licencia de conducir. Mantiene su brazo entrelazado con el mío mientras caminamos. Es más bajita que yo, tiene el pelo largo, oscuro y unos ojos cafés brillantes que le ocupan media cara. Es deslumbrante y preciosa.

—¿Por qué estabas tan rara antes? —pregunta—. Tiraste los libros del Camarón al suelo y luego te desmayaste.

Me llega su perfume; me resulta familiar y demasiado dulce, como un millón de flores disputándose mi atención. Pienso en la chica de lentes, en la expresión de su cara cuando se agachó a recoger los libros. Si los tiré yo, ¿por qué no me acuerdo?

—Yo...

—Es la hora de comer, ¿adónde vas? —Me lleva por otro pasillo dejando atrás a más alumnos.

Todos me miran... de reojo. Me pregunto si me conocen, y por qué *yo* no me conozco. No sé por qué no se lo digo a ella, o al señor Dulcott, o por qué no agarro a cualquiera y le digo que no sé quién soy ni dónde estoy. Para cuando me planteo seriamente hacerlo, hemos atravesado la doble puerta de la cafetería. Ruidos y colores; cuerpos que tienen, cada uno, su propio olor, luces fluorescentes que brillan haciendo que todo parezca feo. «Dios mío.» Me agarro la blusa.

La chica que va de mi brazo no para de hablar. Andrew esto, Marcy lo otro. Le gusta Andrew y odia a Marcy. No sé quiénes son. Me lleva a la cola de la comida. Escogemos ensaladas y Coca-Cola Light. Luego deslizamos nuestras charolas sobre la mesa. Hay gente que ya está sentada: cuatro chicos, dos chicas. Me doy cuenta de que completamos un grupo de números pares. A cada chica le toca un chico. Todos me miran expectantes como si tuviera que decir o hacer algo. El único sitio libre es junto a un chico de pelo oscuro. Me siento despacio con las palmas de las manos sobre la mesa. Dirige la mirada hacia mí y luego se inclina sobre la charola de comida. Veo unas diminutas gotas de sudor en su frente, justo debajo del nacimiento del pelo.

—Ustedes dos son muy raritos a veces —dice una chica nueva, rubia, enfrente de mí. Me mira a mí y luego al chico junto al que estoy sentada. Levanta la vista de los macarrones y me doy cuenta de que solo está removiendo la comida en el plato. No ha probado ni un solo bocado, a pesar de lo ocupado que parece. Me mira y yo le devuelvo la mirada; después los dos miramos a la chica rubia—. ¿Ha pasado algo que debamos saber? —pregunta.

—No —decimos al unísono.

Es mi novio. Lo sé por la forma en que nos tratan. De repente, me sonríe con sus dientes blancos y brillantes, y se acerca para pasarme un brazo por encima de los hombros.

—Estamos bien —dice, apretándome el brazo.

Yo me tenso automáticamente, pero cuando veo los seis pares de ojos mirándome, me inclino y le sigo el juego. Da mucho miedo no saber quién eres, y da más miedo aún pensar que te puedes equivocar. Estoy aterrada, realmente muerta de miedo. Esto ya es demasiado. Si digo algo ahora pareceré... una *loca*. Su gesto cariñoso parece tranquilizar a todo el mundo. A todos excepto... a él. Continúan hablando, pero sus palabras se mezclan: futbol americano, una fiesta, más futbol. El chico que está sentado a mi lado se ríe y se une a la conversación sin que el brazo se separe de mis hombros en ningún momento. Le dicen Silas. A mí me dicen Charlie. La chica de pelo oscuro y ojos grandes es Annika. Con el ruido me olvido de los nombres de los demás.

Por fin ha terminado la comida y todos nos levantamos. Camino junto a Silas o, más bien, él camina junto a mí. No tengo ni idea de adónde voy. Annika me flanquea por el otro lado y entrelaza sus brazos con el mío mientras habla del entrenamiento de porristas. Hace que sienta claustrofobia. Cuando llegamos a un anexo del pasillo, me inclino y le digo de forma que solo ella me pueda oír:

—¿Puedes acompañarme a mi próxima clase?

Su gesto se vuelve serio. Se aleja para decirle algo a su novio y luego volvemos a agarrarnos del brazo.

Me giro hacia Silas.

—Annika me va a acompañar a mi próxima clase.

—Está bien —dice. Parece aliviado—. Te veo... más tarde.

Se marcha en dirección contraria.

Annika se gira hacia mí en cuanto lo ha perdido de vista.

—¿Adónde va?

Me encojo de hombros.

—A clase.

Sacude la cabeza como si no comprendiera.

—No los entiendo. Un día están el uno encima del otro, y al día siguiente se comportan como si no pudieran estar en la misma habitación. Tienes que tomar una decisión ya sobre él, Charlie.

Se detiene delante de una puerta.

—Yo me quedo aquí... —digo para ver si me dice algo. No dice nada.

—Llámame luego —contesta—. Quiero que me cuentes lo de anoche.

Asiento. Cuando desaparece en un mar de rostros, entro en el aula. Como no sé dónde sentarme, me dirijo a la última fila y me pongo junto a la ventana. Aún es temprano, así que abro la mochila. Hay una cartera metida entre un par de libretas y una bolsa de maquillaje. La saco y, cuando la abro, descubro una licencia de conducir con la foto de una chica de pelo oscuro y radiante. *Yo.*

CHARLIZE MARGARET WYNWOOD
2417 HOLCOURT WAY,
NUEVA ORLEANS, LUISIANA

Tengo diecisiete años. Mi cumpleaños es el 21 de marzo. Vivo en Luisiana. Observo la foto de la esquina superior izquierda y no reconozco la cara. Es mi cara, pero nunca la había visto. Soy... *guapa.* Solo tengo veintiocho dólares.

Los pupitres se van llenando. El que tengo al lado permanece vacío, como si todo el mundo tuviera miedo de sentarse en él. Estoy en clase de Español. La profesora es guapa y joven; es la señora Cardona. No me mira como si me odiara, como tantos otros hacen. Empezamos con los tiempos verbales.

«No tengo pasado.»

«No tengo pasado.»

A los cinco minutos de empezar la clase se abre la puerta. Entra Silas, cabizbajo. Creo que ha venido para decirme algo. Me preparo, dispuesta a fingir, pero la señora Cardona comenta en broma su tardanza. Toma el único sitio libre a mi lado y mira fijamente hacia el frente. Lo observo. No le quito los ojos de encima hasta que, finalmente, gira la cabeza para mirarme. Una gota de sudor se desliza por su cara.

Tiene los ojos muy abiertos. Muy abiertos... *como los míos*.

2

Silas

«Tres horas.»

Han pasado casi tres horas, y mi mente sigue como en una nebulosa.

No, una nebulosa no. Ni siquiera una niebla densa. Es como si estuviera dando vueltas en una habitación completamente a oscuras, buscando el interruptor.

—¿Estás bien? —pregunta Charlie.

Llevo varios segundos observándola, intentando extraer algún tipo de familiaridad de una cara que, supuestamente, debería ser para mí la *más* familiar de todas.

«Nada.»

Baja la mirada hacia la mesa y su espesa melena negra cae entre nosotros como un telón. Quiero observarla mejor. Necesito algo que llame mi atención, algo familiar. Quiero poder adivinar la presencia de una marca de nacimiento o una peca antes de verla, porque necesito *algo* reconocible. Me aferraré a cualquier parte de ella que pueda convencerme de que no me estoy volviendo loco.

Por fin, alza la mano y se acomoda el pelo detrás de la

oreja. Me mira con unos ojos enormes y desconocidos. La arruga entre sus cejas se hace más profunda y empieza a mordisquearse la yema del pulgar.

Está preocupada por mí. Tal vez por nosotros.

«Nosotros.»

Deseo preguntarle si sabe lo que me ha pasado, pero no la quiero asustar. ¿Cómo le explico que no la conozco? ¿Cómo se lo explico a *nadie*? He pasado las últimas tres horas intentando actuar con naturalidad. Al principio estaba convencido de que debía de haber tomado algún tipo de droga que me llevó a perder el conocimiento, pero esto no es como perder el conocimiento. Esto es diferente a estar drogado o borracho, y no tengo ni idea de cómo lo sé. No recuerdo nada más allá de hace tres horas.

—Oye. —Charlie se acerca como si fuera a tocarme, pero luego se retira—. ¿Estás bien?

Tomo la manga de la camisa y me limpio el sudor de la frente. Cuando vuelve a mirarme, veo sus ojos todavía llenos de preocupación. Fuerzo una sonrisa.

—Estoy bien —murmuro—. Pasé una larga noche.

En cuanto lo digo, me estremezco. No tengo ni idea de qué clase de noche he pasado, ni de si esta chica que está sentada cerca de mí es realmente mi novia, así que una frase como esa probablemente no es muy tranquilizadora.

Percibo un ligero tic en su ojo e inclina la cabeza.

—¿Por qué pasaste una larga noche?

«Demonios.»

—Silas. —La voz llega de la otra parte del salón. Levanto la mirada—. No se habla en clase —dice la profesora.

Sigue con la clase sin preocuparse demasiado de mi reacción por haberme llamado la atención. Miro de nuevo a Charlie, fugazmente, y enseguida bajo de nuevo la mirada hacia la mesa. Acaricio con los dedos los nombres grabados en la madera. Charlie sigue mirándome, pero yo no la miro.

Le doy la vuelta a la mano y me paso dos dedos por los callos de la palma.

«¿Trabajo? ¿Me gano la vida cortando césped?»

A lo mejor es por el futbol americano. Durante la hora de comer decidí emplear mi tiempo en observar a toda la gente que estaba a mi alrededor, y me enteré de que tengo entrenamiento esta tarde. No tengo ni idea de a qué hora ni dónde, pero de alguna forma he conseguido sobrevivir a las últimas horas sin saber cuándo ni dónde se supone que debo estar. Puede que ahora no recuerde nada, pero me estoy dando cuenta de que soy muy bueno fingiendo. *Demasiado* bueno, tal vez.

Giro la otra mano y descubro los mismos callos en la palma.

«A lo mejor vivo en una granja.»

No. No vivo en una granja.

No sé por qué lo sé, pero incluso sin poder recordar nada, es como si tuviera una certeza inmediata de qué suposiciones sobre mí son acertadas y cuáles no. Podría ser tan solo un proceso de eliminación, más que de intuición o de memoria. Por ejemplo, no creo que alguien que viva en una granja lleve la ropa que yo llevo. Ropa buena. «¿A la moda?» Al ver mis zapatos, si alguien me preguntara si mis padres son ricos, les diría: «Sí, lo son». Y no sé cómo lo sé, porque no recuerdo a mis padres.

No sé dónde vivo ni con quién, ni si me parezco más a mi madre o a mi padre.

Ni siquiera sé qué aspecto tengo.

Me levanto bruscamente y, al hacerlo, arrastro el pupitre hacia delante haciendo ruido. Toda la clase se gira para mirarme, menos Charlie, porque no ha dejado de observarme desde que me senté. Su mirada no es inquisitiva ni amable.

Sus ojos me acusan.

La profesora me fulmina con la mirada, pero no parece en absoluto sorprendida por haber perdido por mi culpa la atención de todo el mundo. Sigue de pie, complaciente, esperando a que anuncie el motivo de mi repentina interrupción.

Trago saliva.

—Baño. —Tengo los labios pastosos. La boca seca. La cabeza patas arriba. No espero a que me dé permiso antes de ir en esa dirección. Siento la mirada de todos mientras empujo la puerta.

Voy hacia la derecha y llego al final del pasillo sin encontrar un baño. Vuelvo hacia atrás y paso por la puerta de mi salón, continúo hasta doblar la esquina y encontrar los baños. Abro la puerta de un empujón, esperando estar solo, pero hay alguien de pie en el urinario de espaldas a mí. Me dirijo a los lavabos, pero no miro hacia el espejo. Clavo la mirada en el lavabo y coloco las manos a ambos extremos, sujetándolo con firmeza. Inhalo.

Si tan solo me mirara en el espejo, mi reflejo podría desencadenar un recuerdo o, tal vez, me daría una mínima impresión de reconocimiento. Algo. *Lo que sea.*

El tipo que estaba en el urinario hace unos segundos está ahora a mi lado, apoyado en un lavabo de brazos cruzados. Cuando lo miro, veo que me está observando fijamente. Tiene el pelo tan rubio que es casi blanco. Tiene la piel tan pálida que parece una medusa. Casi translúcida.

«Recuerdo cómo son las medusas, pero ¿no tengo ni idea de qué me encontraré cuando me mire en el espejo?»

—Estás hecho una mierda, Nash —dice con una sonrisa de superioridad.

«¿Nash?»

Todo el mundo me ha estado llamando Silas. Nash debe de ser mi apellido. Buscaría en mi cartera, pero no tengo ninguna en el bolsillo. Solo unas cuantas monedas. Una de las primeras cosas que busqué era una cartera después de que... bueno, después de que sucediera.

—No me siento muy bien —refunfuño a modo de respuesta.

Durante unos segundos el tipo no responde. Sigue mirándome fijamente del mismo modo en que Charlie me miraba en clase, pero con menos preocupación y más desprecio. El tipo sonríe con suficiencia y se separa del lavabo de un impulso. Se pone derecho, pero todavía le faltan unos centímetros para alcanzar mi altura. Da un paso adelante y deduzco por su mirada que no se acerca a mí porque le preocupe mi salud.

—Todavía no hemos arreglado lo del viernes por la noche —me dice el tipo—. ¿Estás aquí por eso?

Cuando habla se le mueven las aletas de la nariz, y deja caer las manos a los lados y aprieta y relaja los puños dos veces.

Durante dos segundos mantengo un debate silencioso conmigo mismo, consciente de que si me alejo de él pareceré un cobarde. Sin embargo, también soy consciente de que, si me acerco, estaré retándolo a algo con lo que no quiero lidiar ahora mismo. Es evidente que tiene un problema conmigo y con lo que sea que hice el viernes por la noche que le molestó.

Opto por no reaccionar de ninguna forma. «Hazte el indiferente.»

Desplazo mi atención con desgano hacia el lavabo y abro una de las llaves hasta que brota un chorro de agua.

—Guárdatelo para la cancha de juego —digo.

De inmediato deseo no haberlo dicho. No había pensado que, tal vez, ni siquiera juegue futbol americano; lo di por hecho basándome en su tamaño, pero si no es así, mi comentario no habrá tenido ni el más mínimo sentido. Cojo aire y espero a que me corrija o me llame la atención.

No sucede ninguna de las dos cosas.

Sigue mirándome fijamente durante unos segundos y luego pasa a mi lado y, de camino a la puerta, me da un empujón con el hombro. Hago un cuenco con las manos bajo el chorro de agua y doy un sorbo. Me seco la boca con el dorso de la mano y levanto la mirada. Hacia *mí*.

Hacia Silas Nash.

Pero ¿qué clase de nombre es ese?

Fijo mi mirada, indolente, en un par de ojos oscuros, extraños. Siento como si estuviera viendo unos ojos que no he visto nunca, a pesar de que lo más probable es que los lleve viendo desde que tengo edad suficiente para alcanzar un espejo.

La persona del reflejo me es tan familiar como la chica con la que, *según un sujeto llamado Andrew*, llevo dos años acostándome.

La persona del reflejo me es tan familiar como cada uno de los aspectos de mi vida ahora mismo.

Es decir, nada familiar. «¿Quién *eres*?», le susurro al reflejo.

La puerta del baño comienza a abrirse lentamente, y mi mirada pasa de mi reflejo al reflejo de la puerta.

Aparece una mano, sujetando la puerta. Reconozco el esmalte rojo, impecable, de las uñas. «La chica con la que llevo dos años acostándome.»

—¿Silas?

Me incorporo y me giro hacia la puerta por la que se está asomando. Cuando nuestros ojos se encuentran solo aguanta dos segundos. Aparta la mirada e inspecciona el resto del baño.

—Solo estoy yo —digo.

Asiente con la cabeza y cruza la puerta, aunque muy vacilante. Desearía saber cómo convencerla de que todo está bien para que no sospeche más. También desearía acordarme de ella, o de algo de nuestra relación, porque quiero contárselo. *Necesito* contárselo. Necesito que alguien más lo sepa y poder hacer preguntas.

Pero ¿cómo le dice un chico a su novia que no tiene ni idea de quiénes son ni ella ni él mismo?

«No se lo dice. Finge, igual que ha estado fingiendo con todo el mundo.»

Cien preguntas mudas le inundan los ojos de golpe, y enseguida quiero evitarlas todas.

—Estoy bien, Charlie. —Le sonrío porque intuyo que es lo que debo hacer—. Es solo que tengo un pequeño malestar. Vuelve a clase.

No se mueve.

No sonríe.

Se queda donde está, sin reaccionar ante mi indicación. Me recuerda a esos animales con resortes que hay en los parques infantiles. De esos que los empujas pero rebotan y vuelven a su postura inicial. Siento que, si alguien la empujara por los hombros, se inclinaría hacia atrás, con los pies sin moverse del sitio, rebotaría y volvería a ponerse recta.

No recuerdo cómo se llaman esas cosas, pero tomo una nota mental de que, de alguna manera, las recuerdo. He redactado muchas notas mentales en las tres últimas horas.

«Estoy en último curso.»

«Me llamo Silas.»

«Nash puede ser mi apellido.»

«Mi novia se llama Charlie.»

«Juego futbol americano.»

«Sé qué aspecto tienen las medusas.»

Charlie inclina la cabeza y le tiembla ligeramente la comisura de la boca. Se le entreabren los labios y, por un momento, lo único que oigo es su respiración agitada. Cuando al fin consigue articular palabras, lo único que quiero es esconderme de ellas. Quiero decirle que cierre los ojos y cuente hasta veinte para poder alejarme lo suficiente como para oír su pregunta.

—¿Cómo me apellido, Silas? —Su voz es como el humo. Suave, etérea, y luego desaparece.

No sé si es extremadamente intuitiva o si yo lo estoy haciendo fatal intentando disimular que no sé nada. Por un momento, me debato entre contárselo o no. Si se lo cuento y me cree, podría responder a las muchas preguntas que tengo. Pero si se lo digo y *no* me cree...

—Nenita —digo con una sonrisa condescendiente. «¿Debería llamarla *nenita*?»—, ¿qué clase de pregunta es esa?

Levanta el pie que yo creía pegado al suelo, y da un paso hacia delante. Da otro. Continúa en dirección a mí hasta que está a menos de un metro; lo suficientemente cerca para que pueda olerla.

«Azucenas.»

Huele a azucenas, y no sé cómo es posible que recuerde cómo huelen las azucenas, y en cambio no recuerde a la persona que tengo delante de mí y que huele a ellas.

Sus ojos no han dejado de mirarme ni una sola vez.

—Silas —dice—. ¿Cómo me apellido?

Muevo la mandíbula de un lado a otro y luego me giro de nuevo hacia el lavabo. Me inclino hacia delante y lo sujeto firmemente con ambas manos. Levanto la mirada, poco a poco, hasta que nuestros ojos se encuentran en el reflejo.

—¿Tu apellido? —Tengo la boca seca otra vez y las palabras salen chirriando.

Ella espera.

Dejo de mirarla y vuelvo a mirar los ojos del tipo desconocido del espejo.

—No... no lo recuerdo.

Desaparece del reflejo y enseguida se oye un ¡paf! sonoro. Me recuerda al sonido que hacen los pescados en el mercado de Pike Place, cuando los lanzan y los atrapan con el papel encerado.

¡Paf!

Me giro y veo que está tirada en el suelo de mosaicos con los ojos cerrados y los brazos extendidos. Me arrodillo rápidamente y le sujeto la cabeza, pero en cuanto la levanto a unos pocos centímetros del suelo los párpados empiezan a abrirse poco a poco.

—¿Charlie?

Da una bocanada de aire y se incorpora. Se aparta de mis brazos y me empuja, casi como si me tuviera miedo. Mantengo las manos cerca por si intentara ponerse de pie, pero no lo hace. Permanece sentada en el suelo con las manos apoyadas en los mosaicos.

—Te desmayaste —digo.

Me mira con el ceño fruncido.

—Ya lo sé.

No digo nada. Supongo que debería saber qué significan sus expresiones, pero no lo sé. No sé si está asustada, o enfadada, o...

—Estoy aturdida —dice sacudiendo la cabeza—. Eh... podrías...

Hace una pausa y luego intenta ponerse de pie. Me levanto con ella, pero me doy cuenta de que no le gusta que lo haga por el modo en que mira mis manos, que mantengo suspendidas, esperando a sostenerla por si se vuelve a caer.

Se aleja dos pasos y cruza un brazo por encima del pecho. Levanta la mano del lado opuesto y comienza a morderse el pulgar otra vez. Me estudia en silencio durante un momento y luego se saca el dedo de la boca y cierra el puño.

—No sabías que teníamos clase juntos después de la comida. —Sus palabras tienen un velo de acusación—. No sabes mi apellido.

Asiento con la cabeza y admito ambas cosas, que no puedo negar.

—¿Qué es lo que recuerdas? —pregunta.

Está asustada. Nerviosa. Sospecha. Nuestras emociones se reflejan las unas en las otras, y es entonces cuando me doy cuenta.

Tal vez yo no le resulto familiar a *ella*. Tal vez ella no me resulta familiar a *mí*, pero nuestras acciones, nuestra actitud, son exactamente las mismas.

—¿Qué es lo que recuerdo? —repito la pregunta en un intento de ganar unos segundos que me permitan afianzar mis sospechas.

Ella espera mi respuesta.

—Historia —digo intentando echar la vista atrás tanto como puedo—. Libros. Vi que a una chica se le caían los libros. —Me agarro el cuello de nuevo y aprieto.

—Dios mío. —Da un paso rápido hacia mí—. Eso... eso es lo primero que *yo* recuerdo.

El corazón me da un vuelco.

Ella empieza a negar con la cabeza.

—Esto no me gusta. No tiene sentido.

Parece tranquila, más tranquila que yo. Habla con voz pausada. El único miedo que veo está en el blanco de sus ojos ensanchados. La acerco hacia mí sin pensar, pero creo que es más por tranquilizarme a mí que a ella. No me aparta y, durante un segundo, me pregunto si eso es habitual entre nosotros. Me pregunto si estamos enamorados.

La abrazo con más fuerza hasta que noto cómo se tensa contra mí.

—Tenemos que resolver esto —dice, separándose de mí.

Mi primer instinto es decirle que todo irá bien, que lo solucionaré. Me invade una necesidad abrumadora de protegerla, pero no tengo ni idea de cómo hacerlo cuando los dos estamos experimentando la misma realidad.

Suena el timbre que marca el fin de la clase de Español. Probablemente en unos segundos se abra la puerta del baño. Las puertas de los casilleros se abrirán y cerrarán de golpe. Tendremos que averiguar cuál es nuestra próxima clase. La agarro de la mano y la jalo detrás de mí mientras abro la puerta del baño.

—¿Adónde vamos? —pregunta.

Me giro para mirarla y me encojo de hombros.

—No tengo ni idea. Solo sé que quiero irme de aquí.

3

Charlie

Este tipo, Silas, me toma de la mano como si me conociera y me lleva a rastras como a una niña chiquita. Y así es como me siento, una niña chiquita en un mundo grande, muy grande. No entiendo nada y, sobre todo, no reconozco nada. Todo lo que puedo pensar, mientras me lleva por los pasillos anodinos de una preparatoria común y corriente, es que me he desmayado; desplomada como una damisela en apuros. Y en el suelo del baño de hombres. «Qué asco.» Estoy sopesando mis prioridades, y me pregunto cómo es posible que mi cerebro pueda incluir a los gérmenes en la ecuación, cuando es evidente que tengo un problema mucho más grave, y, de repente, salimos a la luz del sol. Me protejo los ojos con la mano libre, mientras este sujeto, Silas, saca unas llaves de la mochila. Las levanta por encima de la cabeza y hace un círculo mientras pulsa el botón de alarma del llavero. Desde una esquina lejana del estacionamiento escuchamos el sonido de una alarma.

Corremos hacia allí; nuestros zapatos chocan con urgencia en el asfalto como si alguien nos estuviera persiguiendo. Y tal vez sea así. El coche resulta ser una camioneta. Sé que es imponente porque sobresale por encima de todos los demás coches y los hace parecer pequeños e insignificantes. Una Land Rover. O Silas lleva el coche de su padre, o nada en el dinero su padre. Tal vez no tiene padre. De todos modos, tampoco me lo podría decir. ¿Y cómo es que sé cuánto cuesta un coche como este? Recuerdo cómo funcionan las cosas: un coche, las reglas de tránsito, los presidentes, pero no recuerdo quién soy.

Me abre la puerta mientras mira hacia la escuela por encima del hombro, y tengo la sensación de que me está jugando una mala pasada. Tal vez sea cosa suya. Podría haberme dado algo que me hiciera perder la memoria temporalmente, y ahora solo está fingiendo.

—¿Esto es en serio? —pregunto incorporándome en el asiento del copiloto—. ¿No sabes quién eres?

—No —contesta—. No lo sé.

Le creo. Más o menos. Me hundo en el asiento.

Vuelve a buscar mis ojos otra vez antes de cerrar de un portazo y dar la vuelta corriendo hacia el asiento del conductor. Me siento desgastada. Como tras una noche de copas. ¿Bebo? Mi licencia dice que solo tengo diecisiete. Me mordisqueo el pulgar y él sube y enciende el motor presionando un botón.

—¿Cómo es que sabes hacer eso? —pregunto.

—¿Hacer qué?

—Encender el coche sin la llave.

—Pues... no lo sé.

Observo su cara mientras salimos del lugar de estacionamiento. Pestañea un montón, me mira más, se pasa la lengua por el labio inferior. Cuando llegamos a un semáforo, encuentra el comando «casa» en el GPS y lo presiona. Me asombra que haya pensado en eso.

—Redirigiendo —dice una voz de mujer.

Quiero volverme loca, saltar del coche en marcha y correr como un ciervo asustado. Tengo tanto miedo.

Su casa es grande. No hay coches en la entrada cuando esperamos en la acera con el motor ronroneando con suavidad.

—¿Estás seguro de que es tu casa? —pregunto.

Se encoge de hombros.

—Parece que no hay nadie —dice—. ¿Entramos?

Asiento. No debería estar hambrienta, pero lo estoy. Quiero entrar y comer algo, tal vez investigar sobre nuestros síntomas y ver si resulta que hemos estado en contacto con alguna bacteria comecerebros que nos ha robado nuestros recuerdos. En una casa como esta debería haber un par de computadoras portátiles por alguna parte. Silas accede al camino de entrada y se estaciona. Nos bajamos dubitativos, miramos los árboles y los arbustos como si fueran a cobrar vida. Encuentra una llave en su llavero que abre la puerta principal. Mientras espero de pie detrás de él, lo estudio. Por la ropa y por el pelo se da un aire de chico tranquilo y despreocupado, pero la postura de los hombros dice que se preocupa demasiado. Además, huele a aire libre: a césped y pino, y a tierra oscura y fértil. Está a punto de girar la manija de la puerta.

—¡Espera!

Se gira lentamente a pesar de la urgencia en mi voz.

—¿Y si hay alguien?

Sonríe, o tal vez es una mueca.

—A lo mejor nos pueden decir qué diablos está pasando...

Ya estamos dentro. Permanecemos inmóviles durante un minuto, mirando a nuestro alrededor. Me escondo detrás de él como una cobarde. No hace frío, pero estoy tiritando. Todo parece muy pesado e impactante: los muebles, el ambiente, mi mochila, que cuelga de mi hombro como un peso muerto. Silas avanza. Me agarro a la espalda de su camisa mientras rodeamos el recibidor hacia la sala. Nos movemos de habitación en habitación, deteniéndonos a examinar las fotos de las paredes. Unos padres sonrientes y bronceados que abrazan a dos chicos sonrientes de pelo oscuro con el mar de fondo.

—Tienes un hermano menor —digo—. ¿Sabías que tienes un hermano menor?

Niega con la cabeza. Las sonrisas de las fotos se hacen menos frecuentes a medida que Silas y su hermanito, idéntico a él, se hacen mayores. Hay mucho acné y *brackets*, fotos de padres esforzándose demasiado en aparentar alegría mientras agarran a los chicos, que adoptan un gesto tenso. Vamos a las recámaras... a los baños. Levantamos libros, leemos las etiquetas de los botes de medicamentos que encontramos en los botiquines. Su madre tiene flores secas por toda la casa; prensadas en los libros de la mesita de noche, en el cajón de maquillaje, y colocadas en los anaqueles de la recámara. Recuerdo todos los nombres de las flores. Por alguna razón, eso me hace reír. Silas se queda parado cuando entra en el baño de sus padres y me encuentra doblada de la risa.

—Lo siento —digo—. Tuve uno de esos momentos.

—¿Qué clase de momento?

—Uno en el que me di cuenta de que he olvidado absolutamente todo sobre mí, pero sé qué es un jacinto.

Asiente.

—Ya. —Se mira las manos y se le arruga la frente.

—¿Crees que deberíamos decírselo a alguien? ¿O ir a un hospital, tal vez?

—¿Piensas que nos creerían? —pregunto.

Nos miramos fijamente. Y, de nuevo, contengo las ganas de preguntarle si me están está jugando una mala pasada. Pero esto no es una broma. Es demasiado real.

Después vamos al despacho de su padre y rebuscamos entre los papeles y miramos en los cajones. No hay nada que nos diga por qué estamos así, nada fuera de lo normal. Vigilo a Silas de reojo. Si esto es una broma, es muy buen actor. «Tal vez esto sea un experimento», pienso. Soy parte de una especie de experimento psicológico del Gobierno y voy a despertarme dentro de un laboratorio. Silas también me observa. Veo sus ojos clavados en mí, preguntándose... analizándome. No hablamos mucho. Solo «mira esto». O «¿crees que esto significa algo?».

Somos dos desconocidos y apenas hablamos.

La habitación de Silas es la última. Cuando entramos me toma de la mano y yo dejo que lo haga porque vuelvo a sentir que estoy mareada. Lo primero que veo es una foto de los dos encima del escritorio. Yo llevo puesto un disfraz: un tutú, demasiado corto, con estampado de leopardo y unas alas de ángel negras desplegadas con elegancia detrás de mí. Tengo los ojos enmarcados por unas espesas pestañas postizas con brillantina. Silas va vestido todo de blanco, con alas de ángel blancas. Está guapo. «El bien contra el mal», pienso. ¿Es ese el tipo de papel que representábamos en la vida? Me mira y arquea las cejas.

—Mala elección de disfraz. —Me encojo de hombros.

Esboza una sonrisa y luego nos dirigimos a lados opuestos de la habitación.

Alzo la vista hacia las paredes, en las que cuelgan fotos enmarcadas de personas: un indigente envuelto en una manta y apoyado contra un muro; una mujer sentada en un banco llorando con las manos en la cara; una gitana con la mano alrededor del cuello, mirando fijamente al objetivo con la mirada vacía. Son fotos lúgubres. Me dan ganas de darme la vuelta, de sentirme avergonzada. No entiendo cómo alguien puede *querer* tomar fotos de cosas tan duras y tristes, y mucho menos colgarlas en la pared y verlas todos los días.

Luego me giro y veo una cámara carísima encima del escritorio. Ocupa un lugar de honor, colocada sobre una pila de relucientes libros de fotografía. Miro hacia donde se encuentra Silas, que está estudiando también las fotografías. Un artista. ¿Es ese su trabajo? ¿Está intentando reconocerlo? No tiene sentido preguntar. Continúo echando un vistazo, miro la ropa y abro los cajones del escritorio de caoba maciza.

Estoy muy cansada. Me siento en la silla del escritorio, pero, de repente, él está muy animado y me hace señas para que me acerque.

—Mira esto —dice.

Me levanto despacio y camino hacia él. Está observando la cama deshecha. Tiene una mirada brillante y tal vez... ¿de sorpresa?; la sigo hasta las sábanas. Y entonces se me congela la sangre.

—Oh, Dios mío.

4

Silas

Jalo el edredón para poder ver mejor lo que hay a los pies de la cama. Manchas de barro secas incrustadas en la sábana. Cuando la jalo, algunos pedazos se despegan y caen.

—¿Eso es...? —Charlie se calla y me quita la esquina de la sábana de la mano y la jala para poder ver mejor lo que hay debajo—. ¿Eso es *sangre*?

Sigo su mirada por la sábana, hacia la cabecera de la cama. Cerca de la almohada hay una huella emborronada de una mano. Me miro las manos inmediatamente.

Nada. Ni el más mínimo rastro de sangre o barro.

Me arrodillo junto a la cama y coloco la mano derecha sobre la huella que hay en el colchón. Encaja a la perfección. O a la *imperfección*, según cómo lo mires. Miro a Charlie y ella aparta la mirada como si no quisiera saber si la huella es mía o no. El hecho de que sea mía solo aumenta el número de preguntas. Tenemos tantas preguntas amontonadas que es como si la pila estuviera a punto de desmoronarse y enterrarnos bajo cualquier cosa menos respuestas.

—Probablemente es mi propia sangre —le digo a ella. O tal vez me lo digo a mí. Intento descartar cualquier cosa que creo que le pueda estar pasando por la cabeza—. Podría haberme caído anoche.

Siento que me estoy disculpando por alguien que no soy yo. Siento que me estoy disculpando en nombre de un amigo mío. Este tipo, *Silas*. Alguien que definitivamente no soy yo.

«¿Dónde estabas anoche?»

No es una pregunta de verdad, solo algo que estamos pensando los dos. Jalo la sábana y el edredón y los extiendo sobre la cama para ocultar el desastre. Las pruebas. Las pistas. Sea lo que sea, solo quiero cubrirlo.

—¿Qué significa esto? —pregunta, volviéndose hacia mí. Sostiene una hoja de papel. Me acerco a ella y se la quito de las manos. Parece haber sido doblada y desdoblada tantas veces que tiene un pequeño agujero por el desgaste en cada uno de los dobleces. En el centro de la página está escrito: **«Nunca pares. Nunca olvides»**.

Dejo la hoja sobre el escritorio, no quiero tenerla en las manos. Siento que el papel también es una prueba. No quiero tocarla.

—No sé qué significa.

Necesito agua. Es el único sabor que recuerdo. Tal vez porque el agua no tiene sabor.

—¿Tú lo escribiste? —pregunta.

—¿Cómo voy a saberlo? —No me gusta el tono de mi voz. Parezco enfadado. No quiero que piense que estoy enfadado con ella.

Se da la vuelta y va corriendo por la mochila. Rebusca y saca una pluma, vuelve a mi lado y me la pone en la mano.

—Cópialo —ordena.

Miro la pluma y le doy vueltas con los dedos. Paso el dedo pulgar por las palabras que tiene grabadas.

—A ver si la letra coincide —dice.

Le da la vuelta a la hoja y me la acerca. La miro a los ojos y me pierdo en ellos un momento. Pero luego me enojo.

Me da rabia que sea la primera en pensar en estas cosas. Sostengo la pluma con la mano derecha. Es incómodo. La cambio a la mano izquierda y encaja mejor. «Soy zurdo.»

Escribo las palabras de memoria, y después de que ella observe bien mi letra, vuelvo a girar la hoja.

La letra es distinta. La mía es nítida, precisa. La otra es suelta y descuidada. Me quita la pluma y escribe las palabras.

Son idénticas. Ambos miramos el papel en silencio, sin saber si eso significa algo. Podría no significar nada. Podría significarlo *todo*. Las manchas de mis sábanas podrían significarlo todo. La huella de la mano ensangrentada podría significarlo todo. El hecho de que podamos recordar cosas básicas, pero no a la gente, podría significarlo todo. La ropa que visto, el color de su barniz de uñas, la cámara en mi escritorio, las fotografías en la pared, el reloj sobre la puerta, el vaso de agua medio vacío encima de la mesa… Me giro, intentando asimilarlo todo. Todo podría significarlo *todo*.

O podría no significar nada en absoluto.

No sé qué es lo que debo almacenar en mi cabeza y qué es lo que debo ignorar. A lo mejor, si me voy a dormir, mañana me levantaré y seré totalmente normal de nuevo.

—Tengo hambre —dice ella.

Me está observando; unos mechones de pelo me separan de una panorámica completa de su cara. Es guapa, tanto que me avergüenza. Tanto que no sé si se supone que debo apreciarlo. Todo en ella es cautivador, como las secuelas de una tormenta. Se supone que la gente no debería regodearse en la destrucción que es capaz de causar la madre naturaleza, pero no podemos dejar de mirar. Charlie es la devastación que queda tras el paso de un tornado.

¿Cómo lo sé?

Ahora mismo, mientras me mira de esa forma, parece estar calculando. Quiero agarrar la cámara y tomarle una foto. Noto que algo se revuelve en mi estómago, no estoy seguro de si son nervios o hambre o mi reacción a la chica que tengo a mi lado.

—Vamos abajo —le digo. Voy por su mochila y se la doy. Agarro la cámara del escritorio—. Comeremos mientras revisamos nuestras cosas.

Ella va delante de mí, parándose en cada foto que hay entre mi habitación y el final de la escalera. En cada foto por la que pasamos desliza el dedo por encima de mi cara, y solo por mi cara. La observo mientras intenta descubrir quién soy a través de las fotos. Quiero decirle que está perdiendo el tiempo. Sea quien sea el que aparece en las fotos, no soy yo.

En cuanto llegamos al final de la escalera, una corta ráfaga de gritos nos perfora los oídos. Charlie se detiene de golpe y choco contra su espalda. Los gritos proceden de una mujer que está en la puerta de la cocina.

Tiene los ojos muy abiertos y se mueven a toda velocidad entre Charlie y yo, una y otra vez.

Se sujeta el pecho con las dos manos, y exhala con alivio.

No sale en ninguna de las fotos. Es regordeta y algo vieja, tal vez tenga unos sesenta. Lleva un delantal que dice «La reina de la cocina».

Tiene el pelo recogido, pero se aparta de la cara unos mechones grises sueltos mientras resopla calmándose:

—¡Por Dios santo, Silas! Casi me matas del susto. —Se da la vuelta y se dirige a la cocina—. Ustedes dos mejor regresen a la escuela antes de que tu padre lo descubra. No pienso mentir por ustedes.

Charlie sigue paralizada delante de mí, así que le pongo

la mano sobre la parte baja de la espalda y la empujo con suavidad. Me mira por encima del hombro.

—¿Tú sabes...?

Niego con la cabeza para interrumpir su pregunta. Está a punto de preguntarme si sé quién es la mujer de la cocina. La respuesta es no. No la conozco, no conozco a *Charlie*, no conozco a la familia de las fotos.

Lo que *sí* conozco es la cámara que tengo en las manos. La miro, preguntándome cómo es posible que recuerde todo sobre cómo funciona la cámara, pero no recuerde cómo lo aprendí. Sé cómo ajustar el ISO. Sé cómo ajustar la velocidad del obturador para darle a una cascada la apariencia de un arroyo suave, o hacer que se vean todas y cada una de las gotas. Esta cámara es capaz de enfocar hasta los más mínimos detalles, como la curva de la mano de Charlie, o las pestañas que le rodean los ojos, mientras que todo lo demás en ella se convierte en un borrón. Sé que, de alguna forma, conozco los entresijos de esta cámara mejor de lo que conozco la voz de mi hermano menor.

Me paso la correa por el cuello y dejo que la cámara cuelgue sobre mi pecho mientras sigo a Charlie hacia la cocina. Camina con decisión. Por el momento, he llegado a la conclusión de que todo lo que hace tiene una finalidad. No desaprovecha nada. Cada paso que da parece planeado con antelación. Cada palabra que dice es necesaria. Cuando mira algo, se concentra en ello con todos los sentidos, como si solo con los ojos pudiera determinar a qué sabe, cómo huele, a qué suena y qué se siente. Y solo mira las cosas cuando hay una razón para ello. Olvida el suelo, las cortinas, las fotos de la entrada en las que no sale mi cara. No pierde el tiempo con cosas que no tienen una utilidad para ella.

Por eso la sigo cuando entra en la cocina. No estoy seguro de cuál es la razón ahora. O bien es para averiguar más cosas sobre el ama de llaves, o bien va a la caza de comida.

Charlie elige un asiento en la enorme barra y aparta el taburete que tiene al lado y da unos golpecitos sobre el asiento sin mirarme. Me siento y coloco la cámara frente a mí. Ella pone la mochila sobre la barra y empieza a abrir el cierre.

—Ezra, me muero de hambre. ¿Hay algo para comer?

Me giro en el taburete con todo el cuerpo para mirar a Charlie, pero siento como si el estómago se me hubiera caído al suelo. «¿Cómo sabe su nombre?»

Charlie me mira con un rápido movimiento de cabeza.

—Cálmate —susurra—. Está escrito ahí. —Señala una nota, una lista de la compra, que tenemos justo delante. Es una libreta rosa, personalizada, con una cenefa de gatitos en la parte inferior. En la parte de arriba dice: «Cositas que Ezra necesita ahora mismito».

La mujer cierra un armario y mira a Charlie.

—¿Se les despertó el apetito mientras estaban arriba? Porque, por si no lo sabían, en la escuela en la que se supone que deberían estar ahora mismo los dos, sirven comida.

—¿Quieres decir *ahora mismito*? —digo sin pensar.

Charlie suelta una carcajada y yo también me echo a reír. Y es como si alguien hubiera dejado que entrara el aire en la habitación. Ezra, menos sonriente, pone los ojos en blanco. Me pregunto si yo solía ser divertido. También sonrío, porque el hecho de que no parezca extrañada porque Charlie la llame Ezra quiere decir que Charlie estaba en lo cierto.

Me acerco y paso la mano por la nuca de Charlie. Se estremece cuando la toco, pero casi inmediatamente se relaja al darse cuenta de que es parte de nuestra actuación. «Estamos enamorados, Charlie. ¿Recuerdas?»

—Charlie no se sentía bien. La traje aquí para que pudiera acostarse un rato, pero no ha comido en todo el día. —Vuelvo a observar a Ezra y sonrío—. ¿Tienes algo que pueda hacer que mi chica se sienta mejor? ¿Una sopa o galletitas, tal vez?

La expresión de Ezra se suaviza al ver el cariño que le muestro a Charlie. Coge un trapo y se lo echa por encima del hombro.

—Vale, Char. ¿Qué tal si te hago mi especialidad de queso fundido? Era tu favorito antes, cuando venías de visita.

Mi mano se tensa en el cuello de Charlie. «¿Cuando venías de visita?» Nos miramos el uno al otro con nuevas preguntas nublando nuestras miradas. Charlie asiente.

—Gracias, Ezra —dice.

Ezra cierra la puerta del refrigerador con la cadera y comienza a dejar los ingredientes sobre la encimera. Mantequilla. Mayonesa. Pan. Queso. *Más* queso. Queso *parmesano*. Coloca una sartén en la estufa y enciende la llama.

—Te haré uno a ti también, Silas —dice Ezra—. Seguro que has pescado el mismo virus que tiene Charlie porque no me hablabas tanto desde que llegaste a la pubertad. —Se ríe después de su comentario.

—¿Por qué no te hablo?

Charlie me da un codazo en la pierna y entorna los ojos. No debería haber hecho esa pregunta.

Ezra desliza el cuchillo por la mantequilla y saca un pedazo. Lo extiende por el pan.

—Bueno, ya sabes —dice, encogiéndose de hombros—. Los niños crecen. Se convierten en hombres. Las amas de llaves dejamos de ser «tía Ezra» y volvemos a ser solo amas de llaves. —Su voz ahora suena triste.

Hago una mueca de desagrado porque no me gusta descubrir esa parte de mí. No quiero que *Charlie* descubra esa parte de mí.

Miro la cámara que tengo delante. La enciendo. Charlie se pone a rebuscar en su mochila, inspeccionando cada objeto.

—Ajajá… —dice.

Tiene un teléfono en la mano. Me inclino sobre su hombro y miro con ella la pantalla, justo cuando activa el sonido. Hay siete llamadas perdidas y todavía más mensajes, todos de «Mamá».

Abre el último mensaje, enviado hace justo tres minutos.

Tienes tres minutos para devolverme
la llamada.

Supongo que no había tenido en cuenta las consecuencias de habernos saltado las clases. Las consecuencias de tener unos padres que no recordamos.

—Deberíamos irnos —le digo a Charlie.

Nos levantamos los dos a la vez. Ella se echa la mochila al hombro y yo agarro mi cámara.

—Esperen —dice Ezra—. El primer sándwich ya está casi listo. —Se dirige al refrigerador y saca dos latas de Sprite—. Esto la ayudará con el dolor de estómago. —Me da los dos refrescos y luego envuelve el sándwich en papel de cocina. Charlie está esperando en la puerta principal. Cuando estoy a punto de separarme de Ezra, me toma de la muñeca. Vuelvo a mirarla y ella pasa la mirada de Charlie a mí—. Me alegra verla de nuevo por aquí —susurra Ezra—. He estado preocupada por cómo podría haberles afectado lo que pasó entre tu padre y el suyo. Has querido a esa chica desde antes de que aprendieras a caminar.

La miro fijamente sin saber muy bien cómo procesar la información que acabo de recibir.

—Desde antes de que aprendiera a caminar, ¿eh?

Ella sonríe como si estuviera en posesión de uno de mis secretos. Quiero que me lo devuelva.

—Silas —dice Charlie.

Lanzo a Ezra una rápida sonrisa y me dirijo hacia Charlie. Cuando llego a la puerta principal, el tono estridente de su teléfono hace que se asuste y se le cae de las manos, directo al suelo. Se arrodilla para recogerlo.

—Es ella —dice, poniéndose de pie—. ¿Qué hago?

Abro la puerta y la llevo afuera agarrándola por el codo. Cuando ya está cerrada la puerta, vuelvo a mirarla. Suena el teléfono por tercera vez.

—Deberías contestar.

Se queda mirando el teléfono, agarrándolo con fuerza. No contesta, así que estiro el brazo y deslizo el dedo hacia la derecha para responder. Ella arruga la nariz y me mira mientras se lo lleva a la oreja.

—¿Hola?

Empezamos a caminar hacia el coche. Escucho en silencio las frases entrecortadas que salen del teléfono: «Parece mentira», «saltarte las clases» y «¿cómo has sido capaz?». Las palabras continúan brotando del teléfono, hasta que ambos estamos sentados en el coche con las puertas cerradas. Arranco, y la voz de la mujer se corta durante unos segundos. De pronto, suena por las bocinas del coche. *Bluetooth. Recuerdo lo que es el Bluetooth.*

Dejo las bebidas y el sándwich en la consola entre los asientos. Charlie todavía no ha podido responderle a su madre, pero pone los ojos en blanco cada vez que la miro.

—Mamá —dice Charlie con rotundidad, intentando interrumpirla—. Mamá, estoy de camino a casa. Silas me está llevando por mi coche.

Un largo silencio sigue a las palabras de Charlie, y es curioso que su madre intimide mucho más cuando *no* está gritando cosas por teléfono. Cuando empiezan a hablar de nuevo, las palabras salen lentas y vocalizadas de forma exagerada:

—Por favor, dime que no has permitido que *esa* familia te compre un *coche*.

Nuestras miradas se cruzan y Charlie articula en silencio la palabra *mierda*.

—No... no. Quería decir que Silas me va a llevar a casa. Llegaré en unos minutos.

Charlie intenta torpemente volver a una pantalla del teléfono que le permita colgar. Pulso el botón de finalizar llamada del volante y hago que se corte.

Inspira lentamente y se gira hacia la ventanilla. Cuando exhala, un pequeño círculo de vaho se forma en el cristal de la ventanilla junto a su boca.

—¿Silas? —Me mira y arquea una ceja—. Creo que mi madre puede ser una bruja.

Me río, pero no la tranquilizo. Estoy de acuerdo con ella.

Nos quedamos callados durante unos minutos. Repaso mi breve charla con Ezra mentalmente, una y otra vez. No consigo quitarme la escena de la cabeza, y ni siquiera es mi madre. No puedo ni imaginar cómo debe de sentirse Charlie ahora mismo después de hablar con su madre de verdad. Creo que los dos estábamos seguros en el fondo de que, una vez que estuviéramos con alguien cercano como nuestros padres, se activaría nuestra memoria. Por la reacción de Charlie, sé que no ha reconocido en absoluto a la mujer con la que ha hablado por teléfono.

—No tengo coche —dice en voz baja. La miro y veo que está dibujando una cruz con la punta del dedo sobre la ventanilla empañada—. Tengo diecisiete años. Me pregunto por qué no tengo coche.

En cuanto menciona el coche, recuerdo que sigo conduciendo en dirección a la escuela, en lugar de adonde sea que debo llevarla.

—¿De casualidad sabes dónde vives, Charlie?

Me mira y, en una fracción de segundo, la confusión de su cara se convierte en claridad. Me fascina lo fácil que me resulta interpretar sus expresiones ahora, en comparación con esta mañana. Sus ojos son como dos libros abiertos y, de repente, quiero devorar todas y cada una de sus páginas.

Saca la cartera de la mochila y lee la dirección en la licencia de conducir.

—Si te detienes, podemos ponerla en el GPS —dice.

Pulso el botón de navegación.

—Estos coches se fabrican en Londres. No hace falta detenerse para meter una dirección en el GPS.

Empiezo a introducir el número de su calle y noto que me está mirando. No tengo ni que verle los ojos para saber que están llenos de sospecha.

Niego con la cabeza antes de que me pregunte.

—No, no sé cómo es que supe eso.

Una vez he introducido la dirección, doy la vuelta y me dirijo hacia su casa. Estamos a unos siete kilómetros. Ella abre los refrescos, parte el sándwich en dos y me da la mitad. Recorremos seis kilómetros sin hablar. Me gustaría acercarme a ella y tomarla de la mano para calmarla. Quiero decirle algo que la tranquilice. Si fuera ayer, estoy seguro de que lo habría hecho sin pensármelo dos veces. Pero no es ayer. Es hoy, y Charlie y yo somos unos completos desconocidos.

En el último kilómetro me habla, pero todo lo que dice es:

—El sándwich de queso fundido estaba muy bueno. Díselo a Ezra de mi parte.

Reduzco la velocidad. Conduzco por debajo del límite permitido hasta que llegamos a su calle, y en cuanto giramos para entrar en ella me paro. Está mirando por la ventanilla, observando las casas. Son pequeñas. Casas de una planta con garajes para un solo carro. Cualquiera de estas casas cabría dentro de mi cocina y aun así habría sitio para cocinar.

—¿Quieres que entre contigo?

Niega con la cabeza.

—Creo que es mejor que no. No parece que a mi madre le agrades demasiado.

Tiene razón. Ojalá supiera a qué se refería su madre cuando dijo *esa* familia. Ojalá supiera a qué se refería Ezra cuando mencionó a nuestros padres.

—Creo que es esa de ahí —dice, señalando una de las casas más abajo.

Dejo de pisar el acelerador y me dirijo hacia ella. Es, con mucho, la más bonita de la calle, pero solo porque el jardín tiene el césped recién cortado y la pintura de los marcos de las ventanas no está deteriorada.

El coche aminora la marcha y acaba parándose frente a la casa. Los dos nos quedamos mirándola, intentando asimilar en silencio la enorme distancia que hay entre las vidas que llevamos. Pero no se parece en nada a la distancia que siento al saber que estamos a punto de separarnos durante el resto del día. Ella ha sido un buen escudo entre la realidad y yo.

—Hazme un favor —le digo mientras estaciono el coche—. Busca mi nombre en el historial de llamadas. Quiero ver si mi teléfono está por aquí.

Ella asiente y empieza a buscar entre sus contactos. Pasa el dedo por la pantalla y se acerca el teléfono a la oreja, mordiéndose el labio inferior para contener lo que parece una sonrisa.

Justo cuando estoy a punto de preguntarle qué es lo que le ha hecho sonreír, se oye un timbre amortiguado que viene del interior del reposabrazos. Lo abro y rebusco hasta encontrar el teléfono. Cuando miro la pantalla, leo el nombre del contacto:

Nenita Charlie

Supongo que eso responde a mi pregunta. Ella también debe tener un apodo para mí. Deslizo el dedo para contestar y me acerco el teléfono a la oreja.

—Hola, *nenita Charlie*.

Se ríe, y su risa me llega dos veces. Una a través del teléfono, y de nuevo desde el asiento de al lado.

—Me temo que hemos sido una pareja bastante cursi, *nenito Silas*.

—Eso parece. —Deslizo la yema del pulgar por el volante, esperando a que vuelva a hablar. No lo hace. Sigue mirando la casa desconocida—. Llámame en cuanto puedas, ¿okay?

—Lo haré —contesta.

—Puede que escribieras un diario. Busca cualquier cosa que pueda ser de ayuda.

—Lo haré —dice de nuevo.

Los dos seguimos con los teléfonos en la oreja. No sé si está dudando en salir porque tiene miedo de lo que pueda encontrar dentro, o porque no quiere separarse de la única persona que entiende su situación.

—¿Crees que se lo contarás a alguien? —pregunto.

Se aparta el teléfono de la oreja y pulsa el botón de colgar.

—No quiero que nadie piense que me estoy volviendo loca.

—No te estás volviendo loca —le digo—. No si nos está sucediendo a los dos.

Contrae los labios formando una línea fina y tensa. Asiente con la cabeza con tanta delicadeza que es como si fuera de cristal.

—Exacto. Si estuviera pasando sola por esto, sería fácil decir que me estoy volviendo loca. Pero *no* estoy sola. Los dos estamos viviendo esto, lo que significa que es algo totalmente distinto. Y eso me asusta, Silas.

Abre la puerta y sale. Bajo la ventanilla mientras ella cierra la puerta tras de sí. Cruza los brazos sobre el marco y fuerza una sonrisa mientras hace una señal mirando hacia la casa que tiene detrás.

—No tiene pinta de que yo también tenga un ama de llaves que me haga un sándwich de queso.

Le devuelvo la sonrisa.

—Tienes mi número. Llámame si necesitas que venga a rescatarte.

Su sonrisa forzada desaparece bajo una mueca de preocupación.

—Como una damisela en apuros. —Pone los ojos en blanco. Estira el brazo a través de la ventanilla y agarra la mochila—. Deséame suerte, *nenito Silas*.

El apodo cariñoso está lleno de sarcasmo y eso me da rabia.

5

Charlie

—¿Mamá? —Tengo la voz débil, chillona. Me aclaro la garganta—. ¿Mamá? —llamo de nuevo.

Viene a toda velocidad doblando la esquina e inmediatamente pienso en un coche sin frenos. Retrocedo dos pasos hasta que mi espalda choca con la puerta principal.

—¿Qué hacías con *ese* muchacho? —gruñe. Noto el alcohol en su aliento.

—Yo... Me trajo a casa desde la escuela.

Arrugo la nariz y respiro por la boca. Está demasiado cerca de mí. Alargo la mano hacia atrás y agarro la manija de la puerta por si tengo que salir corriendo. Esperaba sentir algo al verla. Fue el útero en el que me formé y la organizadora de mis fiestas de cumpleaños durante los últimos diecisiete años. Esperaba al menos una cierta sensación de calidez, o recuerdos, algo de familiaridad. Me alejo con rechazo de la extraña que tengo delante.

—No has ido a clase. ¡Estabas con ese muchacho! ¿Qué tienes qué decir?

Huele como si le hubieran vomitado encima.

—No me siento bien... Le pedí que me trajera a casa.

—Doy un paso atrás—. ¿Qué haces borracha a mediodía?

Abre los ojos de par en par y durante un momento pienso que es posible que me pegue. En el último momento se tropieza, cae hacia atrás y se desliza por la pared hasta quedarse sentada en el suelo. Tiene los ojos llenos de lágrimas, y yo tengo que apartar la mirada.

Muy bien, esto sí que no me lo esperaba.

Con los gritos puedo. Los llantos me ponen nerviosa. En particular si es una completa desconocida y no tengo ni idea de qué decir. Aprovecho para pasar lentamente a su lado cuando hunde la cara en las manos y empieza a sollozar con fuerza. No sé si es algo habitual en ella. Vacilo, me quedo dando vueltas entre el recibidor y la sala. Finalmente, la dejo con sus lágrimas y decido buscar mi recámara. No puedo ayudarla. Ni siquiera la conozco.

Quiero esconderme hasta conseguir averiguar algo. Como quién demonios soy. La casa es más pequeña de lo que pensaba. Justo al lado de donde está mi madre llorando, hay una cocina y una salita. Son pequeñas y ordenadas, llenas hasta arriba de muebles que parecen fuera de lugar. Cosas caras en una casa barata. Hay tres puertas. La primera está abierta. Me asomo y veo una colcha a cuadros. ¿La recámara de mis padres? Sé, por la colcha a cuadros, que no es mi recámara. A mí me gustan las flores. Abro la segunda puerta: un baño. La tercera es otra recámara a la izquierda del pasillo. Entro. Dos camas. Gruño. Tengo un hermano o una hermana.

Cierro la puerta tras de mí y recorro con la mirada el espacio compartido. Tengo una hermana. Por el tipo de cosas que tiene, es unos cuantos años más joven que yo. Miro con desdén los posters de grupos de música que decoran su lado de la recámara. Mi lado es más sencillo: una cama doble con un edredón morado y una foto en blanco y negro enmarcada sobre la cama. Enseguida sé que es una foto que tomó Silas. Una verja rota que cuelga de los goznes; enredaderas enroscadas avanzando por las puntas de metal oxidado; no es tan lúgubre como las fotos de su recámara, quizá resulta más adecuada para mí. En mi mesita de noche hay una pila de libros. Me acerco a tomar uno para leer el título cuando suena mi teléfono.

Silas: ¿Estás bien?

Yo: Creo que mi madre es alcohólica y
tengo una hermana.

Su respuesta llega unos segundos más tarde.

Silas: No sé qué decir. Es todo tan
raro.

Me río y dejo el teléfono. Quiero revisar alrededor y ver si encuentro algo extraño. Mis cajones están ordenados. Debo de tener TOC. Revuelvo los calcetines y la ropa interior para ver si logro enojarme conmigo misma.

No encuentro nada en mis cajones ni en la cómoda. Hay una caja de condones metida en un bolso debajo de la cama. Busco un diario, notas escritas por amigos; no hay nada. Soy aséptica, aburrida, salvo por la foto que hay encima de mi cama. Una foto que Silas me dio, no una que yo haya elegido.

Mi madre está en la cocina. Oigo cómo se sorbe la nariz y se prepara algo de comer. «Está borracha», pienso. Tal vez debería hacerle algunas preguntas, y aprovechando que luego no lo recordará.

—Oye..., mamá —digo mientras me acerco a ella. Deja

de preparar su pan tostado y me mira con ojos soñolientos—. ¿Anoche estuve rara?

—¿Anoche? —repite.

—Sí —digo—. Ya sabes... cuando llegué a casa.

Raspa el pan con el cuchillo hasta que ha untado bien la mantequilla.

—Estabas sucia —arrastra las palabras—. Te dije que te dieras un baño.

Pienso en el barro y las hojas de la cama de Silas. Eso quiere decir que probablemente estuvimos juntos.

—¿A qué hora llegué a casa? Mi teléfono estaba muerto —miento.

Entorna los ojos.

—Como a las diez.

—¿Dije algo... raro?

Se da la vuelta y se dirige al fregadero, donde se pone a comer el pan tostado mirando hacia el desagüe.

—¡Mamá! Ponme atención. Necesito que me respondas.

¿Por qué me resulta familiar esto? Yo suplicando, ella ignorándome.

—No —dice sin más.

Luego pienso en algo: mi ropa de anoche. Al lado de la cocina hay un pequeño armario con una lavadora y una secadora dentro. Abro la puerta de la lavadora y veo un montón de ropa húmeda aplastada en el fondo. La saco. Es de mi talla seguro. Debí de echarla aquí anoche para intentar lavar las pruebas. «¿Las pruebas de qué?» Abro los bolsillos de los jeans y rebusco dentro. Hay un trozo de papel hecho un revoltijo mojado y pastoso. Me lo llevo a mi habitación. Si intento desdoblarlo, se podría deshacer. Decido dejarlo en el alféizar de la ventana y esperar a que se seque.

Mando un mensaje a Silas.

Yo: ¿Dónde estás?

Espero unos minutos y, al ver que no responde, vuelvo a intentarlo.

Yo: ¡Silas!

Me pregunto si siempre hago lo mismo: acosarlo hasta que contesta.

Envío cinco más, y luego lanzo el teléfono a la otra punta de la habitación y hundo la cara en la almohada para llorar de Charlie Wynwood. Es probable que Charlie Wynwood nunca haya llorado. Ni tiene personalidad, a juzgar por el aspecto de la habitación. Su madre es alcohólica y su hermana escucha música basura. ¿Y cómo sé que el poster que hay encima de la cama de mi hermana es de un grupo de música, pero no recuerdo el nombre de dicha hermana? Me acerco a su lado de la pequeña habitación y rebusco entre sus cosas.

—¡Bingo! —digo, sacando un diario rosa con lunares debajo de la almohada.

Me acomodo en la cama y lo abro.

Propiedad de Janette Elise Wynwood.
¡NO LEER!

Ignoro la advertencia y me voy a la primera entrada, titulada:

Charlie es imbécil.
Mi hermana es la peor persona del todo el planeta. Espero que se muera.

Cierro el cuaderno y lo vuelvo a poner debajo de la almohada.

«Genial.»

Mi familia me odia. ¿Qué clase de persona eres si tu propia familia te odia? El teléfono me avisa, desde el otro lado de la habitación, que tengo un mensaje. Me levanto de un salto, pensando que será Silas, y me siento aliviada. Hay dos mensajes. Uno es de Amy.

Dnd estás?!!

El otro es de un tipo que se llama Brian.

Eh, te he echado d menos hoy. ¿Se lo
has dicho?

¿Dicho qué? Y ¿a quién?

Dejo el teléfono sin contestarle a ninguno de los dos. Decido volver a mirar el diario y voy directamente a la última entrada de Janette, que es de anoche.

Título: Puede que necesite *brackets*, pero no tenemos dinero. Charlie usó *brackets*.

Me paso la lengua por los dientes. Pues sí, parecen estar muy parejitos.

Ella tiene los dientes todos parejos y perfectos y yo voy a tener los míos torcidos toda la vida. Mamá ha dicho que verá si lo puede financiar, pero desde que a papá le pasó aquello de su empresa, no tenemos dinero para cosas normales. Odio tener que llevar lonchera a la escuela. ¡Me siento como una preescolar!

Me salto un párrafo en el que da detalles sobre la última regla de su amiga Payton.

Se está quejando sobre su ausencia de menstruación cuando la redacción es interrumpida por una servidora.

Me tengo que ir. Charlie acaba de llegar a casa y está llorando. Casi nunca llora. Espero que Silas la haya dejado, se lo merece.

¿Así que estaba llorando anoche cuando llegué? Me acerco a la ventana y veo que el papel de mi bolsillo se ha secado un poco. Lo aliso con cuidado y lo dejo sobre el escritorio que, por lo visto, compartimos mi hermana y yo. Se ha borrado parte de la tinta, pero parece un recibo. Le escribo a Silas.

Yo: Silas, necesito un aventón.

Vuelvo a esperar y me empiezo a molestar por su tardanza en responder. *Soy impaciente*, creo.

Yo: Un tipo que se llama Brian me está
mandando mensajes. Creo que quiere
ligar. Puedo pedirle a él que me lleve
si estás ocupado...

Mi teléfono suena un segundo después.

Silas: De ninguna manera. Voy para allá.

Sonrío.

Debería ser fácil irme de casa, ya que mi madre ha perdido el conocimiento en el sofá. La observo un momento, estudio su cara mientras duerme, intentando desesperadamente recordarla. Se parece a Charlie, solo que mayor. Antes de salir a esperar a Silas, la tapo con una cobija y saco un par de refrescos del refrigerador casi vacío.

—Nos vemos, mamá —digo en voz baja.

6

Silas

No sé si estoy volviendo a su casa porque siento que la tengo que proteger o porque soy posesivo. Sea lo que sea, no me gusta la idea de que le pida ayuda a otro. Me pregunto quién será el Brian ese, y por qué se permite coquetear con ella por mensaje cuando es obvio que estamos juntos.

Tengo el teléfono todavía en la mano izquierda cuando vuelve a sonar otra vez. No sale ningún número en la pantalla. Solo la palabra *Hermano*. Deslizo el dedo por la pantalla y contesto la llamada.

—¿Hola?

—¿Dónde diablos estás?

Es la voz de un muchacho. Una voz muy parecida a la mía. Miro a izquierda y derecha, pero nada resulta familiar en el cruce que estoy pasando.

—Estoy en el coche.

Se queja con un gruñido.

—No inventes. Si sigues faltando a los entrenamientos te mandarán a la banca.

Probablemente a Silas ayer esto lo habría fastidiado. Hoy Silas siente alivio.

—¿Qué día es hoy?

—Miércoles. El día antes de mañana, un día después de ayer. Ven a buscarme. Ya terminó el entrenamiento.

¿Por qué no tiene su propio coche? No conozco al chico y ya me parece un pesado. No cabe duda de que es mi hermano.

—Tengo que recoger a Charlie antes —le digo.

Hay un silencio.

—¿En su casa?

—Sí.

Otro silencio.

—¿Quieres que te maten? —Odio mucho no saber lo que, por lo visto, todo el mundo sabe. ¿Por qué no me dejan ir a casa de Charlie?—. Es igual, date prisa —dice justo antes de colgar.

Cuando doblo la esquina veo que Charlie está esperándome en la calle, mirando la casa. Sus manos descansan a ambos lados y sostiene dos refrescos. Uno en cada mano. Los agarra como si fueran armas, como si quisiera lanzarlos a la casa que tiene delante esperando que sean en realidad granadas. Reduzco la velocidad y me detengo a unos metros de ella.

No lleva la misma ropa que antes. Lleva una falda negra larga que le cubre los pies. Una bufanda negra alrededor del cuello y por encima del hombro. La blusa es beige y de manga larga, pero parece tener frío. Una ráfaga de viento mueve la falda y la bufanda, pero ella permanece inmóvil. Ni siquiera parpadea. Está ensimismada.

«Me tiene totalmente perdido.»

Cuando estaciono el coche, se gira, me mira, e inmediatamente dirige la mirada al suelo. Camina hacia la puerta del copiloto y sube. Su silencio parece suplicar mi silencio, así que no digo nada mientras nos dirigimos hacia la escuela. Después de un par de kilómetros, se acomoda en el asiento y pone uno de los pies encima del tablero.

—¿Adónde vamos?

—Me llamó mi hermano. Necesita que lo recoja.

Asiente con la cabeza.

—Por lo visto, voy a tener problemas por no haber ido hoy al entrenamiento de futbol americano.

Estoy seguro de que, por mi tono de indiferencia, sabe que no me preocupa demasiado habérmelo perdido. El futbol no está en mi lista de prioridades ahora mismo, así que, que me manden a la banca es, probablemente, lo mejor para todos.

—Juegas futbol —dice con naturalidad—. Yo no hago nada. Soy aburrida, Silas. Mi habitación es aburrida. No tengo un diario. No colecciono nada. Lo único que tengo es la foto de una verja, y ni siquiera la tomé yo. La tomaste tú. Lo único con algo de personalidad en toda mi habitación es un regalo tuyo.

—¿Cómo sabes que la foto es mía?

Se encoge de hombros y se alisa la falda sobre las rodillas.

—Tienes un estilo único. Es como una huella digital. Supe que era tuya porque solo tomas fotos de cosas que la gente tiene miedo de mirar en la vida real.

«Supongo que no le gustan mis fotos.»

—Entonces... —Miro al frente y le pregunto—: ¿Quién es el tal Brian?

Toma su teléfono y abre los mensajes. Intento echar un vistazo a pesar de que sé que estoy demasiado lejos, pero lo intento de todos modos. Percibo que inclina ligeramente el teléfono hacia la derecha para apartarlo de mi vista.

—No estoy segura —dice—. He mirado los mensajes anteriores para ver si podía hacerme una idea, pero nuestros mensajes son confusos. No sé si estaba saliendo con él o contigo.

La boca se me seca otra vez. Tomo uno de los refrescos que trajo y lo abro. Doy un sorbo largo y vuelvo a dejarlo en el portavasos.

—A lo mejor salías con los dos. —Mi voz delata nerviosismo. Intento suavizarla—. ¿Qué dice en los mensajes de hoy?

Bloquea el teléfono y lo pone bocabajo sobre su regazo, como si le diera vergüenza mirarlo. No me responde. Noto el rubor en mi cuello, y reconozco el calor de los celos que me recorre el cuerpo como si fuera un virus. No me gusta.

—Envíale un mensaje —digo—. Dile que no quieres que te vuelva a escribir y que quieres arreglar las cosas conmigo.

Me clava una mirada.

—No sabemos cuál es nuestra situación —dice—. ¿Y si no me gustabas? ¿Y si los dos queríamos dejarlo?

Vuelvo a mirar a la carretera y aprieto los dientes.

—Creo que lo mejor es que sigamos juntos hasta que descubramos qué ha pasado. Ni siquiera sabes quién es este Brian.

—Tampoco te conozco a ti —me espeta.

Entro en el estacionamiento de la escuela. Ella me observa con detenimiento, esperando mi respuesta. Creo que me está tendiendo una trampa.

Estaciono y apago el coche. Cojo el volante con la mano derecha y mi mandíbula con la izquierda y aprieto.

—¿Cómo lo hacemos?

—¿Puedes ser un poco más concreto? —dice.

Sacudo casi imperceptiblemente la cabeza. No sé si me está mirando y lo ha visto.

—No puedo ser más concreto porque me refiero a todo. A nosotros, a nuestras familias, a nuestras vidas. ¿Cómo lo hacemos, Charlie? ¿Y cómo lo hacemos sin descubrir cosas el uno del otro que nos molesten?

Antes de que pueda contestarme, alguien sale por una puerta y se dirige hacia nosotros. Se parece a mí, pero más joven. Tal vez sea dos años menor. No es tan corpulento como yo aún, pero por su aspecto, probablemente acabe siendo más alto.

—Esto va a ser divertido —dice Charlie, observando cómo mi hermano pequeño se acerca al coche. Va directo al asiento de detrás del copiloto y abre la puerta. Lanza adentro una mochila, un par de zapatos, una bolsa de gimnasio, y finalmente entra en el vehículo.

Da un portazo.

Saca el teléfono y empieza a mirar los mensajes. Respira con fuerza. Tiene el pelo sudado y pegado a la frente. Tenemos el mismo pelo. Cuando me mira, veo que también tenemos los mismos ojos.

—¿A ti qué te pasa? —pregunta.

No le contesto. Me giro de nuevo y miro a Charlie. Tiene una sonrisita en la cara y le está escribiendo a alguien. Tengo ganas de quitarle el teléfono y ver si le está escribiendo a Brian, pero me vibra el teléfono con su mensaje en cuanto oprime el botón de enviar.

Charlie: ¿Tienes alguna idea de cómo se llama tu hermano menor?

No tengo ni la más mínima idea de cómo se llama mi hermano menor.

—Mierda —digo.

Se ríe, pero su risa se corta de golpe cuando ve algo en el estacionamiento. Mi mirada sigue a la suya y veo a un tipo. Está vigilando el coche, y mirando fijamente a Charlie.

Lo reconozco. Es el tipo que estaba en el baño esta mañana. El que intentó provocarme.

—A ver si lo adivino —digo—. ¿Brian?

Camina directo hacia la puerta del copiloto y la abre. Da un paso atrás y hace una señal a Charlie con el dedo para que salga. Me ignora por completo, pero se va a enterar de quién soy si cree que puede llamar a Charlie de esa forma.

—Tenemos que hablar —dice, con las palabras entrecortadas.

Charlie pone la mano en la puerta para cerrarla.

—Lo siento —dice—. Estábamos a punto de irnos. Hablamos mañana.

Su cara refleja incredulidad, y también una buena dosis de rabia. En cuanto veo que la agarra del brazo e intenta sacarla, salgo del coche y lo rodeo por la parte delantera. Me muevo tan rápido que me resbalo con la grava y tengo que apoyarme en el cofre para no caerme. «Buenos reflejos.» Corro hacia la puerta del copiloto dispuesto a agarrar al cabrón por el cuello, pero está doblado, gimiendo de dolor. Tiene la mano en un ojo. Se endereza y mira a Charlie con el ojo bueno.

—Te dije que no me tocaras —dice Charlie con rabia. Está al lado de la puerta con el puño todavía cerrado.

¿No quieres que te toque? —dice él con media sonrisa—. Eso es una novedad.

Justo cuando me dispongo a lanzarme sobre él, Charlie me detiene poniéndome una mano en el pecho. Me lanza una mirada de advertencia y sacude ligeramente la cabeza. Inspiro hondo para calmarme, y doy un paso atrás.

Charlie vuelve a poner la atención en Brian.

—Eso era ayer, Brian. Hoy es un nuevo día y me voy con Silas, ¿está claro?

Se da la vuelta y vuelve a montarse en el asiento del copiloto.

—¡Te está poniendo los cuernos! —me grita a la espalda.

Me paro en seco.

Me giro lentamente y lo miro. Ahora está totalmente erguido y, a juzgar por su postura, espera que le pegue. Al ver que no lo hago, sigue provocándome.

—Conmigo —añade—. Más de una vez. Llevamos así más de dos meses.

Lo miro fijamente, intentando mantener la calma por fuera, pero en mi cabeza lo tengo agarrado del cuello y aprieto para sacarle hasta la última gota de oxígeno de los pulmones.

Miro a Charlie. Me ruega con la mirada que no haga ninguna tontería. Me giro para encararlo y le sonrío.

—Bravo, Brian. ¿Quieres una medalla?

Me encantaría enmarcar la expresión de su cara y poder mirarla cada vez que necesite echarme una buena carcajada.

Una vez dentro del coche, arranco y salgo del estacionamiento con, tal vez, demasiada teatralidad. Cuando volvemos a la carretera, de camino a mi casa, al fin consigo mirar a Charlie. Ella me devuelve la mirada. Nos miramos fijamente durante unos segundos, calibrando la reacción del otro. Justo cuando me veo obligado a devolver la vista a la carretera, veo su sonrisa.

Los dos nos echamos a reír. Se acomoda en el asiento y dice:

—No puedo creer que te estuviera engañando con ese tipo. Debiste hacer algo que me enojó muchísimo.

Le sonrío.

—Debería ser algo peor que un asesinato lo que te llevara a engañarme con ese cabrón.

Se oye un carraspeo en el asiento de atrás y miro por el retrovisor. Me había olvidado completamente de mi hermano. Se inclina hacia delante hasta colocarse entre nuestros asientos. Mira a Charlie, luego a mí.

—A ver si lo entiendo —dice—. ¿Ustedes dos se están *riendo* de lo que acaba de pasar?

Charlie me mira de reojo. Dejamos de reír y Charlie se aclara la garganta.

—¿Cuánto tiempo llevamos juntos, Silas? —pregunta.

Hago como si estuviera contando con los dedos y mi hermano dice:

—Cuatro años —interviene—. Dios mío, ¿qué les pasa?

Charlie se inclina hacia delante y me mira fijamente. Sé exactamente lo que está pensando.

—«¿Cuatro años?» —murmuro.

—Vaya —dice Charlie—. Mucho tiempo.

Mi hermano sacude la cabeza y se deja caer sobre el respaldo del asiento.

—Son peores que un episodio de Jerry Springer.

«Jerry Springer es un presentador de televisión. ¿Cómo lo sé? Me pregunto si Charlie se acuerda de esto.»

—¿Te acuerdas de Jerry Springer? —le pregunto.

Se queda pensando con los labios apretados. Asiente y se gira hacia la ventana.

Nada de esto tiene sentido. ¿Cómo es posible que recuerde a famosos? ¿Gente a la que nunca he conocido? ¿Cómo puedo saber que Kanye West se casó con una Kardashian? ¿Cómo puedo saber que Robin Williams murió?

¿Recuerdo a gente a la que nunca he conocido, pero no puedo recordar a la chica de la que llevo más de cuatro años enamorado? Me invade un sentimiento de inquietud que recorre mis venas hasta que se instala en mi corazón. Durante los siguientes kilómetros repaso en silencio los nombres y las caras de personas que recuerdo. Presidentes. Actores. Políticos. Músicos. Estrellas de *reality shows*.

Pero no puedo, ni aunque me mataran ahora mismo, recordar el nombre de mi hermano pequeño, que justo ahora está saliendo del asiento de atrás. Lo observo mientras entra en casa. Me quedo mirando la puerta incluso cuando ya la ha cerrado tras él. Miro mi casa como Charlie miraba la suya.

—¿Estás bien? —pregunta Charlie.

Es como si el sonido de su voz me succionara y me sacara de mi cabeza a una velocidad vertiginosa y me trajera de nuevo al momento. El momento en el que me estoy imaginando a Charlie y a Brian y lo que este me dijo que tuve que hacer como si no me afectara en absoluto. «Te está engañando.»

Cierro los ojos y me apoyo en la cabecera del asiento.

—¿Por qué crees que sucedió?

—Silas, en serio, tienes que aprender a ser un poco más concreto.

—Está bien —contesto, levantando la cabeza y mirándola directamente—. Brian. ¿Por qué crees que te acostaste con él?

Suspira.

—No puedes enojarte conmigo por eso.

Inclino la cabeza y la miro con incredulidad.

—Estuvimos juntos durante *cuatro* años, Charlie. No puedes culparme por estar un poco enojado.

Sacude la cabeza.

—*Ellos* estuvieron juntos durante cuatro años. Charlie y Silas. No nosotros dos —dice—. Además, ¿quién dice que tú fueras un ángel? ¿Has repasado alguna vez todos tus mensajes?

Niego con la cabeza.

—Tengo miedo de saberlo. Y no hagas eso.

—¿Que no haga qué?

—No hables de nosotros en tercera persona. Tú *eres* ella. Y yo soy él. Nos guste o no quienes éramos.

El teléfono de Charlie suena justo cuando empiezo a salir del camino de entrada a la casa.

—Mi hermana —dice justo antes de contestar con un *hola*. Escucha en silencio durante varios segundos, sin dejar de mirarme en ningún momento—. Estaba borracha cuando llegué a casa. Llego en unos minutos. —Termina la llamada—. Tenemos que volver a la escuela —dice—. Mi madre la alcohólica tenía que recoger a mi hermana después de la clase de natación. Parece que vamos a conocer a un familiar más.

Me río.

—Siento que en mi vida pasada era chofer.

El gesto de Charlie se tensa.

—Dejaré de hablar de nosotros en tercera persona si tú dejas de hablar de una vida pasada. No nos hemos *muerto*, Silas. Simplemente no recordamos nada.

—Recordamos *algunas* cosas —aclaro.

Vuelvo a conducir en dirección a la escuela. Al menos sabré orientarme de tanto ir y venir.

—Había una familia en Texas —dice— que tenía un loro, pero se escapó. Cuatro años más tarde, apareció de la nada... hablando en español. —Se ríe—. ¿Por qué recuerdo esta tontería y no recuerdo qué hice hace doce horas?

No le respondo porque es una pregunta retórica, a diferencia de todas las preguntas que tengo en la cabeza.

Cuando llegamos a la escuela de nuevo, un calco de Charlie está de pie junto a la entrada de brazos cruzados y en tensión. Sube al asiento trasero y se coloca en el mismo lugar en el que acaba de estar mi hermano.

—¿Qué tal el día? —le pregunta Charlie.

—Cállate —dice su hermana.

—¿Entiendo que mal?

—Cállate —dice de nuevo.

Charlie me mira con los ojos muy abiertos, pero con una sonrisa traviesa en la cara.

—¿Has esperado mucho?

—*Cá-lla-te* —dice su hermana otra vez.

Me doy cuenta de que Charlie solo quiere instigarla. Sonrío cuando sigue con eso.

—Mamá estaba bastante borracha cuando llegué hoy a casa.

—Menuda novedad —dice su hermana.

«Al menos no ha dicho "cállate" esta vez.»

Charlie lanza un par más de preguntas, pero su hermana la ignora completamente y dedica toda la atención al teléfono que tiene en las manos. Cuando llegamos a la entrada de la casa de Charlie, su hermana abre la puerta antes de que el coche se detenga.

—Dile a mamá que llegaré tarde —dice Charlie mientras su hermana sale del coche—. ¿Y cuándo crees que regrese papá a casa?

Su hermana se queda parada. Mira a Charlie con desprecio.

—Dentro de diez a quince años, según el juez. —Cierra de un portazo.

Eso no me lo esperaba, y por lo visto Charlie tampoco. Se gira lentamente en el asiento hasta volver a mirar hacia delante. Toma aire y lo suelta poco a poco.

—Mi hermana me odia. Vivo en un cuchitril. Mi madre es alcohólica. Mi padre está en la cárcel. Te pongo los cuernos. —Me mira—. ¿Por qué diablos sales conmigo?

Si la conociera mejor, la abrazaría. Le tomaría la mano. «Algo.» No sé qué hacer. No existe protocolo sobre cómo consolar a la que ha sido tu novia durante cuatro años y a quien acabas de conocer esta mañana.

—Bueno, según Ezra, te quiero desde antes de aprender a caminar. Supongo que es difícil dejar algo así.

Se ríe en voz baja.

—Debes de tener una lealtad brutal, porque hasta *yo* estoy empezando a odiarme.

Quiero acercarme y acariciarle la mejilla. Hacer que me mire. Pero no lo hago. Echo el carro en reversa y dejo las manos quietas.

—A lo mejor eres algo más que tu situación financiera y cómo es tu familia.

—Sí —dice. Me mira y durante un momento una breve sonrisa remplaza a la decepción—. Tal vez.

Sonrío con ella, pero los dos nos giramos a mirar por la ventanilla para escondernos. Cuando volvemos a estar en la carretera, Charlie estira la mano a la radio. Pasa por diferentes emisoras y se queda en una con la que los dos comenzamos a cantar inmediatamente. En cuanto las primeras frases de la letra salen de nuestras bocas, los dos nos giramos y nos miramos.

—Letras —dice con suavidad—. Recordamos letras de canciones.

Nada cuadra. En este punto, mi mente está tan agotada que ya ni siquiera me interesa intentar entenderlo. Solo quiero el descanso que me proporciona la música. Al parecer, ella también, porque permanece sentada tranquilamente durante la mayor parte del trayecto. Cuando han pasado unos minutos, siento que me está mirando.

—Odio haberte engañado. —Sube el volumen de la radio y se acomoda en el asiento.

No quiere que le responda, pero si quisiera, le diría que no pasa nada. Que la perdono. Porque la chica que está ahora sentada a mi lado no parece que pueda ser la chica que me traicionó.

En ningún momento pregunta adónde nos dirigimos. Ni siquiera sé adónde nos dirigimos. Solo conduzco, porque conducir es lo único que parece conseguir que mi mente se calme. No sé durante cuánto tiempo estamos en el coche, pero el sol empieza a ponerse cuando decido dar la vuelta para regresar. Los dos estamos ensimismados durante todo el trayecto, lo cual resulta irónico para dos personas que no tienen recuerdos.

—Tenemos que revisar nuestros teléfonos —le digo.

Son las primeras palabras entre nosotros después de más de una hora—. Buscar mensajes antiguos, e-mails, los buzones de voz. Tal vez encontremos algo que pueda explicar esto.

Saca el teléfono.

—Ya lo intenté antes, pero no tengo un teléfono lujoso como el tuyo. Solo recibo SMS, pero tengo muy pocos.

Paro el coche en una gasolinera y me estaciono en la zona, donde está más oscuro. No sé por qué, pero siento que necesitamos privacidad para hacer esto. No quiero que nadie se acerque si nos reconoce, porque lo más probable es que nosotros no los reconozcamos a ellos.

Apago el coche y nos ponemos a revisar nuestros teléfonos. Empiezo con los mensajes que tenemos entre los dos. Paso por varios, pero todos son breves y directos. Horarios, puntos de encuentro. «Te quiero» y «Te extraño». Nada que revele lo más mínimo sobre nuestra relación.

Según mi historial de llamadas, cada noche hablamos, al menos, durante una hora. Reviso todas las llamadas almacenadas en mi teléfono, que abarcan más de dos semanas.

—Hemos hablado casi cada noche durante al menos una hora —digo.

—¿En serio? —dice, genuinamente sorprendida—. ¿De qué hablaríamos durante una hora cada noche?

Sonrío.

—A lo mejor no nos dedicamos a *hablar* precisamente.

Sacude la cabeza y se ríe en voz baja.

—¿Por qué será que tus bromas sexuales no me sorprenden incluso a pesar de que no recuerdo nada de ti?

Su media sonrisa se transforma en un gruñido.

—Ay, Dios —dice, girando la pantalla del teléfono hacia mí—. Mira esto.

Desliza el dedo por el álbum de fotos de su teléfono.

—*Selfies*. Todo *selfies*, Silas. Hasta me hacía *selfies* en el *baño*. —Sale de la aplicación de fotos—. Mátame ya.

Me río y abro las fotos de mi teléfono. La primera es una de los dos. Estamos delante de un lago, tomándonos una *selfie*, cómo no. Se la enseño y vuelve a gruñir más fuerte todavía y se deja caer sobre el respaldo de forma dramática.

—Empieza a no gustarme quiénes somos, Silas. Tú eres un niño rico que se porta como un patán con su ama de llaves. Y yo soy una adolescente insoportable, con cero personalidad, que se hace *selfies* para sentirse importante.

—Estoy seguro de que no somos tan malos como aparentamos. Al menos parece que nos gustamos el uno al *otro*.

Se ríe en voz baja.

—Te engañaba. No debíamos ser tan felices.

Abro el *mail* en mi teléfono y encuentro un archivo de video con la etiqueta «No borrar». Hago clic en él.

—Mira esto.

Levanto el descansabrazos y me acerco a ella para que pueda ver el video. Subo el volumen del equipo del coche para que se oiga a través del Bluetooth. Ella levanta su descansabrazos y se acerca a mí para poder verlo mejor.

Oprimo el botón de *play*. Mi voz llega por las bocinas del coche, y se nota que soy yo quien sujeta la cámara en el video. Está oscuro y parece que estoy en el exterior.

«Oficialmente, ya es nuestro segundo aniversario.» Hablo en voz baja, como si no quisiera que me descubrieran haciendo lo que sea que estoy haciendo. Giro la cámara hacia mí y la luz de grabación de la cámara está encendida y me ilumina la cara. Parezco más joven, tal vez uno o dos años menor. Deduzco que tendré unos dieciséis porque acabo de decir que es nuestro segundo aniversario. Parece que me acerco con sigilo a una ventana.

«Estoy a punto de despertarte para desearte feliz aniversario, pero es casi la una de la madrugada de un día entre semana, así que estoy grabando esto por si tu padre me asesina.»

Vuelvo a girar la cámara y enfoco una ventana. La imagen se funde a negro, pero se puede oír cómo levanto la ventana y mis esfuerzos para subirme a ella. Una vez que estoy dentro de la habitación, dirijo el objetivo hacia la cama de Charlie. Hay un bulto debajo del edredón, pero no se mueve. Muevo la cámara por el resto de la habitación. Lo primero de lo que me doy cuenta es que no parece ser la habitación de la casa en la que Charlie vive ahora.

—Esa no es mi recámara —dice Charlie, mirando más de cerca el video que se está reproduciendo en mi teléfono—. Mi recámara de ahora no es ni la mitad de grande que esa. Y la comparto con mi hermana.

La habitación del video desde luego no parece una habitación compartida, pero no podemos observarla bien porque la cámara vuelve a apuntar hacia la cama. El bulto que hay bajo la ropa de cama se mueve y, a juzgar por el encuadre, parece que me estoy arrastrando hacia la cama.

«Nenita Charlie», susurro. Se quita el edredón de encima, pero se protege los ojos de la luz de la cámara.

«¿Silas?», susurra. La cámara sigue enfocándola desde un ángulo extraño, como si yo hubiera olvidado que la tengo entre las manos. Se oyen besos. Debo de estar besándole el brazo o el cuello.

Solo el sonido de mis labios sobre su piel es motivo suficiente para detener el video. No quiero incomodar a Charlie con esto, pero ella está tan concentrada en el video con tanta intensidad como yo. Y no por lo que está pasando entre nosotros en el video, sino porque no lo *recordamos*. Soy yo... Es ella... Somos nosotros, juntos. Pero no recuerdo absolutamente nada de este encuentro, así que es como si estuviéramos viendo a una pareja de extraños en un momento de intimidad.

Me siento como un *voyeur*.

«Feliz aniversario», le susurro.

La cámara se aleja y parece que la coloco sobre la almohada junto a su cabeza. Lo único que se ve ahora es el perfil de la cara de Charlie con la cabeza reposando en la almohada.

La imagen no tiene mucha calidad, pero sí la suficiente para ver que ella está exactamente igual que ahora. Su pelo oscuro está esparcido por la almohada. Está mirando hacia arriba, supongo que yo estoy encima de ella, pero no me veo en el video. Solo veo cómo se curva su boca y forma una sonrisa.

«Eres todo un rebelde —susurra—. No puedo creer que te hayas metido para decirme eso.»

«No me metí para decirte eso —susurro con suavidad—. Me metí para hacer esto.»

Finalmente, aparece mi cara en el video, y mis labios se posan con suavidad en los suyos.

Charlie se remueve en el asiento. Intento tragarme el nudo que tengo en la garganta. De pronto, desearía estar solo viendo esto. Volvería a ver el beso una vez, y otra, y otra.

Estoy en tensión, y me doy cuenta de que es porque estoy celoso del tipo del video, algo que no tiene ni el más mínimo sentido. Es como si estuviera viendo a un completo extraño hacer eso con ella, a pesar de que soy yo. Esos son mis labios sobre los suyos, pero me estoy enojando porque no recuerdo qué es lo que se siente.

Me debato entre parar o no el video, sobre todo porque lo que era un beso parece estar convirtiéndose en algo más que un simple beso. Mi mano, que le sujetaba la mejilla, acaba de desaparecer. Por los sonidos que Charlie emite en el video, parece que ella sabe muy bien dónde la he puesto.

Aparta la boca de la mía y mira directamente a la cámara, justo cuando pone la mano frente al objetivo y lo deja bocabajo, contra la cama. La pantalla se pone en negro, pero el sonido se sigue grabando.

«La luz me estaba cegando», murmura.

Tengo el dedo justo al lado del botón de pausa de mi teléfono. Debería pararlo, pero siento el calor del aliento que le sale de la boca y juega con la piel de mi cuello. Entre eso y los sonidos que salen de las bocinas, no quiero que el video se termine nunca.

«Silas», susurra.

Los dos seguimos mirando fijamente la pantalla, aunque sigue estando totalmente negra desde que ella apartó la cámara. No hay nada que ver, pero no podemos dejar de mirar. Los sonidos de nuestras voces bailan a nuestro alrededor, llenando el coche y a nosotros.

«Nunca nunca», susurro en la grabación.

Un gemido.

«Nunca nunca», susurra ella en respuesta.

Un jadeo.

Otro gemido.

Un crujido.

El sonido de un cierre.

«Te quiero tanto, Charlie.»

Sonidos de cuerpos que se mueven en la cama.

Respiraciones profundas. Muchas. Llegan de las bocinas y nos rodean, también la respiración de nuestras bocas mientras estamos aquí sentados escuchando esto.

«Oh, Dios... Silas.»

Dos respiraciones agudas. Besos desesperados.

Suena un claxon que se traga todos los sonidos que vienen de las bocinas.

El teléfono se me cae de las manos y acaba en el suelo. Los faros de un coche nos enfocan. Suenan unos nudillos golpeando la ventanilla de Charlie y, antes de que pueda recoger el teléfono, intentan abrir su puerta.

«Cómo me gusta tocarte, Charlie», mi voz atraviesa las bocinas.

Una explosión de carcajadas se escapa de la boca de la chica que ha abierto la puerta de Charlie. Estaba sentada con nosotros hoy en la comida, pero no consigo recordar su nombre.

—Oh, Dios mío —dice, dándole una palmada a Charlie en el hombro—. ¿Están viendo un video porno, chicos? —Se da la vuelta y grita hacia el coche cuyos faros aún brillan a través de las ventanillas—: ¡Char y Si están viendo un video porno!

Sigue riéndose cuando por fin consigo recuperar el teléfono y pauso el video. Bajo el volumen del equipo del coche. Charlie, con los ojos como platos, mira a la chica y luego a mí.

—Ya nos íbamos —le digo a la chica—. Charlie tiene que irse a casa.

La chica se ríe y sacude la cabeza.

—Ay, por favor —dice, mirando a Charlie—. Tu madre debe de estar tan borracha que pensará que estás en la cama. Vengan con nosotros, vamos a casa de Andrew.

Charlie sonríe y sacude la cabeza.

—No puedo, Annika. Te veo mañana en la escuela, ¿okay?

Annika parece demasiado ofendida. Se burla cuando Charlie intenta cerrar la puerta a pesar de que ella está en medio. La chica se aparta y Charlie cierra la puerta y la bloquea.

—Conduce —dice.

Lo hago. Con gusto.

Estamos a un kilómetro de la gasolinera cuando Charlie se aclara la garganta. No ayuda a mejorar su voz, porque a pesar de eso sale áspera y débil.

—Creo que deberías borrar ese video.

No me gusta su sugerencia. Ya había decidido volver a ponerlo esta noche al llegar a casa.

—Podría contener alguna pista —le digo—. Creo que debería volver a verlo. Escuchar cómo termina.

Sonríe justo en el momento en el que mi teléfono me avisa de un mensaje. Le doy la vuelta y veo una notificación en la parte de arriba de la pantalla de «Padre». Abro mis mensajes.

Padre: Ven a casa. Solo, por favor.

Le enseño a Charlie el mensaje y solo asiente.

—Puedes dejarme en mi casa.

El resto del trayecto es algo incómodo. Siento que el video que acabamos de ver ha hecho que, por alguna razón, nos veamos el uno al otro de forma distinta. No necesariamente mala, solo distinta. Antes, cuando la miraba, solo veía a la chica que estaba experimentando este fenómeno extraño conmigo. Ahora, cuando la miro, es la chica con la que, supuestamente, hago el amor. La chica con la que, al parecer, hice el amor durante un tiempo. La chica a la que, por lo visto, *todavía* amo. Solo desearía poder recordar lo que se supone que se siente.

Después de ver la conexión que obviamente tuvimos una vez, el hecho de que ella se hubiera enredado con ese tal Brian me confunde todavía más. Pensar en él ahora me llena de mucha más rabia y celos que antes de vernos juntos en el video.

Cuando llegamos al camino de entrada a su casa y nos detenemos, ella no sale enseguida. Se queda mirando la casa oscura que tenemos frente a nosotros. Hay una luz tenue encendida en una de las ventanas de la fachada, pero no hay señales de movimiento dentro de la casa.

—Intentaré hablar esta noche con mi hermana. Tal vez pueda hacerme una idea de lo que pasó anoche cuando llegué a casa.

75

—Creo que es buena idea —le digo—. Yo haré lo mismo con mi hermano. Puede que de paso averigüe cómo se llama.

Se ríe.

—¿Quieres que te recoja mañana para ir a la escuela?

Asiente.

—Si no te importa.

—No me importa.

Volvemos a quedarnos en silencio. El silencio me recuerda a los suaves sonidos que emitía en el video que tengo aún en el teléfono, gracias a Dios. Estaré toda la noche escuchando su voz en mi cabeza. La verdad es que lo estoy deseando.

—Sabes —dice, dando toquecitos en la puerta con los dedos—. A lo mejor mañana nos despertamos y estamos perfectamente normales. O tal vez hayamos olvidado lo que ha pasado hoy y todo volverá a la normalidad.

Podemos esperar que así sea, pero mi intuición me dice que eso no sucederá. Mañana nos despertaremos igual de confundidos que ahora.

—Yo apostaría lo contrario —digo—. Revisaré el resto de los e-mails y mensajes esta noche. Deberías hacer lo mismo.

Asiente de nuevo, girando por fin la cabeza para establecer contacto visual directo conmigo.

—Buenas noches, Silas.

—Buenas noches, Charlie. Llámame si...

—Estaré bien —me corta enseguida—. Nos vemos por la mañana.

Sale del coche y empieza a caminar hacia su casa. Quiero gritarle, decirle que espere. Quiero saber si se pregunta lo mismo que yo: «¿Qué significa *Nunca nunca*?».

7

Charlie

Creo que, si le vas a ser infiel a tu pareja, debería ser con alguien que esté a la altura de tu pecado. No estoy segura de si esto es lo que piensa la vieja Charlie o la nueva Charlie. O tal vez, como estoy observando la vida de Charlie Wynwood desde fuera, soy capaz de pensar en su infidelidad con desapego y sin demasiado juicio. Creo que, si vas a serle infiel a Silas Nash, mejor que sea con Ryan Gosling.

Me doy la vuelta para mirarlo antes de que se vaya en el coche y vislumbro su perfil, mientras la tenue luz de un farol detrás del coche le ilumina la cara. El puente de su nariz es irregular. En la escuela, los otros chicos tienen narices bonitas, o narices que son todavía suficientemente grandes para sus caras. O peor, narices llenas de granos. Silas tiene nariz de adulto. Hace que lo tomes más en serio.

Me giro hacia la casa. Siento el estómago como grasiento. Cuando abro la puerta y echo un vistazo al interior, veo que no hay nadie en casa. Me siento como si fuera una intrusa entrando en casa de alguien.

—¿Hola? —digo—. ¿Hay alguien?

Cierro la puerta con cuidado y voy de puntillas hacia la sala.

Doy un respingo.

La madre de Charlie está en el sofá viendo *Seinfeld* sin volumen y comiendo frijoles directamente de la lata. De repente, recuerdo que lo único que he comido en todo el día es el sándwich de queso fundido que compartí con Silas.

—¿Tienes hambre? —le pregunto tímidamente. No sé si sigue enojada conmigo o si va a ponerse a llorar otra vez—. ¿Quieres que prepare algo de comer? —Se inclina hacia delante sin mirarme y deja los frijoles en la mesa de centro. Doy un paso hacia ella y me fuerzo a decir—: ¿Mamá?

—No va a contestarte. —Me giro y veo a Janette, que va hacia la cocina con una bolsa de Doritos en la mano.

—¿Esa es tu cena?

Se encoge de hombros.

—Pero ¿tú qué tienes, catorce años o qué?

—¿Tú qué tienes, muerte cerebral o qué? —responde ella. Y luego—: Sí, tengo catorce años.

Le quito los Doritos de la mano y me los llevo adonde está mi madre borracha mirando la pantalla de la tele.

—Las niñas de catorce años no pueden cenar esto —digo, dejando caer la bolsa en su regazo—. Deja de beber y compórtate como una madre.

No hay respuesta.

Me acerco al refrigerador, pero dentro solo hay una docena de latas de Coca-Cola Light y un frasco de pepinillos.

—Ponte la chamarra, Janette —le digo, mirando fijamente a mi madre—. Vamos por algo de cenar.

Janette me mira como si estuviera hablándole en mandarín. Pienso que tal vez debería añadir algo muy rudo para mantener las apariencias.

—¡Y date prisa, pedazo de mierda!

Se va corriendo a la habitación mientras yo busco unas llaves de coche por la casa. ¿Qué clase de vida tenía yo? ¿Y quién es esa criatura del sofá? Seguramente no era así antes. Vuelvo a mirarla desde atrás y siento una ola de compasión. Su marido, *mi padre*, está en la cárcel. *¡La cárcel!* Es algo muy grave. ¿De dónde estaremos sacando el dinero para vivir?

Hablando de dinero, echo un vistazo a mi cartera. Los veintiocho dólares siguen ahí. Debería alcanzarnos para comprar algo que no sean Doritos.

Janette sale de la recámara con una chamarra verde justo cuando encuentro las llaves. El verde le sienta bien, hace que parezca menos una adolescente enfadada con el mundo.

—¿Lista? —pregunto.

Pone los ojos en blanco.

—Pues muy bien, mami querida, ¡nos vamos a buscar algo de comer! —digo antes de cerrar la puerta, sobre todo para ver si no intenta detenerme.

Dejo que Janette vaya delante mientras nos dirigimos al garaje, y yo voy pensando en qué tipo de coche debemos de tener. Lo que está claro es que una Land Rover no va a ser, seguro.

—Ay —exclamo sorprendida—. ¿Y esta cosa funciona?

Me ignora y se pone los audífonos mientras observo el coche. Es un Oldsmobile muy viejo. Más viejo que yo. Huele a tabaco y a gente mayor. Janette se sube en el asiento del copiloto, muda, y se gira hacia la ventanilla.

—Muy bien, doña Parlanchina —digo—. A ver cuántas manzanas recorremos antes de que esta cosa se descomponga.

Tengo un plan. El recibo que encontré está fechado el pasado viernes y es del Electric Crush Diner, en el Barrio Francés. Lo malo es que esta carcacha no tiene GPS. Me las tendré que arreglar yo sola.

Janette sigue callada mientras salimos del camino de entrada a la casa. Garabatea en la ventanilla con el dedo, creando vaho con el aliento, una y otra vez. La observo de reojo; pobrecita. Su madre es alcohólica y su padre está en la cárcel, es muy triste. Además, me odia. Todo eso hace que esté bastante sola en el mundo. Me doy cuenta, sorprendida, de que Charlie está en esa misma situación. Aunque ella tiene a Silas, o *tenía* a Silas antes de engañarlo con Brian. «Agh.» Sacudo los hombros para quitarme de encima todas estas sensaciones. Odio a esta gente. Son insoportables. El único que me gusta un poco es Silas.

Un poco.

El Electric Crush Diner está en North Rampart Street. Encuentro un hueco de estacionamiento en una concurrida esquina y dejo el coche en paralelo entre una camioneta y un Mini Cooper. «Charlie es muy buena estacionándose en paralelo», pienso orgullosa. Janette se baja detrás de mí y se queda en la banqueta; parece perdida. El restaurante está enfrente. Intento mirar a través de las ventanas, pero la mayoría están oscurecidas. Encima de la puerta de entrada se lee en un neón rosa parpadeante: «The Electric Crush Diner».

—Vamos —digo. Le tiendo la mano y se echa hacia atrás—. ¡Vamos, Janette!

Me dirijo hacia ella con lo que solo puede ser un gesto agresivo de Charlie y la cojo de la mano. Intenta quitármela, pero la agarro con fuerza y la arrastro para cruzar la calle.

—¡Suéltame!

En cuanto llegamos a la otra acera, me giro para mirarla.

—¿Qué es lo que te pasa? Deja de actuar como una...
—«Niña de catorce años», digo para mis adentros.

—¿Qué? —dice ella—. Y, además, ¿a ti qué te importa cómo actúo?

El labio inferior le tiembla como si estuviera a punto de llorar. De repente, me siento muy mal por ser tan dura con ella. No es más que una niña con los pechos pequeños y el cerebro hormonado.

—Eres mi hermana —le digo con delicadeza—. Ya va siendo hora de que nos apoyemos, ¿no crees?

Por un momento creo que está a punto de decir algo, tal vez algo suave y agradable y de hermana, pero luego se dirige a la puerta del restaurante por delante de mí y abre la puerta. «Demonios.» Es una personita difícil. La sigo, tímidamente, y me paro en seco.

No es lo que me esperaba. En realidad, no es un restaurante... sino más bien un club con mesas de *diner* y bancos corridos. En medio del local hay lo que parece una pista de baile. Janette está junto a la barra, mirando a su alrededor totalmente desconcertada.

—¿Vienes aquí a menudo? —me pregunta.

Miro los bancos de las mesas forrados de cuero negro, y el suelo de mármol negro. Todo es negro salvo por los carteles rosa brillante de las paredes. Es tétrico y adolescente.

—¿Las puedo ayudar?

Un hombre sale por una puerta que hay al fondo del bar, cargado de cajas. Es joven, de unos veintipocos. Me gusta en cuanto lo veo porque lleva un chaleco negro sobre una camisa rosa. «A Charlie debe gustarle el rosa.»

—Tenemos hambre —le suelto.

Esboza media sonrisa y nos señala una mesa con la cabeza.

—La cocina no suele abrir hasta dentro de una hora, pero veré qué pueden prepararles; ¿gustan sentarse?

Asiento y voy directo hacia la mesa, arrastrando a Janette conmigo.

—Estuve aquí —le digo—. El pasado fin de semana.

—Ah... —es todo lo que dice antes de empezar a estudiarse las uñas.

Unos minutos más tarde, el chico de la camisa rosa sale silbando de la parte de atrás. Se acerca a nosotras y apoya las dos manos sobre la mesa.

—Charlie, ¿verdad? —pregunta. Asiento con cara de tonta. «¿Cómo sabe mi...? ¿Cuántas veces he...?»

—En la cocina me estaban preparando un pollo asado. ¿Qué les parece si lo comparto con ustedes? No vamos a estar ocupados hasta dentro de un par de horas.

Asiento de nuevo.

—Bien. —Da un golpe en la mesa con la palma de la mano y Janette pega un bote. Él la señala—. ¿Coca? ¿Sprite? ¿Shirley Temple?

Ella pone los ojos en blanco.

—Coca Light —dice.

—¿Y tú, Charlie?

No me gusta la forma en la que dice mi nombre. Es demasiado... familiar.

—Coca —contesto rápidamente.

Cuando se marcha, Janette se acerca hacia mí con el ceño fruncido.

—Siempre pides Light —dice en tono acusatorio.

—¿Sí? Bueno, me siento un poco rara.

Hace un ruidito burlón con la garganta.

—No me digas —dice.

La ignoro e intento echar un vistazo alrededor. ¿Qué haríamos Silas y yo aquí? ¿Es un sitio al que veníamos a menudo? Me paso la lengua por los labios.

—Janette —digo—. ¿Alguna vez te había hablado de este sitio?

Parece sorprendida.

—¿Te refieres a las veces que tenemos conversaciones íntimas después de apagar la luz por la noche?

—Está bien, está bien, comprendo. Soy una hermana horrible. Por Dios. Supéralo ya. Vengo en son de paz.

Janette arruga la nariz.

—¿Eso qué quiere decir?

Suspiro.

—Que estoy intentando hacer las cosas mejor. Empezar de cero.

En ese momento, el tipo de la camisa rosa nos sirve las bebidas. Le trajo un Shirley Temple a Janette a pesar de que pidió una Coca-Cola Light. Su cara refleja la decepción.

—Ella había pedido una Coca-Cola Light —digo.

—Esto le va a gustar —dice—. Cuando yo era pequeño...

—Tráele una Coca-Cola Light.

Levanta las manos como si se rindiera.

—Por supuesto, princesa.

Janette me mira a través de las pestañas.

—Gracias —dice.

—No hay de qué —contesto—. No puedes fiarte de los tipos con camiseta rosa.

Esboza una especie de sonrisa y me siento triunfal. No puedo creer que me gustara ese tipo. No puedo creer que me gustara Brian. ¿Qué diablos me pasaba?

Tomo el teléfono y veo que Silas me ha escrito varias veces. «Silas.» Me gusta Silas. Hay algo en su voz tranquilizadora y sus maneras de niño bueno. Y su nariz... tiene una nariz increíble.

Silas: Mi padre...

Silas: ¿Dónde estás?

Silas: ¿Hola?

El chico vuelve con el pollo y un plato de puré de papas. Un montón de comida.

—¿Me recuerdas tu nombre? —pregunto.

—Eres una perra, Charlie —dice mientras me coloca un plato delante. Mira a Janette—. Perdona —le dice.

Ella se encoge de hombros.

—¿Cómo te llamas? —pregunta con la boca llena de comida.

—Dover. Así me dicen mis amigos.

Asiento. «Dover.»

—Entonces, la semana pasada... —digo.

Dover mastica.

—Sí, qué loco. No esperaba volver a verte por aquí tan pronto.

—¿Por qué no? —pregunto.

Intento parecer natural, pero por dentro todo me vibra como si me estuvieran dando descargas.

—Bueno, tu chico estaba muy enojado. Pensé que iba a explotar antes de que lo echaran.

—¿Explotar? —Cambio el tono para que no parezca tanto una pregunta—: Explotar, sí, fue la...

—Parecías muy molesta —dice Dover—. No te culpo. Te la habrías pasado bien aquí si Silas no lo hubiera arruinado.

Me reclino en el asiento; de repente el pollo no me resulta nada apetitoso.

—Sí... —digo, mirando a Janette que nos observa a los dos con curiosidad.

—¿Ya terminaste, mocosa? —le pregunto.

Asiente y se limpia los dedos grasientos en una servilleta. Saco un billete de veinte de la cartera y lo dejo encima de la mesa.

—No hace falta —dice Dover, apartándolo con la mano.

Me inclino hasta que tenemos los ojos a la misma altura.

—A mí solo me paga la cena mi novio —digo, dejando el dinero encima de la mesa.

Me dirijo hacia la puerta; Janette me sigue por detrás.

—Ya, claro —dice Dover levantando la voz—; con una norma así, comes gratis siete días a la semana.

No me detengo hasta que llego al coche. Algo sucedió allí dentro. Algo que hizo que Silas casi enloqueciera. Enciendo el coche y Janette se echa un eructo enorme. Las dos nos echamos a reír a la vez.

—Nada de cenar Doritos otra vez —le digo—. Podemos aprender a cocinar.

—Claro —dice, encogiéndose de hombros.

Nadie cumple su palabra con Janette. Tiene un cierto aire de amargura. No hablamos durante el resto del trayecto a casa, y cuando llegamos al garaje, sale del coche de un salto antes de que apague el motor.

—Un placer pasar el rato contigo —le digo.

Imagino que, cuando entre, la madre de Charlie estará esperándola, tal vez para reclamarle por haberse llevado el coche, pero cuando entro en la casa, todo está a oscuras excepto la luz que sale por debajo de la puerta de la habitación de Janette y mía. Madre se ha ido a dormir. A madre no le importamos. Es perfecto para la situación en la que estoy. Puedo espiar por la casa e intentar averiguar qué me sucedió sin que me hagan preguntas, sin normas... pero no puedo dejar de pensar en Janette, en que solo es una niña que necesita a sus padres. Es todo tan jodido.

Cuando abro la puerta, Janette está escuchando música.

—Hey —le digo. Acabo de tener una idea—. ¿Has visto mi iPod?

La música da mucha información sobre las personas. No necesito tener recuerdos para saber eso.

—No lo sé. —Se encoge de hombros—. A lo mejor está con todas tus otras porquerías en el ático.

«¿Mis otras porquerías?»

«¿En el ático?»

Me emociono de repente.

A lo mejor soy algo más que una colcha sosa y un montón de novelas malas. Quiero preguntarle qué clase de porquerías, y por qué mis porquerías están en el ático en vez de en nuestra habitación compartida, pero Janette se ha vuelvo a poner los audífonos y está haciendo esfuerzos por ignorarme.

Decido que lo mejor será subir al ático y verlo por mí misma. «Muy bien, ¿dónde está el ático?»

8

Silas

Cuando estoy estacionando el coche se abre la puerta principal de casa y sale Ezra, apretándose las manos, nerviosa. Salgo del coche y camino hacia ella, con los ojos muy abiertos.

—Silas —dice, con la voz temblorosa—, pensé que él lo sabía. No le habría dicho que Charlie estuvo aquí, pero como no parecían estar ocultándolo, pensé que la situación habría cambiado y que ella podía venir...

Levanto la mano para evitar que continúe disculpándose innecesariamente.

—No pasa nada, Ezra. De verdad.

Suspira y se pasa la mano por el delantal, que todavía lleva puesto. No entiendo su nerviosismo, ni por qué ha pensado que yo estaría molesto con ella. Le sonrío con más insistencia de la que probablemente sea necesaria, pero es que ella parece necesitarlo.

Asiente y se dirige al interior de la casa. Me paro en el vestíbulo, sin estar lo suficientemente familiarizado con la casa como para saber dónde podría estar mi padre en este momento. Ezra pasa a mi lado, murmura un «buenas noches» y se dirige hacia las escaleras. Debe de vivir aquí.

—Silas.

Suena como mi voz, solo que más desgastada. Me giro y de pronto estoy cara a cara con el hombre de las fotos de familia que cubren las paredes. Pero le falta la sonrisa falsa y brillante.

Me mira de arriba abajo, como si la mera presencia de su hijo le decepcionara.

Se da la vuelta y atraviesa la puerta por la que se sale del vestíbulo. Su silencio y la determinación de sus pasos exigen que lo acompañe, y eso hago. Entramos en el despacho, rodea despacio el escritorio y toma asiento. Se inclina hacia delante y dobla los brazos sobre la madera de caoba.

—¿Tienes algo que decir?

Me siento tentado a hablar. Mucho. Me gustaría decirle que no tengo ni idea de quién es, ni de por qué está enfadado, y ni de quién *soy*.

Probablemente debería estar nervioso o sentirme intimidado por él. Estoy seguro de que el Silas de ayer lo estaría, pero es difícil sentirte intimidado por alguien que no conoces en absoluto. Por lo que a mí respecta, no tiene ningún poder sobre mí, y el poder es el ingrediente principal de la intimidación.

—¿Si tengo algo que decir de qué? —pregunto.

Miro hacia las estanterías con libros que tiene detrás. Parecen clásicos. Coleccionables. Me pregunto si ha leído alguno de esos libros o si se trata solo de ingredientes para lograr su intimidación.

—¡Silas! —Tiene la voz tan profunda y afilada que es como si la punta de un cuchillo me perforase los oídos. Me presiono un lado del cuello con la mano y aprieto antes de volver a mirarlo. Mira la silla que tiene enfrente, y me ordena en silencio que me siente.

Siento que el Silas de ayer estaría diciendo «Sí, señor» en este preciso momento.

El Silas de hoy sonríe y camina despacio hacia su asiento.

—¿Por qué ha estado ella en esta casa hoy?

Se refiere a Charlie como si fuera veneno. Se refiere a ella de la misma forma en que su madre se refirió a mí. Miro el brazo de la silla y levanto con la uña un trozo de piel agrietada.

—No se sentía bien en la escuela. Necesitaba que la llevara a su casa, y paramos antes aquí.

Este hombre... *mi padre*... se reclina en la silla. Se lleva una mano hacia la mandíbula y la frota.

Pasan cinco segundos.

Pasan diez segundos.

Quince.

Finalmente se reincorpora.

—¿Estás saliendo con ella otra vez?

«¿Es una pregunta trampa? Porque lo parece.»

Si digo que sí, obviamente se enojará. Si digo que no, parecerá que le estoy dejando ganar. No sé por qué, pero no quiero que este hombre gane, para nada. Tiene aspecto de estar acostumbrado a ganar.

—¿Y qué si lo estoy?

Su mano deja de frotarse la mandíbula porque ahora atraviesa la mesa y me coge del cuello de la camiseta. Tira de mí hacia él mientras yo me apoyo con las manos en el escritorio para resistirme. Estamos cara a cara ahora, y creo que está a punto de pegarme. Me pregunto si este tipo de interacción es habitual con él.

En lugar de pegarme como sé que le gustaría, aprieta el puño contra mi pecho y me suelta. Me caigo hacia atrás en el asiento, pero solo un segundo. Me levanto y retrocedo unos pasos.

Probablemente, debería haberle pegado, pero no lo

odio lo suficiente todavía como para hacerlo. Tampoco me gusta lo suficiente como para que me afecte su reacción. Sin embargo, me confunde.

Coge un pisapapeles y lo lanza a través de la habitación, por suerte no en mi dirección. Estalla contra una repisa de madera y tira todo lo que hay en ella al suelo. Unos cuantos libros. Un marco de fotos. Una roca.

Me quedo quieto y observo cómo camina de un lado a otro, con gotas de sudor recorriéndole la cara. No entiendo por qué le disgusta tanto que Charlie esté aquí. Sobre todo porque Ezra dijo que crecimos juntos.

Tiene las palmas de las manos apoyadas en el escritorio. Respira agitadamente y tiene las fosas nasales hinchadas como un toro furioso. Estoy esperando a que se vuelva loco en cualquier momento.

—Teníamos un acuerdo, Silas. Tú y yo. No te obligaría a testificar si me jurabas que no volverías a ver a la hija de ese hombre nunca más. —Una de sus manos golpea un armario cerrado mientras se pasa la otra por lo que le queda de pelo—. Sé que no crees que ella se haya llevado los archivos de este despacho, ¡pero yo sé que lo hizo! Y la única razón por la que no he ido más allá es que tú me *juraste* que no tendríamos que volver a tratar con esa familia nunca más. Y ahora aquí estás... —Se estremece. *Literalmente*—. ¡Aquí estás trayéndola a esta casa como si los últimos doce meses no hubieran existido! —Más aspavientos de frustración, expresiones faciales retorcidas—. ¡El padre de esa chica casi *arruina* esta familia, Silas! ¿Es que eso no significa un carajo para ti?

«La verdad es que no», quiero decirle.

Tomo nota mental de no enojarme nunca de esa forma. No les sienta bien a los Nash.

Busco algún tipo de emoción que represente remordimiento, para que pueda verlo en mi cara. Pero es difícil, cuando lo único que estoy sintiendo es curiosidad.

La puerta del despacho se abre y ambos desviamos nuestra atención hacia quien está entrando.

—Landon, esto no es asunto tuyo —dice mi padre con la voz suave. Miro brevemente a mi padre solo para asegurarme de que esas palabras han salido de su boca y no de la de otra persona. Suena casi como la voz de un padre afectuoso, más que la del monstruo que acabo de ver.

Landon, «por fin descubro el nombre de mi hermano menor», me mira.

—El entrenador te llama por teléfono, Silas.

Vuelvo a mirar a mi padre, que ahora me está dando la espalda. Doy por hecho que eso significa que nuestra conversación ha terminado. Camino hacia la puerta y salgo con gusto de la habitación, seguido de cerca por Landon.

—¿Dónde está el teléfono? —le pregunto al llegar a las escaleras.

La pregunta es lógica. ¿Cómo voy a saber si ha llamado al celular o al fijo?

Landon se ríe y pasa junto a mí.

—No hay llamada de teléfono. Solo intentaba sacarte de ahí.

Sube por las escaleras y observo cómo llega hasta arriba, gira a la izquierda y desaparece por el pasillo. «Es un buen hermano», pienso. Me dirijo adonde creo que está su habitación y llamo a la puerta. Está ligeramente abierta y empujo para abrirla.

—¿Landon? —Abro la puerta del todo y veo que está sentado en el escritorio. Gira la cabeza para mirarme por encima del hombro un momento y luego vuelve a mirar la computadora—. Gracias —digo, entrando en la habitación. «¿Los hermanos se dan las gracias entre sí?» A lo mejor no. Debería haber dicho algo tipo «Te tardaste mucho, imbécil».

Landon gira la silla e inclina la cabeza. Una mezcla de confusión y admiración dibujan su sonrisa.

—No sé muy bien qué pasa contigo. No te presentas a los entrenamientos y eso no ha pasado nunca. Actúas como si no te importara lo más mínimo que Charlie esté cogiendo con Brian Finley. Y luego, tienes el descaro de traerla *aquí*. ¿Después de toda la mierda por la que pasaron papá y Brett? —Sacude la cabeza—. Me sorprende que hayas podido escapar de su despacho sin que haya habido un baño de sangre.

Se da media vuelta y me deja procesándolo todo. Me giro y voy directo a mi habitación.

«Brett Wynwood, Brett Wynwood, Brett Wynwood.»

Repito su nombre en mi cabeza para recordar exactamente qué buscar cuando llegue a mi computadora. «Seguro que tengo una computadora.»

Cuando llego a mi habitación, lo primero que hago es dirigirme a la cajonera. Cojo la pluma que Charlie me pasó antes y leo las letras impresas de nuevo.

Grupo Financiero Wynwood-Nash

Busco por la habitación hasta que finalmente encuentro una *laptop* metida en un cajón junto a la mesita de noche. La enciendo y pongo la contraseña.

«¿Recuerdo la contraseña?» Añado esto a la lista de «cosas que no tienen ningún sentido».

Tecleo «Grupo Financiero Wynwood-Nash» en el buscador. Hago clic en el primer resultado y me lleva a una página que dice «Finanzas Nash», omitiendo claramente el «Wynwood». Me desplazo rápido hacia abajo por la página y no encuentro nada que sirva. Solo algo de información inútil de contacto.

Vuelvo a la página de atrás y me desplazo por el resto de los resultados, leyendo cada uno de los titulares principales y el artículo que sigue:

Los gurús de las finanzas, Clark Nash y Brett Wynwood, cofundadores del Grupo Financiero Wynwood-Nash, han sido acusados de cuatro cargos de conspiración, fraude y comercio ilegal.

Los dos magnates de los negocios, socios desde hace más de veinte años, se culpan mutuamente y afirman no tener conocimiento de las prácticas ilegales descubiertas durante una investigación reciente.

Leo otra:

Clark Nash absuelto de los cargos. El copresidente de la empresa, Brett Wynwood, condenado a quince años por fraude y malversación.

Cuando llego a la segunda página de resultados, la luz de la batería de la *laptop* empieza a parpadear. Abro el cajón, pero no hay cargador. Miro por todas partes. Debajo de la cama, en el armario, en los cajones de la cómoda.

La computadora muere durante mi búsqueda. Empiezo a usar el celular para buscar, pero también está a punto de morir, y el único cargador de teléfono que encuentro es para conectarlo en la *laptop*. Sigo buscando porque necesito saber exactamente qué sucedió para que estas dos familias se odien tanto la una a la otra.

Levanto el colchón, pensando que tal vez el cargador se haya quedado debajo de la cama. No encuentro el cargador, pero sí encuentro lo que parece un cuaderno. Lo saco de debajo del colchón y me siento en la cama. Justo en el momento en que lo abro por la primera página, me vibra el teléfono anunciando la llegada de un mensaje entrante.

Charlie: ¿Cómo van las cosas con tu padre?

Quiero averiguar más antes de decidir qué quiero compartir con ella. Ignoro el mensaje y abro el cuaderno. Encuentro montones de papeles metidos en un separador. En la parte superior de todas las hojas se lee «Grupo Financiero Wynwood-Nash», pero no entiendo nada de lo que dice. Tampoco entiendo por qué los tengo escondidos debajo de mi colchón.

Las palabras que Clark Nash me dijo antes se repiten en mi cabeza: «Sé que no crees que ella se haya llevado los archivos de este despacho, Silas, pero yo sé que lo hizo».

Pues parece que se equivoca, pero ¿por qué iba a llevármelos *yo*? ¿Qué habría necesitado yo de ellos?

«¿A quién intentaba proteger?»

Mi teléfono vuelve a vibrar con otro mensaje.

Charlie: El celular tiene una bonita función que se llama «confirmación de lectura». Si vas a ignorar mis mensajes, probablemente deberías quitarla. ;)

Por lo menos ha puesto una carita con guiño.

Yo: No te estoy ignorando. Estoy cansado. Tenemos muchas cosas que resolver mañana.

Charlie: Sí.

Es todo lo que dice. No estoy seguro de si debería contestar a su respuesta desganada, pero no quiero que se moleste si *no* le respondo.

Yo: Buenas noches, nenita Charlie. ;)

En cuanto le doy a enviar, me arrepiento. No sé qué es lo que pretendía con esa respuesta. Sarcasmo no, pero coqueteo seguro que tampoco.

Decido que mejor me arrepiento mañana. Ahora mismo necesito dormir para asegurarme de que mañana estaré lo suficientemente despejado por la mañana como para lidiar con todo esto.

Vuelvo a colocar el cuaderno debajo del colchón y justo veo un cargador con enchufe de pared y lo conecto a mi teléfono. Estoy demasiado agotado para seguir buscando esta noche, así que me quito los zapatos. Justo cuando me tumbo me doy cuenta de que Ezra ha cambiado las sábanas.

En cuanto apago la lámpara y cierro los ojos, mi teléfono vibra.

Charlie: Buenas noches, Silas.

No paso por alto la ausencia de palabras cariñosas, pero por alguna razón inexplicable, el mensaje me hace sonreír. Típico de Charlie.

«Creo.»

9

Charlie

No es una buena noche.

La puertecita del ático está dentro del armario que comparto con mi hermana. Después de enviar a Silas un mensaje de buenas noches, trepo por las tres estanterías, que están repletas de ropa, y empujo hacia arriba con la punta de los dedos hasta que se desliza hacia la izquierda. Miro hacia atrás por encima del hombro por si Janette ha levantado la vista del teléfono. Debe de ser normal que yo suba al ático y ella se quede ahí. Le preguntaría si quiere subir conmigo, pero solo sacarla a cenar ya fue agotador. «En otro momento», pienso. Descubriré la forma de arreglar las cosas entre nosotras.

No sé por qué, pero mientras paso a través del hueco y hacia un espacio aún más pequeño, veo la cara de Silas; la piel bronceada y suave. Los labios carnosos. Cuántas veces habré probado esa boca y, sin embargo, no recuerdo ni un solo beso.

El aire está caliente y cargado. Gateo hacia una pila de almohadas y apoyo la espalda sobre ella, estiro las piernas y las coloco por delante de mí. Hay una linterna justo encima de un montón de libros. La enciendo, miro los lomos, son historias que conozco pero que no recuerdo haber leído. Qué extraño es estar hecha de carne que envuelve unos huesos y tener un alma que nunca has conocido.

Levanto los libros, uno o uno, y leo la primera página de cada uno de ellos. Quiero saber quién es ella, quién soy *yo*. Cuando he terminado, encuentro un libro más grande debajo, encuadernado en cuero rojo rugoso. Lo primero que pienso es que he encontrado un diario. Al abrirlo las manos me tiemblan.

No es un diario. Es un álbum de recortes. Cartas de Silas.

Lo sé porque todas están firmadas con una nítida «S» que parece el dibujo de un rayo. Y sé que me gusta su letra, directa y nítida. Sobre cada nota hay una foto sujeta con un clip, seguramente tomadas por Silas. Leo una nota tras otra, deleitándome con cada palabra. Cartas de amor. Silas está enamorado.

«Es precioso.»

Le gusta imaginar una vida conmigo. En una carta, escrita en la parte de atrás de una bolsa de papel café, detalla la forma en la que pasaremos las Navidades cuando tengamos nuestra propia casa: sidra especiada caliente junto al árbol de Navidad, masa de galletas cruda que nos comemos antes de meterla al horno. Me dice que quiere hacer el amor conmigo con solo la luz de las velas iluminando la habitación para así ver cómo brilla mi cuerpo en esa luz. La foto de papel que acompaña a la nota es un pequeño árbol de Navidad que parece estar en su habitación. Debíamos de haberlo puesto juntos.

Encuentro otra nota, en el reverso de un recibo, en la que detalla lo que siente cuando está dentro de mí. La temperatura de mi cara aumenta mientras leo la nota una y otra vez, disfrutando con su lujuria. La foto que la acompaña es de mi hombro desnudo. Las fotos son tan impactantes como sus palabras. Me dejan sin aliento y no sé si la parte de mí que no puedo recordar está enamorada de él. Solo siento curiosidad por el chico moreno que me mira tan serio.

Dejo la nota a un lado, sintiéndome como si estuviera fisgoneando en la vida de otra persona, y cierro el álbum. Esto era de Charlie. Yo no soy ella. Me quedo dormida rodeada de las palabras de Silas, con sus letras y frases salpicadas y arremolinándose en mi cabeza hasta que...

Una chica se deja caer de rodillas delante de mí.

—Escúchame —susurra—. No tenemos mucho tiempo...

Pero no la escucho. La empujo y se va. Estoy fuera. Hay una hoguera encendida dentro de un viejo bote de basura. Me froto las manos para entrar en calor. Detrás de mí oigo un saxofón, pero el sonido se transforma en un grito. Es entonces cuando corro. Corro a través del fuego que había en el bote, pero que ahora está por todas partes, lenguas de fuego sobre los edificios de la calle... Corro, ahogándome con el humo, hasta que veo la fachada de una tienda pintada de rosa que no está en llamas ni rodeada de humo, a pesar de que todo a su alrededor está ardiendo. Es una tienda de curiosidades. Abro la puerta sin pensarlo porque es el único lugar a salvo de las llamas. Silas me espera allí. Me guía entre huesos, libros y botellas y me lleva a una habitación trasera. Una mujer sentada en un trono hecho de espejos rotos me mira con una leve sonrisa en los labios. Los trozos de espejo reflejan haces de luz que agitan y bailan en las paredes. Me giro para mirar a Silas y preguntarle dónde estamos, pero ha desaparecido.

—¡Deprisa!

Me despierto de un sobresalto.

Janette se asoma por la rendija del techo del armario y me está sacudiendo el pie.

—Tienes que levantarte. No puedes faltar más días.

Estoy todavía en la húmeda buhardilla. Me limpio el sueño de los ojos y la sigo por las tres estanterías hasta nuestra habitación. Me conmueve que sepa que ya no puedo faltar a la escuela y que se haya preocupado de despertarme. Cuando llego al baño estoy tiritando y abro la regadera. Sigo teniendo sueño. Aún puedo ver mi reflejo en los fragmentos rotos de ese trono.

El fuego entra y sale de mi campo de visión, espera detrás de mis párpados cada vez que pestañeo. Si me concentro, puedo oler la ceniza por encima del gel de ducha que estoy usando, por encima del champú empalagosamente dulce que me pongo en la mano. Cierro los ojos e intento recordar las palabras de Silas... «Estás caliente y húmeda, y tu cuerpo me agarra como si no quisiera dejarme ir.»

Janette llama a la puerta.

—¡Se hace tarde! —grita.

Me visto rápidamente y salimos por la puerta principal antes de que me dé cuenta de que ni siquiera sé cómo espera Janette que vayamos hoy a la escuela. Le dije ayer a Silas que me recogiera.

—Amy tendría que haber llegado ya —dice Janette.

Se cruza de brazos y echa un vistazo a la calle. Es como si no pudiera ni mirarme. Saco mi teléfono y escribo a Silas para decirle que no vaya a buscarme. Miro también si me ha escrito Amy justo en el momento en el que su pequeño Mercedes plateado aparece por la esquina.

—Amy —digo.

Me pregunto si es una de las chicas con las que me senté ayer durante la comida. Casi no me enteré de los nombres ni de las caras. El coche se para en la acera y caminamos hacia él. Janette se sube en el asiento trasero sin decir palabra, y después de unos segundos de deliberación, abro la puerta delantera. Amy es negra. La miro con sorpresa durante un momento antes de subir en el coche.

—Hey —dice, sin mirarme.

Me va bien su distracción porque así tengo un momento para observarla.

—Hola.

Es guapa; el pelo, que es más claro que la piel, tiene trenzas que le llegan hasta la cintura. Parece cómoda conmigo, por no mencionar que nos está llevando a la escuela a la rancia de mi hermana y a mí. Decido que debemos de ser buenas amigas.

—Me alegra ver que te sientes mejor. ¿Has decidido ya qué hacer con Silas? —me pregunta.

—Eh... eh... ¿Silas?

—Ajá —dice—. Es lo que pensaba. Todavía no lo sabes. Es una pena, la verdad, porque realmente son una gran pareja cuando se esfuerzan.

Permanezco sentada en silencio, preguntándome a qué se refiere, hasta que casi hemos llegado a la escuela.

—Amy —digo—. ¿Cómo le describirías mi relación con Silas a alguien que no nos conoce?

—¿Ves? Ese es tu problema —dice—. Siempre estás con jueguecitos.

Para el coche frente a la entrada de la escuela y Janette sale como un resorte.

—Hasta luego —digo cuando cierra la puerta.

—Es tan grosera —digo volviendo a mirar de frente.

Amy hace una mueca.

—¿Y tú eres la reina de la amabilidad? En serio, no sé qué es lo que te pasa. Estás incluso más rara que habitualmente.

Me muerdo los labios mientras nos metemos en el estacionamiento de la escuela. Abro la puerta antes de que el coche se detenga.

—Pero ¿qué haces, Charlie?

No quiero seguir escuchando lo que tiene que decir.

Voy corriendo hacia la escuela con los brazos cruzados con fuerza. *¿Todo el mundo* me odiaba? Al pasar la puerta, agacho la cabeza. Necesito encontrar a Silas. Mientras camino por el pasillo la gente me mira. No miro ni a izquierda, ni a derecha, pero siento sus miradas. Cuando quiero sacar mi teléfono para escribirle a Silas, me doy cuenta de que no lo tengo. Aprieto los puños. Lo tenía cuando le envié el mensaje para decirle que no me recogiera. Debo haberlo dejado en el coche de Amy.

Estoy de camino de vuelta al estacionamiento cuando alguien dice mi nombre.

Brian.

Mientras corre hacia mí, echo un vistazo alrededor por si alguien nos estuviera observando. Aún tiene el ojo un poco morado de cuando le pegué el puñetazo. Me gusta eso.

—¿Qué? —digo.

—Me pegaste.

Permanece un poco alejado, como si tuviera miedo de que lo fuera a hacer de nuevo. Sea cual sea el juego que estuve jugando con él, antes de que todo esto ocurriera, no fue culpa suya.

—Lo siento —le digo—. Últimamente he estado rara. No debería haber hecho eso.

Parece como si hubiera dicho exactamente lo que quería oír. Su gesto se relaja y se pasa una mano por la nuca mientras me mira.

—¿Podemos ir a algún sitio más privado para hablar?

Miro el pasillo lleno de gente y niego con la cabeza.

—No.

—Está bien —dice—. Entonces lo hablamos aquí.

Cambio el peso de una pierna a otra y miro por encima de mi hombro. En función de cuánto se alargue esto, puede que me dé tiempo de encontrar a Amy, tomar las llaves de su coche y...

—O Silas o yo.

Giro la cabeza para mirarlo.

—¿Qué?

—Te quiero, Charlie.

Ay, Dios. Me pica todo. Retrocedo un paso y busco con la mirada a alguien que me pueda ayudar a zafarme de esto.

—No es un buen momento para mí, Brian. Tengo que encontrar a Amy y...

—Sé que lo suyo viene de largo, pero hace mucho que no eres feliz. Ese tipo es un imbécil, Charlie. Ya viste lo que pasó con el Camarón. Me sorprende...

—¿De qué hablas?

Parece molesto de que le haya interrumpido el discurso.

—Hablo de Silas y...

—No, lo del Camarón.

La gente se está parando a mirarnos. En los casilleros se forman grupos de curiosos: ojos, ojos, ojos en mi cara. Es tan incómodo. Lo odio.

—Ella. —Brian mueve la cabeza hacia la izquierda justo cuando entra una chica por la puerta y pasa junto a nosotros. Cuando ve que la miro, la cara se le pone de color rosa, como un camarón. La reconozco de la clase de ayer. Es la que estaba en el suelo, recogiendo los libros. Es diminuta. Tiene el pelo de color café verdoso, como si hubiera intentado teñírselo ella y le hubiera salido fatal. Pero incluso, aunque no se lo hubiera teñido, es... triste. Estropeado, flequillo irregular, grasiento y lacio. Tiene un montón de granos en la frente y la nariz respingona. Lo primero que pienso es que es *fea*. Pero es más un hecho que un juicio. Antes de que pueda parpadear, se aleja y desaparece entre la multitud de curiosos. Tengo la sensación de que no se ha ido. Está esperando detrás... Quiere oírme. Sentí algo... Cuando la vi sentí algo.

Mi cabeza da vueltas cuando Brian se me acerca. Dejo que me coja del codo y me acerque hacia su pecho.

—O Silas o yo —dice de nuevo. Está siendo atrevido porque ya le di un puñetazo por tocarme. Pero no estoy pensando en él. Estoy pensando en la chica, el Camarón, preguntándome si estará por ahí, escondiéndose detrás de todo el mundo—. Necesito una respuesta, Charlie.

Me tiene tan cerca que cuando la miro a la cara puedo ver las pecas de sus ojos.

—Entonces mi respuesta es Silas —digo en voz baja.

Se queda paralizado. Noto cómo se le tensa el cuerpo.

10

Silas

—¿Irás hoy al entrenamiento? —pregunta Landon. Ya está fuera, al lado de mi puerta y ni siquiera recuerdo haber entrado al estacionamiento de la escuela, y mucho menos haber apagado el coche. Asiento con la cabeza, pero no soy capaz de mirarlo a los ojos. He estado tan ensimismado durante el trayecto que ni he pensado en preguntarle nada.

He estado obsesionado con el hecho de que no me he despertado con recuerdos. Esperaba que Charlie tuviera razón, que nos levantaríamos y todo habría vuelto a la normalidad. Pero no ha sido así.

O al menos *yo* no me he levantado con recuerdos. No he hablado con Charlie desde anoche, y su mensaje de esta mañana no revelaba nada.

Ni siquiera he abierto el mensaje. Apareció en mi pantalla bloqueada y leí lo suficiente para saber que no me gustaba cómo me estaba haciendo sentir. Enseguida pienso en quién habrá ido a recogerla y si a ella le habrá parecido bien.

Mi instinto protector entra en acción cuando se trata de

ella, y no sé si siempre ha sido así o si es porque es la única con quien puedo relacionarme ahora mismo.

Salgo del coche, decidido a encontrarla. Decidido a asegurarme de que se encuentra bien, aunque sé que lo más probable es que así sea. No necesito saber nada más de ella para saber que en realidad no necesita que cuide de ella. Es ferozmente independiente.

Eso no quiere decir que no lo vaya a intentar al menos.

Cuando entro en la escuela, me doy cuenta de que no sé por dónde empezar a buscarla. Ninguno de los dos recuerda cuáles son nuestros casilleros, y teniendo en cuenta que eso nos pasó ayer a los dos durante la cuarta hora, no tengo ni idea de dónde están nuestras clases de primera, segunda y tercera hora.

Decido ir a los despachos de Administración y ver si puedo conseguir una nueva copia de mi horario de clases. Espero que Charlie haya hecho lo mismo, porque dudo que vayan a darme el de ella.

La secretaria no me resulta familiar, pero me sonríe como si me conociera.

—¿Vienes a ver a la señorita Ashley, Silas?

«La señorita Ashley.»

Me dispongo a negar con la cabeza, pero ya me señala con el dedo el camino hacia una puerta de despacho abierta. Sea quien sea la señorita Ashley, debo de visitarla lo bastante a menudo para que mi presencia aquí no sea algo inusual.

Antes de que llegue a la puerta del despacho, sale una mujer. Es alta, atractiva y parece extremadamente joven para ser una empleada. Sea cual sea su función aquí, no debe de llevar mucho tiempo haciéndolo. Por su edad, parece que apenas acaba de terminar la carrera.

—Señor Nash —dice con una vaga sonrisa, echándose la melena rubia por detrás del hombro—. ¿Tiene una cita?

—Me detengo y dejo de avanzar hacia ella. Vuelvo a mirar a la secretaria justo cuando la señorita Ashley hace un gesto con la mano—. No pasa nada, tengo unos cuantos minutos. Pase.

Paso junto a ella con cuidado y me fijo en la placa de la puerta al entrar en el despacho.

Avril Ashley, orientadora

Cierra la puerta tras de mí y echo un vistazo al despacho; está decorado con citas motivacionales y los típicos carteles con mensajes positivos. Me siento incómodo repentinamente. Atrapado. Debería haber dicho que no necesitaba verla, pero albergo la esperanza de que esta orientadora —«a quien por lo visto visitaba regularmente»— sepa algunas cosas sobre mi pasado que nos puedan ser útiles a Charlie y a mí.

Me giro, justo cuando la mano de la señorita Ashley se desliza por la puerta y alcanza la cerradura. La gira y se dirige hacia mí. Me toca el pecho y, justo antes de que su boca entre en contacto con la mía, me tropiezo hacia atrás y caigo contra un archivero.

«Guau.»

«¿Qué está pasando?»

Parece ofendida porque me he librado de su avance. No debe de ser un comportamiento habitual entre nosotros.

«¿Me estoy acostando con la orientadora?»

Pienso inmediatamente en Charlie y, basándome en nuestra evidente falta de compromiso mutuo, me pregunto qué clase de relación teníamos. «¿Por qué estábamos juntos?»

—¿Pasa algo? —dice la señorita Ashley.

Me giro despacio y doy unos pasos hacia la ventana, para alejarme de ella.

—Hoy no me siento muy bien. —La miro a los ojos y fuerzo una sonrisa—. No quiero contagiarte.

Mis palabras la tranquilizan y vuelve a reducir el espacio que nos separa, esta vez inclinándose y poniéndome los labios en el cuello.

—Pobrecito —ronronea—. ¿Quieres que te haga sentir mejor?

Abro mucho los ojos, recorro con ellos la habitación y busco una vía de escape. Mi atención se para en la computadora del escritorio y luego en una impresora detrás de la silla.

—Señorita Ashley —digo, apartándola suavemente de mi cuello.

«Esto es tan sumamente inapropiado.»

Se ríe.

—Nunca me llamas así cuando estamos solos. Es raro.

Está demasiado cómoda conmigo. Necesito salir de aquí.

—*Avril* —le digo, sonriendo—. Necesito un favor. ¿Puedes hacerme una copia de mi horario y del de Charlie? —Inmediatamente se pone recta, su sonrisa se borra con la sola mención del nombre de Charlie. «Punto de desencuentro, por lo que se ve»—. Estoy pensando en cambiar dos de mis clases para no tener que verla tanto. —«Nada más lejos de la verdad».

La señorita Ashley, *Avril*, desliza los dedos por mi pecho y la sonrisa reaparece en su cara.

—Bueno, ya era hora. Veo que al fin vas a seguir el consejo de la orientadora.

Su voz destila sexo. Puedo imaginar cómo debió de empezar todo con ella, pero me hace sentir superficial. Hace que odie quien era antes.

Cambio de postura mientras ella se dirige al asiento y se pone a teclear.

Coge dos hojas recién salidas de la impresora y se dirige hacia mí. Intento quitarle los horarios de la mano, pero los aleja de mí con una sonrisa pícara.

—No, no... —dice negando despacio con la cabeza—. Vas a tener que darme algo a cambio.

Se apoya en el escritorio y coloca los papeles bocabajo. Me mira de nuevo a los ojos y veo que no me iré si no la complazco, que es lo último que quiero hacer ahora.

Doy dos pasos lentos hacia ella y la tomo por ambos lados con las manos. Me inclino hacia su cuello y oigo su respiración fuerte cuando empiezo a hablar.

—Avril, solo me quedan cinco minutos antes de que empiece la clase. No me da tiempo a hacerte todo lo que me gustaría hacerte en solo cinco minutos.

Deslizo la mano hasta los horarios que están en el escritorio y retrocedo con ellos ya en la mano. Se muerde el labio inferior y me mira con los ojos ardientes.

—Vuelve a la hora de comer —susurra—. ¿Tendrá suficiente con una hora, señor Nash?

Le guiño un ojo.

—Tendré que arreglármelas —le digo mientras me dirijo a la puerta.

No me paro hasta que no he llegado al pasillo y he doblado la esquina, fuera de su campo de visión.

El lado irresponsable de mi yo de dieciocho años quiere celebrar que, por lo visto, me he estado acostando con la orientadora escolar, pero mi lado razonable me daría un puñetazo por haberle hecho algo así a Charlie.

Obviamente, Charlie es la mejor opción, y odio ver que estaba poniendo en peligro mi relación con ella.

Pero, claro, Charlie también lo estaba haciendo.

Por suerte, los horarios también tienen nuestros números de casillero y las combinaciones. El suyo es 543 y el mío 544. Supongo que lo hicimos a propósito.

Abro mi casillero primero y me encuentro tres libros de

texto apilados dentro. Un vaso de café medio vacío y el envoltorio de un rollo de canela. Hay dos fotos pegadas dentro del casillero: una de Charlie y yo, la otra de Charlie sola.

Saco la foto en la que está sola y la observo. Si no éramos felices juntos, ¿por qué tengo sus fotos en mi casillero? Esta en particular. Es evidente que la tomé yo porque tiene un estilo parecido a las fotos de mi habitación.

Está sentada en un sofá con las piernas cruzadas. Tiene la cabeza un poco inclinada y mira fijamente a la cámara.

Su mirada es intensa, como si estuviera observando mi interior. Parece sentirse segura y cómoda, y aunque no esté sonriendo o riéndose en la foto, se nota que es feliz. El día en el que se la tomé debió de ser un buen día para ella. Para nosotros. Sus ojos gritan miles de cosas en esa foto; la que más se oye es «¡Te quiero, Silas!».

La miro durante un rato más y luego la vuelvo a dejar dentro del casillero. Levanto el teléfono para ver si me ha escrito. No lo ha hecho. Estoy mirando a mi alrededor justo cuando veo que Landon se acerca por el pasillo. Me lanza unas palabras por encima del hombro mientras se cruza conmigo:

—Parece ser que lo de Brian no se ha terminado todavía, hermano.

Suena el timbre.

Miro en la dirección de la que venía Landon y veo a un montón de alumnos en esa parte del pasillo. Todo el mundo parece estar parado, observando. Algunos me miran a mí, otros se fijan en lo que hay al final del pasillo. Camino en esa dirección y la atención de la gente se centra en mí mientras paso.

La gente me abre camino y es entonces cuando la veo. Está de pie junto a una fila de casilleros, de brazos cruzados. Brian está apoyado en uno de los casilleros y la mira atentamente. Parece estar inmerso en la conversación, pero ella parece estar a la defensiva. Él me ve enseguida y su postura se vuelve rígida junto con la expresión de la cara. Charlie sigue la dirección de su mirada hasta que nuestros ojos se encuentran.

Soy consciente de que no necesita que la rescaten, pero en cuanto nos miramos puedo ver que se siente aliviada. Se le dibuja una sonrisa en los labios y lo único que deseo es apartarlo de ella. Delibero durante dos segundos. ¿Debería amenazarlo? ¿Le pego con la misma intensidad con la que deseé pegarle ayer en el estacionamiento? Ninguna de las dos acciones parece que me vaya a ayudar a conseguir lo que quiero.

—Deberías irte a clase —oigo que le dice ella.

Sus palabras son rápidas, un aviso, como si tuviera miedo de que yo esté decidido a pegarle. No tiene por qué preocuparse. Lo que estoy a punto de hacer le hará a Brian Finley mucho más daño que si fuera simplemente a darle un puñetazo.

Suena el segundo timbre. Nadie se mueve. Ningún alumno corre hacia clase para no llegar tarde. Nadie a mi alrededor se mueve por el pasillo tras escuchar el timbre.

Todos están esperando. Mirando. Esperan que yo empiece la pelea. Me pregunto si es eso lo que habría hecho el antiguo Silas. Me pregunto si es lo que haría el nuevo Silas.

Ignoro a todos menos a Charlie y camino con decisión hacia ella, con la mirada fija en la suya todo el rato. En cuanto Brian ve que me acerco, se aleja dos pasos de ella. La miro directamente mientras extiendo mi mano hacia ella, dándole la oportunidad de tomarla e irse conmigo, o permanecer donde está.

Siento sus dedos entrelazándose con los míos y cómo sostiene mi mano con firmeza. La alejo de los casilleros, de Brian, del montón de estudiantes. En cuanto doblamos la esquina, me suelta la mano y deja de caminar.

—Un poco dramático, ¿no crees? —dice.

Me giro para mirarla de frente. Tiene los ojos entornados, pero su boca parece seguir sonriendo. No sé si se está divirtiendo o si está molesta.

—Esperaban alguna reacción por mi parte. ¿Qué querías que hiciera? ¿Darle un toquecito en el hombro y preguntarle educadamente si podía interrumpir?

Se cruza de brazos.

—¿Qué te hace pensar que yo necesitaba que hicieras algo?

No entiendo por qué está siendo hostil. Pensaba que anoche habíamos acabado en buenos términos, no entiendo por qué está tan enojada conmigo.

Se frota los brazos con las manos y luego mira al suelo.

—Lo siento —murmura—. Es que... —Mira al techo y emite un gruñido—. Le estaba sacando información. Es la única razón por la que estaba con él en el pasillo. No estaba coqueteando.

Su respuesta me agarra desprevenido. No me gusta que se sienta culpable. No es por eso que la aparté de él, pero ella cree que realmente estoy enojado. Soy consciente de que no quería estar ahí; tal vez no se da cuenta de lo bien que he aprendido a leer sus reacciones.

Me acerco a ella. Cuando levanta la mirada para encontrarse con la mía, le sonrío.

—¿Te sentirías mejor si supieras que te estaba poniendo los cuernos con la orientadora? —Aspira una bocanada de aire y un gesto de sorpresa se le dibuja en la cara—. No eras la única que no estaba comprometida con la relación, Charlie. Parece ser que los dos teníamos problemas que resolver, así que no seas tan dura contigo misma.

Alivio no es precisamente lo que debería sentir una chica al enterarse de que su novio le ha sido infiel, pero claramente es lo que Charlie está sintiendo en este momento.

Puedo verlo en su mirada y oírlo en la respiración contenida que ahora libera.

—Vaya —dice, con las manos en las caderas—. Entonces, ¿estamos técnicamente empatados?

¿«Empatados»? Niego con la cabeza.

—Esto no es un partido que quiera ganar, Charlie. En todo caso, diría que los dos hemos perdido.

Sus labios forman una extraña sonrisa, y luego gira la cabeza.

—Deberíamos averiguar a qué clases tenemos que ir.

Me acuerdo de los horarios y saco el suyo de mi bolsillo trasero.

—No estamos juntos hasta la clase de Historia a cuarta hora. Tú tienes Inglés antes. Es en el otro pasillo —digo señalándole el aula de su primera clase.

Asiente y despliega el horario.

—Bien pensado —dice, echándole un ojo. Vuelve a mirarme con una sonrisa malévola—. Imagino que te lo ha dado tu amante la orientadora.

Sus palabras hacen que me avergüence, aunque no debería sentirme culpable por cosas que hayan pasado antes de ayer.

—*Ex*amante orientadora —aclaro con una sonrisa.

Se ríe, y es una risa de solidaridad. Por muy jodida que sea nuestra situación, y por más confusa que sea la nueva información sobre nuestra relación, el hecho de que podamos reírnos sobre ella es señal de que al menos compartimos lo absurdo de todo ello. Y el único pensamiento que tengo mientras me alejo de ella es cuánto me gustaría que Brian Finley se ahogara en su risa.

Las tres primeras clases del día me resultaron extrañas. Nadie en ellas ni nada de lo que se discutía me resultaba familiar. Me sentía como un impostor, fuera de lugar.

Pero en cuanto llegué a la cuarta clase y tomé asiento junto a Charlie, mi humor cambió. Ella me resulta familiar. Lo único que me es familiar en un mundo de contradicciones y confusión.

Cruzamos algunas miradas, pero no hablamos durante toda la clase. Tampoco hablamos ahora mientras entramos en la cafetería juntos. Miro nuestra mesa y todos los de ayer están otra vez sentados y nuestros asientos vacíos.

Hago un gesto con la cabeza apuntando a la cola:

—Vamos por la comida primero.

Me mira un breve instante antes de volver a la mesa.

—No tengo mucha hambre —dice—. Te espero en la mesa.

Se dirige hacia nuestro grupo y yo voy a la cola de la cafetería.

Después de coger una bandeja y una Pepsi, me acerco a la mesa y me siento. Charlie está mirando el teléfono, excluyéndose de la conversación.

El chico que está sentado a mi derecha, creo que es Andrew, me da un codazo.

—Silas —me dice, dándome varias veces—. Dile cuánto tiempo estuve en la banca el lunes.

Miro al muchacho que está sentado enfrente de nosotros. Pone los ojos en blanco y se bebe lo que le queda de refresco antes de aplastarlo contra la mesa.

—Anda, Andrew. ¿Crees que soy tan imbécil como para creer que tu mejor amigo no mentiría por ti?

«Mejor amigo.»

Andrew es mi mejor amigo, pero hace treinta segundos no sabía cómo se llamaba.

Mi atención pasa de ellos a la comida que tengo delante. Abro mi refresco y doy un trago justo cuando Charlie se aprieta la panza. Hay mucho alboroto en la cafetería, pero he oído el ruido de su estómago. Tiene hambre.

«Si tiene hambre, ¿por qué no come?»

—Charlie. —Me acerco a ella—. ¿Por qué no comes?

Ignora mi pregunta encogiéndose de hombros. Bajo aún más la voz.

—¿Tienes dinero?

Me clava la mirada como si acabara de revelar un gran secreto a toda la cafetería. Traga saliva y aparta la mirada, avergonzada.

—No —dice en voz baja—. Le di mis últimos dólares a Janette esta mañana. Aguantaré hasta que llegue a casa.

Dejo la bebida en la mesa y le pongo la bandeja delante.

—Toma. Voy por otra.

Me levanto y voy a la cola por otra bandeja. Cuando vuelvo a la mesa, ya ha dado algunos bocados. No me da las gracias y eso me alivia. Asegurarme de que tiene algo que comer no es un favor por el que quiera que me dé las gracias. Es algo que quiero que ella espere de mí.

—¿Quieres que te lleve a casa hoy? —le pregunto, justo cuando estamos terminando de comer.

—Hombre, no puedes faltar otra vez a los entrenamientos —dispara Andrew en mi dirección—. El entrenador no te dejará jugar mañana por la noche si faltas.

Me froto la cara con las manos y busco las llaves en el bolsillo.

—Toma —le digo poniéndoselas en la mano—. Lleva a tu hermana a casa después de clase. Recógeme cuando acabe el entrenamiento. —Intenta devolvérmelas, pero no las cojo—. Quédatelas —le digo—. Puede que necesites el coche y yo no voy a usarlo.

Andrew interrumpe:

—¿Vas a dejar que lleve tu coche? ¿Es broma? ¡A mí ni siquiera me has dejado sentarme al maldito volante!

Miro a Andrew y me encojo de hombros.

—No es de ti de quien estoy enamorado.

Charlie escupe la bebida de una carcajada. La miro y tiene una sonrisa enorme. Le ilumina toda la cara y hace que sus ojos cafés parezcan menos oscuros. Puede que no recuerde nada, pero apuesto a que su sonrisa era mi parte favorita de ella.

Ha sido un día agotador. Me siento como si hubiera estado en un escenario durante horas, interpretando escenas para las que no tengo guion. Lo único que quiero ahora es estar en mi cama, o con Charlie. O tal vez una combinación de ambas.

Sin embargo, Charlie y yo todavía tenemos un objetivo, y es averiguar qué diablos nos sucedió ayer. Ninguno de los dos teníamos ganas de venir a la escuela hoy, pero sabíamos que podría conducirnos a alguna respuesta. Después de todo, aquello nos sucedió ayer en medio de la jornada escolar, así que podría estar relacionado.

El entrenamiento de futbol también podría ser de ayuda. Estaré con gente con la que no he pasado mucho tiempo en las últimas veinticuatro horas. Tal vez descubra algo sobre mí, o sobre Charlie, que hasta ahora desconocía. Algo que arroje un poco de luz sobre nuestra situación.

Me tranquiliza comprobar que todos los casilleros tienen los nombres puestos, así que no me cuesta encontrar mi equipo. Lo difícil va a ser averiguar cómo ponérmelo. Me peleo con los pantalones mientras intento que parezca que sé lo que hago. El vestidor se va vaciando poco a poco a medida que los chicos van saliendo al campo, hasta que me quedo solo.

Cuando creo que ya lo tengo todo puesto, cojo la camiseta de la parte superior del casillero para ponérmela por encima de la cabeza. Me llama la atención una caja que está en la parte de atrás del estante superior. La cojo y me siento en el banco. Es una caja roja, mucho más grande que las cajitas para joyas. Quito la tapa y encuentro unas cuantas fotos en la parte de arriba.

No sale nadie en las fotos. Parecen de lugares. Las hojeo y llego a la foto de un columpio. Está lloviendo y el suelo debajo del columpio está encharcado. Le doy la vuelta y en el reverso dice: «Nuestro primer beso».

La siguiente foto es del asiento trasero de un coche, pero está tomada desde el suelo en contrapicado. Le doy la vuelta. «Nuestra primera pelea.»

La tercera es una foto de lo que parece una iglesia, pero solo sen ven las puertas. «Donde nos conocimos.»

Hojeo todas las fotos hasta que llego a una carta, doblada, en el fondo de la caja. La cojo y la desdoblo. Es una carta breve con mi letra, dirigida a Charlie. Empiezo a leerla, pero suena el teléfono, así que lo levanto y lo desbloqueo.

Charlie: ¿A qué hora termina tu entrenamiento?

Yo: No estoy seguro. He encontrado una caja con cosas en el casillero. No sé si nos ayudará, pero tiene una carta dentro.

Charlie: ¿Qué dice la carta?

—¡Silas! —grita alguien detrás de mí. Me giro y se me caen dos fotos de las manos. Hay un hombre en la puerta con cara de enojo—. ¡Al campo!

Asiento y él continúa por el pasillo. Vuelvo a meter las fotos en la caja y la guardo en mi casillero. Respiro hondo para tranquilizarme y me dirijo al campo de juego.

Hay dos líneas formadas en el campo, dos filas de chicos encorvados hacia delante y mirando fijamente al tipo que tienen enfrente. Hay un hueco clarísimo, así que corro hacia allí y copio lo que hacen los otros jugadores.

—Pero ¿qué diablos haces, Nash? ¿Por qué no llevas las hombreras? —grita alguien.

Hombreras. Demonios.

Salgo de la fila y vuelvo a los vestidores. Esta va a ser la hora más larga de mi vida. Es raro que no recuerde las reglas del futbol. No puede ser tan difícil. Correr de un lado a otro unas cuantas veces y se acabó el entrenamiento.

Encuentro las hombreras detrás de una fila de casilleros. Por suerte, son fáciles de poner. Vuelvo corriendo al campo y todo el mundo se está dispersando, corriendo como hormigas. Dudo antes de meterme en el campo. Cuando se oye un silbato, alguien me empuja por detrás.

—¡Vamos! —grita, molesto.

Las líneas, los números, las porterías. Nada tiene sentido para mí mientras estoy en el campo entre los otros chicos. Uno de los entrenadores grita una orden y, antes de que me dé cuenta, lanza el balón en mi dirección. Lo atrapo.

«¿Y ahora qué?»

A correr. Creo que debería correr.

Avanzo apenas un metro antes de que mi cara toque el césped artificial. Suena un silbato.

Un hombre grita.

Me levanto cuando uno de los entrenadores se dirige hacia mí.

—¿Qué diablos ha sido eso? ¡Centra tu maldita cabeza en la jugada!

Miro a mi alrededor con el sudor empezando a caerme por la frente. La voz de Landon suena detrás de mí:

—Pero, hombre, ¿qué diablos te pasa?

Me giro y lo miro con todo el mundo arremolinándose

en torno a mí. Sigo sus movimientos y pongo los brazos por encima de las espaldas de los tipos que tengo a la izquierda y a la derecha. Nadie dice nada durante varios segundos, y entonces me doy cuenta de que me están mirando todos. Esperando. ¿Quieren que diga algo? Creo que esto no es un círculo para charlar.

—¿Vas a llamar a juego o qué? —dice el chico que tengo a mi izquierda.

—Eh... —titubeo—. Tú —señalando a Landon—, haz esa... cosa.

Antes de que puedan cuestionarme, me aparto y el grupo se disuelve.

—El entrador lo va a mandar a la banca —oigo murmurar a alguien detrás de mí. Suena un silbato y, antes de que el sonido desaparezca de mis oídos, un tren de mercancías se estrella contra mi pecho.

O al menos, eso es lo que parece.

Tengo el cielo sobre mí, me pitan los oídos, no puedo respirar.

Landon se echa sobre mí. Me agarra el casco y lo sacude.

—Pero ¿qué diablos te pasa? —Mira a su alrededor y luego vuelve a mirarme a mí. Entorna los ojos—. Quédate en el suelo. Hazte el enfermo.

Hago lo que me dice y se levanta de un salto.

—Le dije que no viniera, entrenador —dice Landon—. Ha tenido estreptococos toda la semana. Debe de estar deshidratado.

Cierro los ojos, aliviado por mi hermano. Creo que este chico me cae bien.

—¿Qué diablos haces aquí, Nash? —El entrenador se arrodilla—. Ve al vestidor e hidrátate. Tenemos un partido mañana por la noche. Se levanta y llama a uno de los entrenadores asistentes—. Consíguele un antibiótico y asegúrate de que esté listo para el campo mañana.

Landon me levanta del suelo. Todavía me pitan los oídos, pero ahora puedo respirar. Me dirijo al vestidor, aliviado de estar fuera del campo. No tendría que haber salido. «No fue buena idea, Silas.»

Llego al vestidor y me quito el equipo. En cuanto me pongo los zapatos, oigo pasos que se acercan al vestidor por el pasillo. Miro alrededor y veo una salida en la pared del fondo, corro hacia ella y la abro. Por suerte lleva directamente al estacionamiento.

Me tranquiliza ver enseguida mi coche. Corro hacia él y Charlie se baja del asiento del conductor de un salto mientras me acerco. Me siento tan aliviado de verla, de tener a alguien que me entienda, que ni siquiera pienso en lo que voy a hacer.

La agarro por la muñeca y la jalo hacia mí, la rodeo con los brazos y la abrazo fuerte. Hundo la cara en su pelo y suspiro. Me es tan familiar. Me siento seguro. Hace que me olvide de que no puedo recordar...

—¿Qué haces?

Su cuerpo se tensa contra el mío. Su fría reacción me recuerda que no hacemos esas cosas. Silas y Charlie hacían esas cosas.

«Carajo.»

Carraspeo y la suelto y doy un rápido paso atrás.

—Lo siento —murmuro—. Es la costumbre.

—Nosotros *no tenemos* costumbres. Me aparta a un lado y da la vuelta alrededor del coche.

—¿Crees que siempre has sido tan mala conmigo? —le pregunto.

Me mira por encima del cofre y asiente.

—Apuesto a que sí. Creo que te gusta que te castiguen.

—Tipo masoquista —murmuro.

Los dos subimos al coche; tengo que ir a dos sitios esta noche. El primero es a casa para bañarme, pero seguro que, si le pregunto si quiere venir, me dirá que no para fastidiarme. Así que decido dirigirme a casa sin darle opción a escoger.

—¿Por qué sonríes? —me pregunta a los cinco kilómetros de trayecto.

No me había dado cuenta. Me encojo de hombros.

—Solo estaba pensando.

—¿En qué?

La miro, está esperando mi respuesta con el ceño fruncido.

—Me preguntaba cómo el viejo Silas pudo atravesar tu coraza.

Se ríe.

—¿Qué te hace pensar que lo hizo?

Volvería a sonreír si hubiera dejado de hacerlo.

—Viste el vídeo, Charlie. Lo querías.

Hago una pausa de un segundo, luego reformulo.

—A *mí*. Tú *me* querías.

—*Ella* te quería —dice Charlie, y luego sonríe—. Yo ni siquiera estoy segura de si me *gustas* todavía.

Sacudo la cabeza y me río suavemente.

—No me conozco muy bien, pero debía de ser extremadamente competitivo. Porque acabo de tomarme eso como un reto.

—¿Tomarte *qué* como un reto? ¿Crees que puedes volver a gustarme?

La miro y niego con la cabeza.

—No. Voy a hacer que vuelvas a enamorarte de mí.

Veo cómo se le mueve la garganta con suavidad cuando traga, pero tan rápido como baja la guardia, la vuelve a subir.

—Suerte con eso —dice, mirando al frente de nuevo—. Estoy bastante segura de que serás el primer tipo que compita consigo mismo por el amor de una chica.

—Puede que sí —digo mientras entramos en mi garaje—. Pero apuesto por mí.

Apago el coche y salgo. Ella no se quita el cinturón.

—¿Vienes? Necesito darme un regaderazo.

Ni siquiera me mira.

—Te espero en el coche.

No intento convencerla. Cierro la puerta y entro para ir al baño, pensando en la pequeña sonrisa que juraría que se estaba dibujando en la comisura de su boca.

Y, aunque volver a conquistarla no es mi prioridad ahora mismo, es desde luego el nuevo plan alternativo en caso de que ninguno de los dos sepa cómo volver a ser como éramos antes de ayer. Porque, a pesar de toda la porquería (ella engañándome con Brian, yo engañándola con la orientadora, nuestras familias enfrentadas), obviamente seguimos intentando que funcione. Tenía que haber algo allí, algo más profundo que la atracción o un simple vínculo desde la infancia, algo que me hizo luchar para seguir con ella.

Quiero volver a sentir eso. Quiero recordar qué se siente amar a alguien de esa manera. Y no a cualquiera. Quiero saber qué se siente amar a *Charlie*.

11

Charlie

Estoy de pie al borde del césped, mirando hacia su calle, cuando se acerca por detrás. No lo oigo llegar, pero lo huelo. No sé cómo, porque huele a aire libre.

—¿Qué estás mirando? —pregunta.

Miro las casas, todas inmaculadas y cuidadas hasta la extenuación. Me dan ganas de pegar un tiro al aire, solo para ver cómo sale corriendo la gente tranquila que está dentro. A este barrio le falta vida.

—Es curioso cómo el dinero parece silenciar un barrio —digo en voz baja—. En mi calle, donde nadie tiene dinero, hay mucho ruido. Se oyen sirenas, la gente grita, los coches se cierran con portazos, la música suena a todo volumen. Siempre hay alguien, en alguna parte, haciendo ruido. —Me giro y lo miro, sin esperarme la reacción que me produce ver su pelo húmedo y su suave cara. Me fijo en sus ojos, pero eso lo empeora. Me aclaro la garganta y miro hacia otro lado—. Creo que prefiero el ruido.

Da un paso hacia delante hasta que estamos hombro con hombro; ambos observamos la calle taciturna.

—No lo prefieres. Tú tampoco lo prefieres. —Lo dice como si me conociera y quiero recordarle que no me conoce de nada, pero me pone la mano en el codo—. Vámonos de aquí —dice—. Hagamos algo que no sea de Charlie y Silas. Algo que sea nuestro.

—Hablas de nosotros como si fuéramos invasores de cuerpos.

Silas cierra los ojos y echa la cabeza hacia atrás.

—No tienes ni idea de cuántas veces al día pienso en invadir tu cuerpo.

No pretendía reírme tan fuerte como lo hago, pero me tropiezo con los pies y Silas se acerca y me detiene. Los dos nos reímos mientras me endereza y me pasa las manos por los brazos.

Miro hacia otro lado. Estoy cansada de que me guste. Solo tengo un día y medio de recuerdos, pero están llenos de mí no odiando a Silas. Y ahora tiene la misión de conseguir que vuelva a quererlo. Es un fastidio que eso me guste.

—Apártate —le digo.

Levanta las manos en señal de rendición y da un paso atrás.

—¿Aquí?

—Más lejos.

Un paso más.

—¿Mejor?

—Sí —le espeto.

Silas hace una mueca.

—No nos conozco bien, pero me doy cuenta de que me tomas como un juego.

—Ay, por favor —digo—. Si fueras un juego, Silas, serías el Monopoly. Avanzas y avanzas y todo el mundo acaba haciendo trampas solo para que se acabe de una vez.

Se queda callado durante un minuto. Me siento mal por haber sido tan pesada, aunque fuera de broma.

—Probablemente tienes razón. —Se ríe—. Por eso me pusiste los cuernos con el estúpido de Brian. Por suerte para ti, ya no soy Silas Monopoly, sino Silas Tetris. Todas mis piezas y partes van a encajar con todas tus piezas y partes.

Resoplo.

—Y, por lo visto, también con las de la orientadora.

—Eso ha sido un golpe bajo, Charlie —dice, negando con la cabeza.

Espero unos segundos, mordiéndome el labio. Luego digo:

—Creo que no quiero que me digas así.

Silas se gira para mirarme.

—¿Charlie?

—Sí. —Le miro—. ¿Es raro? No me siento como si fuera ella. Ni siquiera la conozco. No siento que sea mi nombre.

Asiente mientras caminamos hacia el coche.

—Entonces, ¿puedo ponerte otro nombre?

—Hasta que resolvamos todo esto... sí.

—Poppy —dice.

—No.

—Lucy.

—De ninguna manera, ¿estás loco?

Abre la puerta del copiloto del Rover y subo.

—Está bien, está bien... Veo que no te gustan los nombres tradicionalmente bonitos. Podemos probar con algo más potente. —Se acerca al lado del conductor y sube—. Xena...

—No.

—Rogue.

—Puaj, no.

Seguimos así hasta que el GPS de Silas dice que hemos llegado. Miro alrededor y me sorprendo de haber estado tan distraída con él como para no darme cuenta del camino hasta aquí. Cuando miro el teléfono, veo que Brian me ha mandado seis mensajes. Ahora no quiero hablar con él. Meto el teléfono y la cartera debajo del asiento, lejos de mi vista.

—¿Dónde estamos?

—En Bourbon Street. El sitio más de moda de Nueva Orleans.

—¿Cómo lo sabes? —pregunto suspicaz.

—Lo he buscado en Google.

Nos miramos por encima del cofre y cerramos a la vez las puertas.

—¿Y cómo sabías qué era Google?

—Pensaba que eso es lo que se supone que debemos averiguar juntos.

Nos encontramos en la parte delantera de la camioneta.

—Creo que somos extraterrestres —digo—. Por eso no tenemos los recuerdos de Charlie y Silas. Pero recordamos cosas como Google y Tetris por los chips informáticos de nuestros cerebros.

—Entonces, ¿puedo llamarte Alien?

Antes de que pueda ser consciente de lo que estoy haciendo, le pongo el dorso de mi mano sobre el pecho.

—¡Concéntrate, Silas! —Suelta un «uf», y entonces señalo hacia delante con un dedo—. ¿Qué es eso?

Camino por delante de él.

Es un edificio con estructura similar a un castillo y de color blanco. Tiene tres capiteles que apuntan hacia el cielo.

—Parece una iglesia —dice, sacando el teléfono.

—¿Qué haces?

—Sacar una foto... por si volvemos a olvidar. He pensado que deberíamos documentar lo que nos sucede y adónde vamos.

Me quedo en silencio mientras pienso en lo que ha dicho. Es muy buena idea.

—Ahí es donde deberíamos ir, ¿verdad? Las iglesias ayudan a la gente... —Se me corta la voz.

—Sí —dice Silas—. Ayudan a la *gente*, no a los extraterrestres. Y ya que...

Le vuelvo a dar con la mano. Ojalá se lo tomara en serio.

—¿Y si fuéramos ángeles y tuviéramos que ayudar a alguien y nos dieron estos cuerpos para cumplir nuestra misión?

Suspira.

—¿Tú te estás escuchando?

Llegamos a las puertas de la iglesia, que, irónicamente, están cerradas.

—Está bien —digo, dándome la vuelta—. ¿Tú qué crees que es lo que nos ha pasado? ¿Nos golpeamos la cabeza y perdimos la memoria? ¿O comimos algo que nos sentó muy mal?

Bajo corriendo las escaleras.

—¡Eh! ¡Eh! —me llama—. No puedes enojarte conmigo. No es mi culpa.

Baja las escaleras detrás de mí.

—¿Cómo íbamos a saberlo? ¡No sabemos *nada*, Silas! Todo esto podría ser culpa tuya.

Ahora estamos de pie en la escalera, mirándonos fijamente.

—Puede que lo sea —dice—. Pero hiciera lo que hiciera, tú también lo hiciste. Porque, por si no te habías dado cuenta, estamos en el mismo barco.

Aprieto fuerte los puños, respiro hondo, me concentro en mirar a la iglesia hasta que me lloran los ojos.

—Oye —dice Silas, acercándose—. Siento haber hecho una broma con esto. Quiero saber qué ha pasado tanto como tú. ¿Qué más ideas tienes?

Cierro los ojos.

—Cuentos de hadas —digo, mirándolo de nuevo—. Siempre hay alguien con una maldición. Para romper el hechizo tienen que descubrir algo sobre sí mismos... luego...

—¿Luego qué?

Me doy cuenta de que está intentando tomarme en serio, pero eso me enfurece aún más.

—Hay un beso...

Sonríe.

—Un beso, ¿eh? Nunca he besado a nadie.

—¡Silas!

—¿Qué? ¡Si no me acuerdo no cuenta! —Me cruzo de brazos y miro a un músico callejero que toma el violín. Él puede recordar la primera vez que tomó un violín, las primeras notas que tocó, quién se lo regaló. Envidio sus recuerdos—. Te lo digo en serio, Charlie. Lo siento.

Miro a Silas de reojo. Parece realmente arrepentido: las manos en los bolsillos, la cabeza inclinada como si de golpe le pesara demasiado.

—Entonces, ¿qué crees que tenemos que hacer? ¿Besarnos?

Me encojo de hombros.

—Vale la pena intentarlo, ¿no?

—Dijiste que en los cuentos de hadas primero tienen que resolver algo...

—Sí. Por ejemplo, la Bella Durmiente necesitaba que alguien valiente la besara y la despertara de la maldición del sueño. Blancanieves necesitaba el beso del amor verdadero para resucitar. Ariel necesitaba que Eric la besara para romper el hechizo de la bruja del mar.

Silas se incorpora.

—Eso son películas —dice—. ¿Recuerdas haberlas visto?

—No recuerdo haberlas visto, solo sé que las he visto. El señor Deetson ha hablado de cuentos de hadas hoy en clase. De ahí he sacado la idea.

Empezamos a caminar hacia el músico callejero que está tocando algo lento y lúgubre.

—Es como si el fin de la maldición dependiera del chico —dice Silas—. Él necesita significar algo para ella.

—Sí... —Se me rompe la voz mientras nos paramos a escuchar. Ojalá supiera qué canción está tocando. Me suena haberla escuchado, pero no sé cómo se llama.

—Hay una chica —digo en voz baja—. Quiero hablar con ella... Creo que podría saber algo. Algunas personas se han referido a ella como el Camarón.

Silas arquea las cejas.

—¿Qué quieres decir? ¿Quién es?

—No lo sé. Está conmigo en un par de clases. Es solo una corazonada.

Estamos entre un grupo de curiosos y Silas me toma de la mano. Por primera vez, no me alejo de él. Dejo que sus cálidos dedos se entrelacen con los míos. Con la mano libre, toma una foto del violinista y luego me mira.

—Así podré recordar la primera vez que te tomé la mano.

12

Silas

Hemos caminado dos manzanas y todavía no me ha soltado la mano. No sé si es porque le gusta estrecharla o porque Bourbon Street es... *bueno*...

—¡Dios mío! —dice, girándose hacia mí. Me aprieta la blusa con la mano y apoya la frente en mi brazo—. Ese tipo es un exhibicionista —dice, riéndose sobre la manga de mi camiseta—. Silas, acabo de ver mi primer pene.

Me río mientras sigo guiándola entre la multitud ebria de Bourbon Street. Tras caminar un poco, vuelve a mirar hacia arriba. Nos acercamos hacia un grupo aún mayor de hombres agresivos, todos descamisados. En lugar de ropa, llevan montones de collares de cuentas colgados del cuello. Se ríen y le gritan a la gente que está en los balcones. Me aprieta la mano con más fuerza hasta que conseguimos pasar a través de ellos.

—¿Qué es lo de los collares? —pregunta—. ¿Por qué llevan algo de tan mal gusto?

—Es parte de la tradición del Mardi Gras —le digo—. Leí algo cuando estaba investigando sobre Bourbon Street. Empezó como una celebración del último martes antes de

Cuaresma, pero imagino que se ha convertido en algo que se hace todo el año.

La acerco hacia mí y señalo la acera de enfrente. Ella esquiva algo parecido a un vómito.

—Tengo hambre —dice.

Me río.

—¿Pasar por encima de un charco de vómito te ha dado hambre?

—No, el vómito me ha hecho pensar en comida, y la comida ha hecho que me sonara el estómago. Dame de comer. —Señala un restaurante calle arriba. El letrero parpadea en neón rojo—. Vamos allí.

Me adelanta, sin dejar de agarrar mi mano. Miro el teléfono y me dejo llevar. Tengo tres llamadas perdidas. Una de «Entrenador», una de mi hermano y otra de «Mamá».

Es la primera vez que pienso en mi madre. Me pregunto cómo será. Me pregunto por qué no la he conocido aún.

Choco con todo mi cuerpo contra Charlie porque se ha parado en seco para dejar pasar a un coche. Se lleva la mano a la nuca, donde mi barbilla ha chocado con ella.

—¡Au! —dice, frotándose la cabeza.

Me toco la barbilla y la miro desde atrás mientras se coloca el pelo hacia delante, por encima del hombro. Mi mirada se posa en la punta de lo que parece ser un tatuaje que le asoma por encima de la blusa.

Empieza a andar de nuevo, pero la agarro del hombro.

—Espera —le digo—. Deslizo los dedos hasta el cuello de su blusa y la jalo unos centímetros hacia abajo. Justo debajo de la nuca tiene la silueta de unos árboles dibujada en tinta negra. Paso los dedos por el contorno—. Tienes un tatuaje.

Su mano vuela hacia donde estoy tocando.

—¡¿Qué?! —grita. Se da la vuelta y me mira—. No puede ser.

—Sí lo es.

Le doy la vuelta y vuelvo a bajarle la blusa.

—Aquí —digo mientras vuelvo a tocar el contorno de los árboles. Esta vez noto que le dan escalofríos en el cuello. Sigo con la mirada la línea de diminutas marcas que le pasan por el hombro y se esconden bajo la blusa. Vuelvo a mirar el tatuaje; ahora sus dedos intentan sentir lo mismo que yo. Le cojo dos dedos y se los paso por la piel—. La silueta de unos árboles —le digo—. Justo aquí.

—«¿Árboles?» —dice, ladeando la cabeza—. ¿Por qué tendré unos árboles? —Se da la vuelta—. Quiero verlo. Sácale una foto con el teléfono.

Le bajo la blusa lo suficiente como para que se pueda ver todo el tatuaje, aunque no mide más de cinco centímetros de ancho. Le vuelvo a pasar el pelo por encima del hombro, no por la foto, sino porque deseaba hacerlo. También cambio la posición de la mano para que le pase por delante del cuerpo y le caiga sobre el hombro.

—Silas —refunfuña—. Toma la maldita foto. No estamos en una clase de arte.

Sonrío y me pregunto si siempre soy así, si me niego a tomar una simple foto sabiendo que con un poco más de esfuerzo puede ser excepcional. Levanto el teléfono, tomo la foto y miro la pantalla; me encanta lo bien que le queda el tatuaje. Se da la vuelta y me quita el teléfono de las manos.

Observa la foto y ahoga un grito.

—Oh, Dios mío.

—Es un tatuaje muy bonito —le digo.

Me devuelve el teléfono, pone los ojos en blanco y continúa en dirección al restaurante.

Que ponga los ojos como quiera. Eso no cambia cómo ha reaccionado al sentir mis dedos en la nuca.

La miro mientras se dirige al restaurante y me doy cuenta de que ya la estoy conociendo. Cuanto más le gusto, más se cierra. Más sarcástica es. Su vulnerabilidad hace que se sienta débil y por eso finge ser más dura de lo que realmente es. Creo que el Silas de antes también sabía eso de ella. Por eso la amaba, porque, por lo visto, le gustaba el juego que tenían.

Por lo visto, a mí también me gusta porque, una vez más, la estoy siguiendo. Atravesamos la puerta del restaurante y Charlie dice:

—Dos personas, mesa con bancos, por favor. —Antes de que la mesera tenga siquiera la ocasión de preguntar. «Al menos ha dicho por favor.»

—Por aquí —dice la mujer.

El restaurante es tranquilo y oscuro, en total contraste con el ruido y los neones de Bourbon Street. Una vez sentados, los dos respiramos aliviados. La mesera nos da los menús y toma nota de las bebidas. De vez en cuando, Charlie se lleva la mano a la nuca como si pudiera sentir el contorno de su tatuaje.

—¿Qué crees que significa? —dice sin dejar de mirar el menú que tiene delante.

Me encojo de hombros.

—No lo sé. ¿Tal vez te gustaban los bosques? —La miro—. ¿Esos cuentos de hadas de los que hablabas sucedían todos en bosques? A lo mejor el hombre que tiene que romper tu hechizo con un beso es un fornido leñador que vive en los bosques.

Nuestras miradas se encuentran y percibo que mi broma le está molestando. O tal vez esté molesta porque cree que soy gracioso.

—Deja de burlarte de mí —dice—. Los dos nos levantamos sin recuerdos exactamente al mismo tiempo, Silas. No hay nada más absurdo que eso. Ni los cuentos de hadas con leñadores.

Sonrío con inocencia y me miro la mano.

—Tengo callos —le digo, levantando la mano y señalando las durezas que tengo en la palma—. *Yo* podría ser tu leñador.

Vuelve a poner los ojos en blanco, pero esta vez se ríe.

—Probablemente tienes callos de masturbarte demasiado.

Levanto la mano derecha.

—Pero los tengo en las dos manos, no solo en la derecha.

—Ambidiestro —sentencia.

Los dos estamos sonriendo cuando nos sirven las bebidas.

—¿Ya saben qué quieren? —pregunta la mesera.

Charlie revisa el menú rápidamente y dice:

—Odio que no podamos recordar qué es lo que nos gusta. —Mira a la mesera—. Para mí un sándwich de queso fundido —dice—. Apuesta segura.

—Hamburguesa con papas, sin mayonesa —le digo.

Le devolvemos los menús y vuelvo a centrarme en Charlie.

—Todavía no tienes dieciocho, ¿cómo pudiste hacerte un tatuaje?

—Bourbon Street no parece ser un lugar en el que sean muy estrictos con las reglas —dice—. Puede que tenga una identificación falsa escondida por algún sitio.

Abro el buscador de mi teléfono.

—Voy a intentar averiguar qué significa el tatuaje. Me he vuelto bastante bueno con esto de Google.

Me paso los siguientes minutos buscando cada posible significado de árboles y bosques y grupos de árboles. Justo cuando creo que he encontrado algo, me quita el teléfono y lo pone encima de la mesa.

—Levántate —dice, poniéndose de pie—. Vamos al baño.

Me toma de la mano y me levanta del asiento.

—¿Juntos?

Asiente.

—Sí.

Le miro la nuca cuando se pone a caminar, luego a la mesa vacía. «Pero ¿qué...?»

—Vamos —dice, girando la cabeza.

La sigo hasta el pasillo que lleva a los baños. Abre el de mujeres, echa un vistazo dentro, luego saca la cabeza.

—Solo hay uno. Está vacío —dice mientras me sujeta la puerta.

Me quedo parado y miro hacia el baño de hombres, que parece perfectamente normal, así que no entiendo por qué está...

—¡Silas!

Me agarra del brazo y me jala para meterme en el baño.

Una vez dentro, medio espero que me ponga los brazos alrededor del cuello y me empiece a besar porque... «¿por qué íbamos a estar aquí dentro juntos si no?».

—Quítate la camisa.

Me miro la camisa.

Vuelvo a mirarla a ella.

—¿Vamos a...? ¿Estamos a punto de hacerlo? Porque lo cierto es que no me lo había imaginado exactamente así.

Emite un gruñido, se acerca y empieza a jalar el dobladillo de mi camisa. La ayudo a sacármela por la cabeza cuando dice:

—Quiero ver si tienes algún tatuaje, idiota.

Me desinflo.

Me siento como un chico de dieciocho años al que acaban de dejar con las ganas. Supongo que es lo que soy...

Me da la vuelta y, cuando miro al espejo, ahoga un grito. Tiene los ojos clavados en mi espalda. Mis músculos se tensan cuando sus dedos me tocan el omóplato derecho. Traza con ellos un círculo de varios centímetros de radio. Aprieto los ojos e intento controlar mi pulso. De repente, me siento más borracho que toda la gente de Bourbon Street junta. Me agarro al mueble que tengo delante porque sus dedos... mi piel.

—*Dios* —gimo, dejando caer la cabeza entre los hombros.

«Concéntrate, Silas.»

—¿Cuál es el problema? —pregunta ella, haciendo una pausa en la inspección de mi tatuaje—. ¿Te duele?

Suelto una carcajada porque sus manos sobre mi piel son todo lo contrario al dolor.

—No, Charlie, no duele.

Nuestros ojos se encuentran en el espejo y me mira fijamente durante unos segundos. Cuando por fin se da cuenta de lo que está haciendo, aparta la mirada y quita la mano de la espalda. Se sonroja.

—Ponte la camisa y ve a esperar la comida —exige—. Tengo que hacer pipí.

Dejo de agarrar el mueble e inhalo profundamente mientras vuelvo a ponerme la camisa. De vuelta a la mesa, me doy cuenta de que ni siquiera le he preguntado qué tatuaje tengo.

—Un collar de perlas —dice mientras se desliza en el banco—. Perlas negras. Tiene unos quince centímetros de diámetro.

—¿«Perlas»?

Ella asiente.

—¿Un collar?

Asiente de nuevo y da un sorbo a la bebida.

—Tienes el tatuaje de un collar de mujer en la espalda, Silas. —Ahora sonríe—. Muy de leñador.

Está disfrutando con esto.

—Bueno, tú tienes árboles en la espalda. No es para presumir. Probablemente te llenarás de polilla.

Se ríe a carcajadas y eso me hace reír a mí también. Mueve el popote de su bebida y mira al vaso.

—Conociéndome... —Hace una pausa—. Conociendo a *Charlie*, no se habría hecho un tatuaje a menos que significara algo para ella. Tiene que ser algo de lo que supiera que *nunca* se cansaría. Algo que *nunca* dejaría de amar.

Dos palabras familiares sobresalen en su frase.

—Nunca nunca —susurro. Me mira, reconoce la frase que nos decíamos en el video. Ladea la cabeza—. ¿Crees que tiene algo que ver contigo? ¿Con Silas?

Ella niega con la cabeza, discrepando en silencio con mi sugerencia, pero yo empiezo a buscar en mi teléfono.

—Charlie no sería tan tonta —añade—. No se tatuaría algo en la piel que estuviera relacionado con un tipo. Además, ¿qué tienen que ver los árboles contigo?

Encuentro exactamente lo que estaba buscando y, a pesar de que intento disimular, no puedo dejar de sonreír. Sé que es una sonrisa engreída y probablemente no debería estar mirándola así, pero no lo puedo evitar. Le paso el teléfono y ella mira la pantalla y lee en voz alta:

—Nombre de procedencia griega que significa *bosques* o *selvas*. —Me mira—. ¿Es el significado de un nombre?

Asiento con la cabeza. «Sigo presumiendo.»

—Mira arriba.

Se desplaza por la pantalla con el dedo y sus labios se entreabren con un suspiro.

—Deriva del término griego *Silas*. —Cierra la boca y se le endurece el gesto. Me devuelve el teléfono y cierra los ojos. Mueve la cabeza lentamente—. ¿Se tatuó el significado de tu nombre?

Como era de esperar, finge estar decepcionada consigo misma. Como era de esperar, yo me siento triunfante.

—*Tú* te has hecho un tatuaje —le digo, señalándola con el dedo—. Lo llevas tú. En *tu* piel. *Mi* nombre.

No puedo contener la sonrisa tonta que tengo dibujada en la cara. Ella vuelve a poner los ojos en blanco, justo cuando nos traen la comida.

Aparto la mirada y busco el significado del nombre de Charlie. No encuentro nada que signifique perlas. Después de unos minutos, finalmente suspira y dice:

—Prueba con Margaret. Mi segundo nombre.

Busco el nombre Margaret y leo los resultados en voz alta:

—Margaret, del término griego que significa *perla*.

Dejo el teléfono. No sé por qué parece como si acabara de ganar una apuesta, me siento victorioso.

—Menos mal que me vas a poner un nombre nuevo —dice tranquilamente.

«De ninguna manera es un nombre nuevo.»

Me acerco el plato y cojo una papa frita. La señalo con la papa y le guiño un ojo.

—Estamos marcados. Tú y yo. Estamos tan *enamorados*, Charlie. ¿Lo sientes ya? ¿Hago que tu corazón palpite como una papa frita?

—Estos tatuajes no son *nuestros* —dice.

Niego con la cabeza.

—Marcados —repito.

Levanto el dedo índice y señalo por encima de su hombro.

—Justo ahí. Permanentemente. Para siempre.

—*Por Dios* —se queja—. Cállate y cómete tu maldita hamburguesa.

Me la como. Me la como entera con una gran sonrisa de tonto.

—¿Ahora qué? —pregunto reclinándome en el asiento.

Ella casi no ha tocado la comida y estoy casi seguro de que yo acabo de batir un récord de lo rápido que me he comido la mía.

Me mira y puedo ver la agitación en su gesto porque ya sabe qué es lo siguiente que quiere hacer, pero no quiere decirlo.

—¿Qué pasa?

Entorna los ojos.

—No quiero que hagas un comentario de sabelotodo en respuesta a lo que te voy a proponer.

—No, Charlie —digo enseguida—. No vamos a fugarnos juntos esta noche. Los tatuajes ya son suficiente compromiso por ahora.

No pone los ojos en blanco por mi broma esta vez. Suspira, rendida, y se reclina en el asiento.

Odio su reacción. Me gusta mucho más cuando me pone los ojos en blanco.

Me acerco a ella por encima de la mesa y le cubro la mano con la mía y la acaricio con el pulgar.

—Lo siento —digo—. Es que el sarcasmo hace que todo esto parezca un poco menos aterrador—. Retiro mi mano de la suya—. ¿Qué es lo que querías decir? Te escucho. Prometido. Palabra de leñador.

Se ríe y pone los ojos en blanco un poquito y me siento aliviado. Me mira y recoloca su postura, luego empieza a jugar con el popote otra vez.

—Hemos pasado por un par de... tiendas de *tarot*. Creo que a lo mejor nos deberían echar las cartas.

No reacciono a su comentario. Simplemente asiento con la cabeza y saco la cartera de mi bolsillo. Dejo suficiente dinero encima de la mesa para pagar la cuenta, y me pongo de pie.

—Estoy de acuerdo —le digo, tendiéndole la mano.

En realidad, *no* estoy de acuerdo, pero me siento mal. Estos dos últimos días han sido agotadores y sé que está cansada. Lo mínimo que puedo hacer es facilitarle las cosas, a pesar de saber que esta patraña no va a arrojar ningún tipo de luz sobre nuestra situación.

Pasamos por un par de tiendas de tarot durante nuestra búsqueda, pero Charlie dice que no con la cabeza cada vez que le señalo alguna. No estoy seguro de qué es lo que está buscando, pero me gusta pasear con ella por la calle, así que no protesto. Vamos tomados de la mano y, de vez en cuando, la rodeo con el brazo y la atraigo hacia mí cuando tenemos poco espacio para pasar. No sé si se ha dado cuenta, pero he estado eligiendo caminos estrechos sin necesidad. Cada vez que veo un montón de gente, allá que voy. Al fin y al cabo, ella sigue siendo mi plan alternativo.

Después de más de media hora caminando, parece que hemos llegado al término del Barrio Francés. La afluencia de gente es menor y cada vez tengo menos excusas para acercarla hacia mí. Algunas de las tiendas por las que pasamos ya cerraron. Cuando llegamos a St. Philip Street, se para delante del escaparate de una galería de arte.

Me pongo a su lado y miro las obras iluminadas que hay dentro del local. Hay partes corporales de plástico colgadas del techo, y criaturas marinas gigantes hechas de metal colgadas de las paredes. La obra principal, que está justo enfrente de nosotros, resulta ser un cadáver pequeño... que lleva un collar de perlas.

Charlie golpea el cristal con el dedo señalando al cadáver.

—Mira —dice—. Soy yo.

Se ríe y dirige la atención a otra parte de la galería.

Yo dejo de mirar el cadáver. Dejo de mirar el interior del local.

La estoy mirando a ella.

Las luces de la galería le iluminan la piel y le dan un brillo que hace que parezca un ángel. Me gustaría pasarle la mano por la espalda y buscarle las alas.

Su mirada pasa de un objeto a otro, estudiando cada pieza con perplejidad. Me digo a mí mismo que tengo que acordarme de volver a traerla aquí cuando esté abierto. Ni me imagino qué cara pondría si pudiera tocar alguna de estas piezas.

Sigue mirando a través del escaparate durante unos minutos más y yo sigo mirándola a ella, pero me he acercado unos pasos y estoy justo detrás. Quiero volver a ver su tatuaje, ahora que sé lo que significa. Le envuelvo el pelo con una mano y se lo paso por delante del hombro. No me extrañaría que me apartara de un manotazo, pero, sin embargo, inspira y baja la cabeza.

Sonrío al recordar lo que sentí cuando ella me pasó los dedos por mi tatuaje. No sé si yo le hago sentir lo mismo, pero está quieta, dejando que mis dedos se deslicen por debajo de su blusa otra vez.

Trago saliva, es como si tuviera el corazón en la garganta. Me pregunto si ella siempre ha provocado en mí este efecto.

Jalo la blusa y desvelo el tatuaje. Siento un pinchazo en el estómago porque odio no tener ese recuerdo. Me gustaría recordar la conversación que tuvimos cuando decidimos tomar una decisión tan definitiva. Me gustaría recordar quién tuvo primero la idea. Me gustaría recordar su cara la primera vez que la aguja le tocó la piel. Me gustaría recordar cómo nos sentimos después de hacerlo.

Paso el pulgar por la silueta de los árboles mientras mantengo el resto de la mano hueca por encima del hombro, por encima de la piel cubierta de escalofríos otra vez. Ella inclina la cabeza y un diminuto y casi imperceptible gemido se le escapa de la garganta.

Cierro los ojos y los aprieto.

—Charlie. —Tengo la voz rasposa como lija. Me aclaro la garganta para suavizarla—. He cambiado de opinión —digo con suavidad—. No quiero ponerte un nuevo nombre. Creo que ahora me encanta tu antiguo nombre.

Espero.

Espero su respuesta mordaz. Espero su risa.

Espero que me aparte la mano de la nuca.

No reacciona. Nada. «Lo que significa que lo entiende todo.»

Mantengo la mano en su espalda mientras la rodeo lentamente. Me sitúo entre ella y la ventana, pero ella no deja de mirar al suelo. No me mira porque sé que no le gusta sentirse débil. Y, ahora mismo, la estoy debilitando. Llevo mi mano libre a su barbilla y le rozo la mandíbula con los dedos, dirigiendo su rostro hacia el mío.

Cuando nos miramos a los ojos, siento que estoy conociendo una nueva faceta suya. Una parte de ella sin determinación. Un lado vulnerable. Un lado que le permite que sienta algo. Quiero sonreír con malicia y preguntarle qué se siente estar enamorada, pero sé que bromear en este momento haría que se enfadara y se marchara, y no puedo permitir que eso ocurra. Ahora no. No cuando por fin puedo archivar un recuerdo real junto a todas las fantasías que he tenido sobre su boca.

Desliza la lengua por el labio inferior, haciendo que la envidia me recorra todo el cuerpo, porque querría tanto ser yo quien le hiciera eso a su labio.

De hecho... creo que voy a hacerlo.

Empiezo a bajar la cabeza y, en ese momento, me agarra de los brazos.

—Mira —dice señalando el edificio de al lado.

Una luz parpadeante le ha robado la atención y quiero maldecir al universo porque un *foco* acaba de interferir en lo que estaba a punto de convertirse en mi recuerdo favorito de entre muy pocos.

Sigo su mirada hasta un cartel que no parece muy distinto a los demás carteles de tarot que hemos visto. Lo único diferente es que acaba de estropearme totalmente mi momento. Y, *joder*, qué momento. Uno *grandioso*. Uno que sé que Charlie también estaba sintiendo, y no sé cuánto tardaré en volver a conseguirlo.

Se dirige a la tienda. La sigo como un cachorro enamorado.

El edificio no está señalizado y me pregunto qué es lo que le hizo alejarse de mi boca. Lo único que indica que es una tienda son los carteles de «Prohibidas las cámaras» pegados en las ventanas tintadas del escaparate.

Charlie pone las manos en la puerta y la abre. Entro con ella y nos encontramos en lo que parece una tienda turística de *souvenirs* de vudú. Hay un hombre detrás de la caja registradora y varias personas curioseando por los pasillos.

Lo observo todo mientras sigo a Charlie por la tienda. Lo toquetea todo, las piedras, los huesos, los tarros con muñecas de vudú en miniatura. Recorremos en silencio cada pasillo hasta que llegamos al fondo. Charlie se queda parada, me toma de la mano y señala una foto que hay en la pared.

—Esa verja —dice—. Tú tomaste una foto de esa verja. Es la que tengo colgada en mi habitación.

—¿Les puedo ayudar en algo?

Los dos nos giramos y un hombre muy alto, *muy muy alto*, con dilataciones en las orejas y un *piercing* en el labio, nos mira fijamente.

Yo me disculparía con él y me largaría lo más rápido posible, pero Charlie tiene otros planes.

—¿Sabe qué hay detrás de esa puerta? La de la foto —le pregunta Charlie, señalando por encima del hombro.

El hombre mira hacia la foto. Se encoge de hombros.

—Debe de ser nueva —dice—. No la había visto hasta ahora.

Me mira y arquea una ceja perforada con un montón de *piercings*. Uno de ellos parece un... «¿hueso? ¿Tiene un hueso atravesándole la ceja?».

—¿Están buscando algo en particular?

Niego con la cabeza y me dispongo a contestar, pero alguien me corta.

—Han venido a verme a mí.

Una mano sale a través de la cortina de cuentas que tenemos a nuestra derecha. Sale una mujer y Charlie se pega a mí inmediatamente. La rodeo con el brazo. No sé por qué está dejando que este lugar la asuste. No parece ser de las que creen en este tipo de cosas, pero no me quejo. Una Charlie asustada significa un Silas con suerte.

—Por aquí —dice la mujer, indicándonos que la sigamos.

Empiezo a protestar, pero entonces me recuerdo a mí mismo que, en este tipo de sitios, la teatralidad es fundamental. Es como Halloween, pero todos los días del año. Simplemente está interpretando un papel. No somos tan diferentes, Charlie y yo también fingimos ser dos personas que no somos.

Charlie me mira y me pregunta en silencio si la seguimos. Asiento con la cabeza y atravesamos tras ella la cortina de —«toco una de las cuentas y la miro de cerca»— calaveras de plástico. «Precioso detalle.»

La habitación es pequeña y todas las paredes están cubiertas con unas gruesas cortinas de terciopelo negro. Hay velas encendidas por toda la habitación, destellos de luz que lamen las paredes, el suelo, a nosotros. La mujer toma asiento junto a una pequeña mesa en el centro de la habitación y nos indica que nos sentemos en las dos sillas frente a ella. Mantengo la mano de Charlie entre las mías mientras tomamos asiento.

La mujer empieza a mezclar lentamente una baraja de tarot.

—¿Una lectura conjunta, supongo? —pregunta.

Los dos asentimos. Le pasa la baraja a Charlie y le pide que la sostenga. Charlie la coge y la rodea con las manos. La mujer me señala con la cabeza.

—Los dos. Sujétenla.

Pondría los ojos en blanco, pero en lugar de eso extiendo la mano y la coloco sobre la baraja también.

—Tienen que querer lo mismo de esta lectura. Las lecturas conjuntas a veces pueden solaparse cuando no hay cohesión. Es importante que tengan el mismo objetivo.

Charlie asiente.

—Lo son. Lo es.

Me da mucha rabia la desesperación que le noto en la voz, como si realmente fuéramos a obtener una respuesta. «Seguro que no cree en esto.»

La mujer nos quita las cartas de las manos. Me roza con los dedos y noto que están helados. Retiro la mano, tomo la de Charlie y la pongo sobre mi regazo.

Comienza a colocar las cartas sobre la mesa, una a una. Todas bocabajo. Cuando ha terminado, me pide que elija una. Cuando se la doy, la separa del resto. La señala.

—Esta carta les dará la respuesta, pero las demás explican el camino hacia su pregunta.

Pone los dedos sobre la carta del centro.

—Esta posición representa su situación actual.

Le da la vuelta.

—¿*La muerte?* —susurra Charlie.

Su mano se tensa y aprieta la mía.

—No es necesariamente algo malo —dice—. La carta de la muerte representa un cambio importante. Una transformación. Los dos han experimentado una especie de pérdida. —Ahora toca otra carta—. Esta posición representa el pasado inmediato.

Le da la vuelta y, antes de que pueda ver la carta, la mujer entorna los ojos. Miro la carta. *El Diablo*.

—Esto significa que algo o alguien los esclavizó en el pasado. Podría representar diferentes cosas cercanas a ustedes. La influencia de los padres. Una relación tóxica. —Nuestras miradas se encuentran—. Las cartas invertidas indican una influencia negativa, y aunque representan el pasado, también puede representar algo por lo que están pasando en este momento.

Coloca los dedos en otra carta.

—Esta carta representa su futuro inmediato.

Desliza la carta hacia ella y le da la vuelta. Reprime un grito y Charlie se sobresalta. Está mirando fijamente a la mujer, esperando una explicación. Parece aterrorizada.

No sé a qué tipo de juego está jugando esta mujer, pero está empezando a enojarme.

—¿La carta de la Torre? —dice Charlie—. ¿Qué significa?

La mujer le da la vuelta a la carta como si fuera la peor de la baraja. Cierra los ojos y da un largo suspiro. Vuelve a abrir los ojos y mira fijamente a Charlie.

—Significa... destrucción.

Pongo los ojos en blanco y me levanto de la mesa.

—Charlie, vámonos de aquí.

Charlie me mira suplicante.

—Ya casi terminamos —dice.

Cedo y vuelvo a la mesa.

La mujer da la vuelta a dos cartas más y se las explica a Charlie, pero no oigo ni una sola palabra de lo que dice. Mi mirada vaga por la habitación mientras intento ser paciente y dejar que termine, pero siento que estamos perdiendo el tiempo.

Charlie me aprieta la mano muy fuerte, así que vuelvo a centrarme en la lectura. La mujer tiene los ojos cerrados y mueve los labios. Murmura palabras que no entiendo.

Charlie se acerca a mí y yo, instintivamente, la rodeo con el brazo.

—Charlie —susurro para que me mire—. Es teatro. Cobra por eso. No te asustes.

Mi voz debe de haber sacado a la mujer de su perfectamente cronometrado trance. Da golpes en la mesa, tratando de llamar nuestra atención, como si no llevara el último minuto y medio en el país de los sueños.

Coloca los dedos sobre la carta que elegí antes. Cruzamos la mirada y luego la dirige a Charlie.

—Esta carta —dice lentamente— es su carta del resultado. Combinada con las otras cartas de la lectura, les dará la respuesta a por qué están aquí.

Da la vuelta a la carta.

La mujer no se mueve. Su mirada está clavada en la carta que tiene bajo los dedos. La habitación se vuelve inquietantemente silenciosa y, como si se tratase de una señal, una de las velas se apaga. «Qué buen detalle», pienso.

Miro la carta del resultado. No tiene ninguna palabra. No hay título. No tiene imagen.

La carta está en blanco.

Noto que Charlie se tensa en mis brazos mientras mira fijamente la carta en blanco sobre la mesa. Me aparto y jalo a Charlie para levantarla.

—Esto es ridículo —digo en voz alta, tirando la silla sin querer.

No me disgusta que la mujer quiera asustarnos. Es su trabajo. Me disgusta que está asustando a Charlie de verdad y, sin embargo, mantiene esa ridícula fachada.

Tomo la cara de Charlie entre mis manos y la miro a los ojos.

—Ella ha metido esa carta para asustarte, Charlie. Todo esto es mentira.

La tomo de las manos y me dirijo hacia la salida.

—Mi baraja de tarot *no* tiene cartas en blanco —dice la mujer.

Me paro y me giro para mirarla. No por lo que ha dicho, sino por cómo lo ha dicho. Parecía tener miedo.

«¿Miedo por nosotros?»

Cierro los ojos y suspiro. «Es una actriz, Silas. Tranquilízate.»

Abro la puerta y saco a Charlie fuera. No dejo de caminar hasta que hemos rodeado el edificio y estamos en otra calle. Cuando ya nos hemos alejado de la tienda y del maldito parpadeo del cartel, me paro y la acerco hacia mí. Me rodea la cintura con los brazos y hunde la cabeza en mi pecho.

—Olvídate de todo eso —le digo frotándole la espalda con la mano para tranquilizarla—. Adivinaciones, lecturas del tarot... Es ridículo, Charlie.

Levanta la cara de mi camisa y me mira.

—Sí. ¿Ridículo como que los dos nos despertemos en la escuela sin recordar quiénes somos?

Cierro los ojos y me separo de ella. Me paso las manos por el pelo. La frustración de todo el día se apodera de mí. Puedo restarle importancia con bromas. Puedo desechar sus teorías, desde las lecturas del tarot hasta los cuentos de hadas, solo porque nada de eso tiene sentido para mí. Pero tiene razón. Nada tiene sentido. Y cuanto más intentamos desvelar el misterio, más siento que estamos perdiendo nuestro maldito tiempo.

13

Charlie

Aprieta los labios y niega con la cabeza. Quiere largarse de aquí. Noto su nerviosismo.

—Tal vez deberíamos volver y hacerle preguntas más concretas —sugiero.

—Ni hablar —dice—. Yo a ese sitio no vuelvo.

Empieza a alejarse y me planteo volver a entrar. Estoy a punto de dar el primer paso hacia la tienda, cuando el cartel de «Abierto» se apaga. La tienda se queda a oscuras. Me muerdo las mejillas. Podría volver sin Silas. Tal vez me contaría más cosas.

—¡Charlie! —me llama.

Corro tras él hasta que vuelvo a estar a su altura. Podemos ver el vaho de nuestra respiración mientras caminamos. ¿Cuándo empezó a hacer tanto frío? Me froto las manos.

—Tengo hambre —digo.

—Siempre tienes hambre. Nunca he visto a nadie de tu tamaño comer tanto.

Esta vez no me ofrece comida, así que sigo caminando a su lado.

—¿Qué acaba de pasar allí dentro? —le pregunto.

—Que alguien ha intentado asustarnos. Eso es lo que ha pasado.

Miro a Silas. Parece estar muy entero excepto por los hombros, que están tensos.

—Pero ¿y si tiene razón? ¿Y si la baraja de tarot no tuviera cartas en blanco?

—No —dice—. Y punto.

Me muerdo el labio y esquivo a un hombre que va por la acera bailando hacia atrás.

—No entiendo cómo puedes descartar algo tan fácilmente, teniendo en cuenta nuestras circunstancias —digo entre dientes—. ¿No crees?

—¿Por qué no cambiamos de tema? —dice Silas.

—Sí, claro... como ¿qué vamos a hacer el finde que viene? O ¿qué tal si hablamos de lo que hicimos el finde *pasado*? O tal vez podemos hablar... —Me doy con la mano en la frente—. El Electric Crush Diner. —«¿Cómo he podido olvidarme de eso?»

—¿Qué? —pregunta Silas—. ¿Qué es eso?

—Estuvimos allí. Tú y yo. El finde pasado. Encontré un recibo en el bolsillo de los jeans. —Silas me mira, mientras le cuento todo esto, con una ligera expresión de fastidio en la cara—. Anoche llevé a Janette a cenar allí. Un mesero me reconoció.

—¡Eh! —grita girándose por encima de mi hombro—. ¡Como la toques con eso te parto por la mitad!

Me doy la vuelta y veo a un hombre apuntándome al culo con un dedo gigante de gomaespuma. Al ver la cara de Silas, se va.

—¿Por qué no me lo habías dicho? —dice Silas en voz baja, volviendo a mirarme—. Eso no es como una lectura de tarot, es algo importante.

—La verdad es que no lo sé. Quería hacerlo...

Me toma de la mano, pero esta vez no es por el placer de juntar nuestras manos. Me jala calle abajo con una mano, mientras con la otra teclea algo en su teléfono. Estoy impresionada y molesta a la vez de que me hable de esa manera. Puede que fuéramos alguien en nuestra otra vida, pero en esta no sé ni cuál es su segundo nombre.

—Está en North Rampart Street —le digo, intentando ayudar.

—Ya.

Está enojado. Creo que me gusta esta emotividad. Pasamos por un parque con una fuente. Los vendedores ambulantes de arte han colocado sus obras a lo largo de la valla; se quedan mirándonos cuando pasamos junto a ellos. Silas da un paso por cada tres pasos míos. Tengo que trotar para seguirle el ritmo. Caminamos tanto que me duelen los pies y, finalmente, me libero de su mano.

Se para y se da la vuelta.

No sé qué decir, ni por qué estoy enojada, así que pongo los brazos en jarras y lo fulmino con la mirada.

—¿Qué te pasa? —me dice.

—¡No lo sé! —le grito—. ¡Pero no puedes llevarme a rastras por la ciudad! No camino tan rápido como tú y me duelen los pies.

«Esto me resulta familiar. ¿Por qué me resulta familiar?»

Desvía la mirada y se le marcan los músculos de la mandíbula. Se vuelve hacia mí y todo sucede muy rápido. Da dos pasos y me levanta. Luego reanuda el paso y yo me balanceo entre sus brazos. Después de un chillido inicial, me tranquilizo y le rodeo el cuello. Me gusta estar aquí arriba, puedo oler su colonia y tocarle la piel. Que yo recuerde, Charlie no tenía perfume entre sus cosas, y dudo que se me hubiera ocurrido ponérmelo. «¿Qué dice eso sobre Silas?» Que, en medio de todo lo que está sucediendo, se le ocurrió coger un frasco y ponerse colonia en el cuello antes de salir esta mañana de casa. ¿Ha sido siempre el tipo de persona que cuida los pequeños detalles como oler bien?

Mientras pienso en todo esto, Silas se detiene para preguntar a una mujer que se ha caído en la calle si está bien. Está borracha y desaliñada. Cuando intenta levantarse, se pisa el dobladillo del vestido y se vuelve a caer. Silas me deja en la acera y va en su ayuda.

—¿Está sangrando? ¿Se hizo daño? —le pregunta.

La ayuda a levantarse y la lleva hasta donde estoy yo esperando.

Habla arrastrando las palabras y le da palmaditas en la mejilla, y yo me pregunto si él sabía que era una indigente cuando ha ido a ayudarla. Yo no sería capaz de tocarla. Huele mal. Me aparto de ellos y miro cómo la mira él. Está preocupado. No deja de mirarla hasta que ella se aleja por la siguiente calle, y entonces gira la cabeza para buscarme.

En este momento, ahora mismo, tengo clarísimo quién es Charlie. No es tan buena como Silas. Ella lo ama porque es muy diferente a ella. Tal vez por eso se fue con Brian, porque no estaba a la altura de Silas.

Como no lo estoy yo.

Me medio sonríe, y creo que le da vergüenza haber sido descubierto cuidando de alguien.

—¿Lista?

Quiero decirle que lo que ha hecho ha sido amable, pero *amable* es una palabra que se queda pequeña para la bondad. Cualquiera puede fingir ser amable. Lo que ha hecho Silas ha sido innato. Bondad en letras mayúsculas. Yo no he tenido pensamientos así. Pienso en la chica a la que se le cayeron los libros la primera mañana. Me miró con miedo. Esperaba que no la ayudara. Y algo más. ¿Qué más?

Silas y yo caminamos en silencio. Él mira su teléfono cada pocos minutos para asegurarse de que vamos en la dirección correcta y yo lo miro a él. Me pregunto si esto es lo que se siente estar enamorada. Me pregunto si ver a un hombre ayudando a una mujer provoca este tipo de sentimientos. Y entonces llegamos. Señala al otro lado de la calle y yo asiento con la cabeza.

—Sí, es ese.

Pero no lo es del todo. El restaurante se ha transformado desde que vine con Janette. Parece una discoteca. Hay hombres alineados en la acera fumando, nos abren paso cuando llegamos. Siento los bajos de la música en los tobillos cuando nos paramos frente a las puertas. Se abren cuando sale un grupo. Una chica pasa junto a mí riendo y su chaqueta de cuero rosa me roza la cara. Dentro, la gente defiende su espacio con los codos hacia fuera y las piernas separadas. La gente nos mira cuando pasamos. «Este es mi sitio, apártate. Estoy esperando a mis amigos, largo.» Pasamos de largo de los únicos asientos vacíos y seguimos caminando hacia el fondo. Nos abrimos paso entre la multitud, caminando de lado y sobresaltándonos con las carcajadas estridentes que estallan a nuestro lado. Una bebida se derrama sobre mis zapatos, alguien me pide perdón. Ni siquiera sé quién porque está muy oscuro. Y entonces alguien nos llama por nuestros nombres.

—¡Silas! ¡Charlie! ¡Aquí!

Un chico y... ¿cómo se llamaba la chica que me recogió esta mañana? ¿Annie? ¿Amy?

—Hey —dice cuando nos acercamos—, no puedo creer que hayan vuelto aquí después de lo del finde pasado.

—¿Por qué no íbamos a volver? —pregunta Silas.

Me siento y miro fijamente a los tres.

—¿Le pegas a un tipo, tiras un par de mesas y te preguntas por qué no ibas a volver? —dice el chico soltando una carcajada.

Creo que es el novio de Annie/Amy por la forma en que la mira, como si compartieran algo. La vida, tal vez.

Es como Silas y yo nos miramos. Lo único es que nosotros realmente compartimos algo.

—Te comportaste como un tonto —dice ella.

—Amy —dice el otro chico—. Para.

«¡Amy!»

Quiero saber más sobre esa persona a la que Silas le pegó.

—Se lo merecía —digo.

Amy levanta las cejas y niega con la cabeza. Sea lo que sea lo que está pensando, tiene miedo de decirlo porque se da la vuelta.

Le pregunto a su novio.

—¿No te parece? —digo inocentemente.

Se encoge de hombros. Va a sentarse con Amy. «Todos me tienen miedo —pienso—, pero ¿por qué?»

Pido una Coca-Cola. Amy lo oye y gira la cabeza para mirarme.

—¿Coca-Cola normal? ¿No Light?

—¿Tengo pinta de necesitar la Light? —le suelto.

Ella se encoge en su asiento. No sé de dónde ha salido eso. Lo prometo. Ni siquiera sé cuánto peso. Decido callarme y dejar que Silas haga el trabajo de detective antes de que yo vuelva a ofender a alguien. Él se sienta al lado del novio de Amy y se ponen a hablar. La música hace que sea imposible escuchar lo que dicen, y Amy hace todo lo posible para no mirarme, así que miro a la gente. Gente... Todos tienen recuerdos... saben quiénes son. Tengo envidia.

—Vamos, Charlie. —Silas está de pie delante de mí, esperando.

Amy y su novio nos miran desde el otro lado de la mesa. Es una mesa grande, me pregunto quién más vendrá con ellos y cuántos de ellos me odiarán.

Salimos del restaurante y volvemos a la calle. Silas se aclara la garganta.

—Tuve una pelea.

—Lo oí —digo—. ¿Te dijeron quién era?

—Sí.

Espero y espero, y cuando no me da la información, le digo:

—¿Y bien?

—Le di un puñetazo en la cara al dueño. El padre de Brian.

Giro rápidamente la cabeza.

—¿Cómo?

—Sí —dice. Se frota la barbilla, pensativo—. Porque dijo algo sobre ti...

—¿Sobre mí? Siento náuseas. Sé lo que viene ahora, pero no sé lo que viene.

—Me dijo que te iba a dar un trabajo de mesera... —«Bueno, eso no es malo. Necesitamos dinero»—. Porque eres la chica de Brian. Así que le pegué un puñetazo, supongo.

—Joder.

—Ya. El chico, Eller, me dijo que nos fuéramos del local antes de que el padre de Brian llamara a la policía.

—¿La policía? —repito.

—Por lo visto el padre de Brian y el mío han trabajado juntos en algo. Dijo que no me denunciaría la semana pasada, pero no puedo volver a entrar ahí. Además, Landon ha estado llamando a gente, me está buscando. Por lo visto mi padre pregunta por qué me fui del entrenamiento. Todo el mundo está bastante molesto con eso.

—Ups —digo.

—Sí, ups —dice como si no le importara.

Hacemos el mismo camino de vuelta, los dos en silencio. Pasamos junto a algunos artistas callejeros en los que no me fijé antes. Dos de ellos parecen pareja. El hombre está tocando la gaita mientras la mujer dibuja en la acera con gises de colores. Pasamos por encima de los dibujos, los dos con las cabezas agachadas, y los observamos. Silas saca el teléfono y toma unas cuantas fotos mientras yo miro cómo ella convierte unas pocas líneas en una pareja besándose.

«Una pareja besándose.» Eso me recuerda algo.

—Tenemos que besarnos —le digo. Casi se le cae el teléfono. Me mira con los ojos muy abiertos—. Para ver si pasa algo... como en los cuentos de hadas de los que hablamos.

—Oh —dice—. Sí, claro. Muy bien. ¿Dónde? ¿Ahora?

Pongo los ojos en blanco y me alejo de él, voy hacia una fuente que hay junto a una iglesia. Silas me sigue. Quiero verle la cara, pero no lo miro. Esto no es personal. No puedo convertirlo en otra cosa. Es un experimento. Eso es.

Cuando llegamos a la fuente, los dos nos sentamos en el borde. No quiero hacerlo así, por lo que me pongo de pie frente a él.

—Vale —digo, acercándome—. Cierra los ojos. —Lo hace, pero tiene una sonrisa en la boca—. Mantenlos cerrados —le indico.

No quiero que me vea. Apenas sé qué aspecto tengo, no sé si mi cara se deforma con los nervios.

Tiene la cabeza levantada y yo la tengo bajada. Pongo las manos en sus hombros y siento cómo me coge de la cintura y me acerca hacia él, entre sus rodillas. Desliza las manos hacia arriba sin previo aviso, me acaricia la tripa con los pulgares y luego me pasan cerca del brasier. Se me encoge el estómago.

—Perdona —dice—. Es que no veo lo que hago.

Esta vez sonrío y me alegra que no pueda ver mi reacción ahora mismo.

—Vuelve a poner las manos en mi cintura —le ordeno.

Las pone demasiado abajo y ahora me tocan el trasero. Me lo aprieta un poco y yo le doy un manotazo en el brazo.

—¿Qué? —Se ríe—. ¡No veo nada!

—Arriba —le digo. Las sube un poco, pero muy despacio. Siento un cosquilleo que me recorre hasta los dedos de los pies—. Más arriba —vuelvo a decir.

Las sube unos centímetros.

—¿Así está...?

Antes de que pueda terminar la pregunta, me inclino y lo beso. Sigue sonriendo, todavía metido en su jueguecito, pero, en cuanto siente mis labios, su sonrisa se diluye.

Su boca es suave, subo las manos hacia la cara y la cojo mientras él me aprieta cada vez más, enlazándome con los brazos. Yo beso hacia abajo y él besa hacia arriba. Al principio, pensaba darle solo un beso breve. Es todo lo que se ve en los cuentos de hadas, un besito rápido y se rompe la maldición. Si esto fuera a funcionar, hace rato que habríamos recuperado la memoria. El experimento debería haber terminado, pero ninguno de los dos se detiene.

Me besa con los labios suaves y la lengua firme. No es torpe ni baboso, se mueve por mi boca con sensualidad mientras me succiona los labios con los suyos. Deslizo mis dedos por la nuca hacia el pelo, y entonces se pone de pie y hace que dé un paso atrás y cambie de posición. Contengo un gemido.

Ahora yo beso hacia arriba y él besa hacia abajo. Él me sostiene, me rodea la cintura con el brazo y con la mano libre me coge la nuca. Me agarro a su camiseta, mareada. Labios suaves, lentamente... La lengua entre mis labios... Presión en la espalda... Algo duro entre los dos que me hace sentir una oleada de calor. Lo aparto, jadeando.

Me quedo de pie mirándolo, él me mira a mí.

Ha ocurrido algo. No es que nuestros recuerdos se hayan despertado, sino otra cosa que hace que nos sintamos como si estuviéramos borrachos.

Entonces pienso, mientras sigo aquí de pie, deseando que vuelva a besarme, que eso es exactamente lo que no debe pasar. Querremos más de los nuevos nosotros y perderemos la concentración.

Se pasa una mano por la cara como si intentara despejarse. Sonríe.

—No me importa cuál fue nuestro primer beso de verdad —dice—. Este es el que quiero recordar.

Me quedo mirando su sonrisa el suficiente tiempo para poder recordarla, luego me giro y me pongo a caminar.

—¡Charlie! —grita.

Lo ignoro y sigo andando. Eso ha sido estúpido. ¿En qué estaría pensado? Un beso no va a devolvernos nuestros recuerdos. Esto no es un cuento de hadas.

Me toma del brazo.

—Hey. No vayas tan rápido. —Y luego—: ¿En qué estás pensando?

Sigo en la dirección por la que estoy segura de que hemos venido.

—Estoy pensando en que tengo que irme a casa. Tengo que asegurarme de que Janette haya cenado... y...

—Sobre *nosotros*, Charlie.

Noto su mirada fija sobre mí.

—No hay un *nosotros* —digo. Lo miro a los ojos—. ¿No te has enterado? Es evidente que habíamos roto y yo estaba saliendo con Brian. Su padre iba a darme un trabajo. Yo...

—Sí había un nosotros, Charlie. Y, joder, entiendo por qué.

Sacudo la cabeza. «No podemos perder la concentración.»

—Fue tu primer beso —digo—. Habrías sentido lo mismo con cualquiera.

—¿Así que tú también lo has sentido? —pregunta, me rodea corriendo y se sitúa frente a mí.

Me planteo decirle la verdad. Que, si estuviera muerta como Blancanieves y me hubiera besado así, estoy segura de que mi corazón habría vuelto a latir. Que yo sería capaz de matar dragones por un beso así.

Pero no tenemos tiempo para besarnos así. Tenemos que averiguar qué ha sucedido y cómo darle la vuelta.

—Yo no he sentido nada —digo—. Ha sido solo un beso y no ha funcionado. —«Una mentira que me quema por dentro, es repugnante»—. Tengo que irme.

—Charlie...

—Te veo mañana.

Levanto la mano por encima de la cabeza en señal de adiós porque no quiero darme la vuelta y mirarlo. Tengo miedo. Quiero estar con él, pero no es buena idea. No hasta que no hayamos averiguado algo más. Creo que me va a seguir, así que decido llamar a un taxi con la mano. Abro la puerta y me giro para mirar a Silas y que vea que estoy bien. Asiente y luego levanta el teléfono para tomarme una foto. «La primera vez que me dejó», estará pensando probablemente. Luego se mete las manos en los bolsillos y se gira en dirección al coche.

Espero hasta que ha pasado la fuente antes de acercarme a hablar con el conductor.

—Lo siento, he cambiado de opinión.

Cierro la puerta y subo de nuevo a la acera. De todos modos, no tenía dinero para el taxi. Volveré al *diner* y le pediré a Amy que me lleve.

El taxista se larga y yo me meto por otra calle para que Silas no me vea. Necesito estar sola. Necesito pensar.

14

Silas

Otra noche de porquería. Solo que, esta vez, la falta de sueño no se debía a que estuviera preocupado por mí, o preocupado por lo que ha hecho que Charlie y yo perdiésemos la memoria. Mi falta de sueño se debía estrictamente a que tenía dos cosas en la cabeza: nuestro beso y la reacción de Charlie a nuestro beso.

No sé por qué se marchó, o por qué prefirió tomar un taxi en vez de irse conmigo. Supe, por la forma en la que reaccionó durante el beso, que sintió lo mismo que yo. Por supuesto, no fue como los besos de los cuentos de hadas que pueden romper una maldición, pero no creo que ninguno de los dos esperásemos eso en realidad. No estoy seguro de que realmente esperásemos nada en absoluto del beso, tan solo algo de esperanza.

Lo que desde luego no esperaba es que todo lo demás dejase de importarme desde que sus labios se juntasen con los míos, y eso es exactamente lo que sucedió. Dejé de pensar en la razón por la que nos estábamos besando y en todo lo que había pasado durante el día. Solo podía pensar en cómo ella se me agarraba a la camisa, acercándome a ella, queriendo más. Podía oír sus pequeños gemidos entre beso y beso, porque, en cuanto nuestras bocas se juntaron, los dos nos quedamos sin respiración. Y aunque dejó de besarme y se apartó, todavía podía ver su expresión aturdida y la forma en que su mirada permanecía en mi boca.

Sin embargo, a pesar de todo, se dio la vuelta y se marchó. Pero, si algo he aprendido de Charlie en estos dos días, es que hay una razón para cada uno de sus movimientos. Y suele ser una buena razón, por eso no intenté pararla.

Me llega un mensaje al teléfono, y casi me caigo al salir de la regadera para cogerlo. No he sabido nada de ella desde que nos separamos anoche, y mentiría si dijera que no estoy empezando a preocuparme.

Mi esperanza se desvanece cuando veo que el mensaje no es de Charlie. Es del chico con el que hablé anoche en el *diner*, Eller.

Eller: Amy quiere saber si Charlie ha ido contigo al colegio. No estaba en casa.

Cierro el agua, aunque todavía no me he enjuagado. Cojo una toalla con una mano y contesto al mensaje con la otra.

Yo: No, yo todavía no he salido de casa. ¿Ha intentado llamarla al celular?

En cuanto envío el mensaje, marco el número de Charlie, lo pongo en altavoz y dejo el teléfono en el lavabo. Cuando salta el buzón de voz, ya estoy vestido.

«Mierda», murmuro al colgar la llamada. Abro la puerta y estoy lo justo en la habitación para ponerme los zapatos y coger las llaves. Bajo las escaleras, pero me quedo parado antes de llegar a la puerta principal.

Hay una mujer en la cocina, y no es Ezra.

—¿Mamá?

Esa palabra sale de mi boca incluso antes de que me dé cuenta de que estoy hablando. Se gira y, aunque solo la reconozco por las fotos que hay en las paredes, creo que puedo sentir algo. No sé lo que es. No es amor ni reconocimiento. Me invade una sensación de tranquilidad.

No..., es *bienestar*. Eso es.

—Hola, mi amor —dice con una sonrisa brillante que le llega hasta los rabillos de los ojos. Está preparando el desayuno, o tal vez recogiendo después de desayunar—. ¿Viste el correo que te dejé en la cómoda? ¿Y cómo te sientes?

Landon se parece a ella más que yo. Su mandíbula es como la de ella, suave. La mía es angulosa, como la de mi padre. Landon también se comporta como ella. Como si la vida fuera buena con ellos.

Inclina la cabeza y luego acorta la distancia que hay entre nosotros.

—¿Estás bien, Silas?

Retrocedo un paso cuando intenta ponerme la mano en la frente.

—Estoy bien.

Se pone una mano en el pecho como si le ofendiera que me hubiera apartado.

—Oh —dice—. Bueno. Pues, muy bien. Ya has perdido clases esta semana y esta noche tienes partido. —Vuelve a entrar en la cocina—. No deberías salir hasta tan tarde cuando estás enfermo.

Me quedo observándola, preguntándome por qué me dice eso. Es la primera vez que la veo desde que todo esto empezó. Ezra o mi padre deben de haberle contado que Charlie estuvo aquí.

Me pregunto si le molesta que viniera Charlie. Me pregunto si ella y mi padre comparten la misma opinión sobre ella.

—Ya me siento bien —respondo—. Anoche estuve con Charlie, por eso llegué tarde a casa.

No reacciona a mi comentario intencionado. Ni siquiera me mira. Espero unos cuantos segundos más para ver si responde. Cuando no lo hace, me doy la vuelta y me dirijo hacia la puerta.

Landon ya está sentado en el asiento del copiloto cuando llego al coche. Abro la puerta de atrás y lanzo dentro mi mochila. Cuando abro la delantera, me extiende la mano.

—Esto estaba sonando. Estaba debajo de tu asiento.

Tomo el teléfono. Es el de Charlie.

—¿Olvidó el teléfono en mi coche?

Landon se encoge de hombros. Miro la pantalla y hay muchas llamadas perdidas y mensajes. Veo el nombre de Brian y el de Amy. Intento desbloquearlo, pero tiene contraseña.

—¡Sube al coche, por Dios, que ya vamos tarde!

Subo y dejo el teléfono en el tablero mientras meto reversa. Cuando lo vuelvo a coger para intentar adivinar la contraseña, Landon me lo quita de las manos.

—¿Es que no aprendiste nada del golpe con el coche el año pasado?

Vuelve a poner el teléfono encima del tablero.

Estoy inquieto. No me gusta que Charlie no tenga su teléfono. No me gusta que no haya ido a la escuela con Amy. Si ya se había ido de casa cuando ella llegó, ¿con quién fue a la escuela? No estoy seguro de cómo reaccionaré si me entero de que la ha llevado Brian.

—Espero que no te moleste lo que voy a decir —dice Landon—. Lo miro y veo su gesto cauteloso—. ¿Charlie está embarazada?

Pego un frenazo con el coche. Por suerte estamos justo delante de un semáforo que se pone en rojo, así que mi reacción parece intencionada.

—¿Embarazada? ¿Por qué? ¿Por qué lo preguntas? ¿Te lo ha dicho alguien?

Landon niega con la cabeza.

—No, es que... No lo sé. Estoy intentando averiguar qué diablos les pasa y esa parecía la única razón que lo pudiera justificar.

—¿Me pierdo un entrenamiento y das por hecho que es porque Charlie está embarazada?

Landon se ríe en voz baja.

—No es solo eso, Silas. Es todo. Tu pelea con Brian, los entrenamientos que te has saltado toda la semana, irte de la escuela en medio del día el lunes, todo el martes, la mitad del miércoles. Tú no eres así.

«¿He faltado a clase esta semana?»

—Además, tú y Charlie han estado actuando raro cuando están juntos. No están como siempre. Olvidaste recogerme después de clase, saliste de noche entre semana y te pasaste de la hora. Esta semana no eras tú, y no sé si me quieres contar qué diablos está pasando, pero estoy empezando a preocuparme de verdad.

Veo cómo la mirada se le llena de decepción.

Estábamos muy unidos. Es un buen hermano, es evidente. Está acostumbrado a saber mis secretos, mis pensamientos. Me pregunto si en estos viajes de ida y vuelta a la escuela era cuando los compartíamos. Me pregunto si yo estaría dispuesto a contarle lo que me pasa y si me creería.

—El semáforo está en verde.

Sigo conduciendo, pero no comparto con él ningún secreto. No sé qué decirle, ni cómo empezar a contarle la verdad. Solo sé que no quiero mentirle porque eso parece ser algo que haría el Silas de antes.

Cuando llego al estacionamiento, abre la puerta y se baja.

—Landon —le digo antes de que cierre la puerta. Se agacha y me mira—. Lo siento. Es solo que estoy teniendo una semana rara.

Asiente pensativo y mira hacia la escuela. Mueve la mandíbula hacia delante y hacia atrás y luego vuelve a mirarme.

—Espero que dejes de tener una semana rara antes del partido de esta noche —dice—. Tienes a un montón de tus compañeros de equipo enojados contigo ahora mismo.

Cierra la puerta de golpe y se pone a caminar en dirección a la escuela. Cojo el teléfono de Charlie y me voy hacia dentro.

No pude encontrarla por los pasillos, así que fui a mis primeras dos clases. Ahora me dirijo hacia la tercera, pero sin saber nada de ella. Seguro que se ha quedado dormida y la veré cuando tengamos clase juntos a la cuarta hora. Sin embargo, presiento que algo no va bien. Todo es raro.

Puede que tan solo me esté evitando, pero no parece algo que ella haría. No desaparecería así para hacerme saber que no quiere hablar conmigo. Me lo soltaría a la cara.

Voy a mi casillero por el libro de matemáticas de tercera hora. Miraría en su casillero para ver si falta alguno de los libros, pero no me sé la combinación de su candado. Estaba apuntada en su horario, pero se lo di ayer.

—¡Silas!

Me giro y veo a Andrew abriéndose paso entre la gente que llena el pasillo como un pez nadando a contracorriente. Finalmente se rinde y grita:

—¡Janette dice que la llames!

Se da la vuelta y se va en dirección contraria.

Janette... Janette... Janette...

«¡La hermana de Charlie!»

Encuentro su nombre en mi lista de contactos del teléfono. Contesta al primer tono.

—¿Silas? —dice.

—Sí, soy yo.

—¿Está Charlie contigo?

Cierro los ojos y siento cómo el pánico comienza a asentarse en el fondo de mi estómago.

—No —contesto—. ¿No volvió a casa anoche?

—No —dice Janette—. Normalmente no me preocuparía, pero suele avisarme cuando no va a volver a casa. No me ha llamado y ahora no responde a mis mensajes.

—Tengo yo su teléfono.

—¿Por qué lo tienes tú?

—Lo dejó en mi coche —digo. Cierro mi casillero y me dirijo hacia la salida—. Anoche discutimos y se subió a un taxi. Pensé que iría directo a casa. Me quedo helado al darme cuenta. Ayer no tenía dinero para la comida, lo que significa que tampoco tenía para pagar el taxi—. Me voy de la escuela —le digo a Janette—. La encontraré.

Cuelgo antes de darle la oportunidad de contestar. Corro por el pasillo hacia la puerta que da al estacionamiento, pero en cuanto doblo la esquina, me detengo de golpe.

«Avril.»

Mierda. No es el momento para esto. Intento bajar la cabeza y pasar desapercibido, pero me agarra por la manga de la camisa. Me paro y la miro.

—Avril, ahora no puedo. —Señalo la salida—. Tengo que irme. Tengo una emergencia.

Me suelta la camisa y se cruza de brazos.

—No fuiste a verme ayer a la hora de la comida. Pensé que a lo mejor ibas justo de tiempo, pero miré en la cafetería y estabas allí. Con *ella*.

Joder, no tengo tiempo para esto ahora. De hecho, creo

que voy a evitar futuros problemas y acabar con ello ahora mismo.

Suspiro y me paso una mano por el pelo.

—Ya —digo—. Charlie y yo... hemos decidido volver a intentarlo.

Avril inclina la cabeza y me lanza una mirada incrédula.

—*No*, Silas. Eso no es lo que quieres, y desde luego conmigo no va a funcionar.

Miro a la izquierda, hacia el pasillo, y luego a la derecha. Cuando veo que no hay nadie cerca, me acerco hacia ella.

—Escuche, señorita Ashley —le digo, dirigiéndome a ella de un modo profesional. La miro directamente a los ojos...—. No creo que esté usted en posición de decirme cómo tienen que ser las cosas entre nosotros dos.

Inmediatamente entorna los ojos. Se queda en silencio durante varios segundos como si estuviera esperando a que yo me riera y le dijera que estaba bromeando. Como no vacilo, resopla, me pone las manos en el pecho y me aparta de su camino. El sonido de los tacones se va desvaneciendo a medida que me alejo de ella, hacia la salida.

Estoy llamando por tercera vez a la puerta principal de Charlie cuando por fin se abre de golpe. Su madre está de pie frente a mí. Tiene el pelo revuelto, y la mirada más revuelta aún. Es como si el odio le brotara del alma en cuanto se da cuenta de que estoy aquí.

—¿Qué quieres? —me suelta.

Intento pasar hacia dentro para echar un vistazo al interior de la casa. Se pone delante para bloquearme la vista, así que miro por encima de su hombro.

—Necesito hablar con Charlie. ¿Está aquí?

Su madre da un paso hacia fuera y cierra la puerta tras ella para que no pueda ver nada del interior.

—Eso no es asunto tuyo —dice entre dientes—. ¡Lárgate de mi casa!

—¿Está aquí o no?

Se cruza de brazos.

—Si no sales de aquí en cinco segundos, llamo a la policía.

Levanto los brazos en señal de derrota y le digo:

—Estoy preocupado por su hija, así que, por favor, ¿puede olvidarse de su enfado durante un minuto y decirme si está dentro?

Da dos pasos rápidos hacia mí y me clava un dedo en el pecho.

—¡No te atrevas a levantarme la voz!

«Dios mío.»

La empujo y abro la puerta de una patada. Lo primero que me llega es el olor. El aire está estancado. Una niebla de humo de tabaco llena el aire y me invade los pulmones. Contengo la respiración mientras camino por la sala. Hay una botella de whisky abierta en la barra, junto a un vaso vacío. El correo está esparcido por la mesa, parece de varios días. Es como si a esta mujer le importase tan poco que ni se molesta en abrirlo. El sobre que está encima del montón está dirigido a Charlie.

Me dispongo a levantarlo, pero oigo a la mujer pisándome los talones. Me asomo al pasillo y veo dos puertas a mi derecha y una a la izquierda. Abro la puerta que está a mi izquierda justo cuando la madre de Charlie se pone a gritar detrás de mí. La ignoro y me meto en la habitación.

—¡Charlie! —grito.

Miro por la habitación sabiendo que no está aquí, pero esperando equivocarme. Si no está aquí, ya no sé en qué otro sitio mirar. No recuerdo ninguno de los lugares a los que solíamos ir.

Pero Charlie tampoco, supongo.

—¡Silas! —grita su madre desde la entrada—. ¡Sal de ahí! ¡Voy a llamar a la policía!

Desaparece de la entrada, probablemente para ir por el teléfono. Yo continúo con mi búsqueda de... ni siquiera sé de qué. Está claro que Charlie no está aquí, pero sigo mirando por si acaso, esperando encontrar algo que pueda ayudar.

Sé qué lado de la habitación es el de Charlie por la foto que tiene sobre la cama. La que ella dijo que tomé yo.

Busco pistas, pero no encuentro nada. Recuerdo que mencionó algo de un ático encima del armario, así que voy a buscarlo. Hay una pequeña rendija en la parte de arriba. Debe de usar las estanterías como peldaños.

—¡Charlie! —llamo. Nada—. ¿Estás ahí arriba, Charlie?

Justo cuando estoy comprobando con el pie la firmeza de la estantería de arriba, algo me golpea a un lado de la cabeza. Me giro, pero inmediatamente vuelvo a agacharme cuando veo que un plato sale volando de la mano de la mujer, estrellándose contra la pared al lado de mi cabeza.

—¡Fuera! —grita.

Está buscando más cosas que lanzarme, así que levanto las manos y me rindo.

—Me voy —le digo—. ¡Me voy!

Se aparta de la puerta para dejarme pasar. Sigue gritando mientras camino por el pasillo. Cuando estoy llegando a la puerta principal, tomo la carta que iba a dirigida a Charlie. Ni siquiera me molesto en decirle a la madre de Charlie que me llame si vuelve a casa.

Me meto en el coche y salgo a la calle.

«¿Dónde diablos estará?»

Espero a estar a unos kilómetros de distancia y me detengo para volver a mirar su teléfono. Landon me dijo que lo había oído sonar debajo del asiento, así que me agacho y meto la mano debajo del asiento. Saco una lata vacía, un zapato y, finalmente, su cartera. La abro y rebusco, pero no encuentro nada que no conozca.

Está en alguna parte, sin teléfono ni cartera. No se sabe de memoria los números de nadie. Si no ha vuelto a casa, ¿adónde puede haber ido?

Le doy un golpe al volante. «¡Maldita sea, Silas!»

No debería haber dejado que se fuera sola.

Todo esto es culpa mía.

Recibo un mensaje en el celular. Es de Landon, me pregunta que por qué me fui de la escuela.

Dejo caer el teléfono en el asiento y me fijo en la carta que me llevé de casa de Charlie. No tiene remitente. El matasellos de la esquina superior es del martes, el día antes de que todo esto ocurriera.

Abro el sobre y encuentro varias hojas dobladas. En el anverso pone «Abrir inmediatamente».

Desdoblo las hojas y al instante me fijo en los dos nombres que hay escritos en la parte superior de la página: «Charlie y Silas». ¿Está dirigida a los dos? Sigo leyendo.

Si no saben por qué están leyendo esto, es que lo han olvidado todo. No reconocen a nadie, ni siquiera a ustedes mismos.

Por favor, no se asusten y lean esta carta en su totalidad. Compartiremos todo lo que sabemos, que ahora mismo no es mucho.

Pero ¿qué diablos? Me empiezan a temblar las manos mientras continúo leyendo.

No estamos seguros de lo que ha pasado, pero nos tememos que, si no lo escribimos, pueda volver a ocurrir. Al menos con todo escrito y colocado en más de un sitio, estaremos más preparados si vuelve a suceder.

En las páginas siguientes encontrarán toda la información que tenemos. Tal vez les ayude de alguna manera.

CHARLIE Y SILAS

Miro fijamente los nombres de la firma hasta que se me nubla la vista.

Vuelvo a mirar los nombres de la parte superior de la página: «Charlie y Silas».

¿Nos escribimos una carta a nosotros mismos?

No tiene sentido. Si nos escribimos una carta...

Paso inmediatamente a las páginas siguientes. Las dos primeras son cosas que ya sé. Nuestras direcciones, nuestros números de teléfono. A qué escuela vamos, qué clases tenemos, los nombres de nuestros hermanos, de nuestros padres. Lo leo todo tan rápido como puedo.

En la tercera página me empiezan a temblar tanto las manos que apenas puedo leer la letra. Dejo la página en mi regazo para terminarla. Es más información personal, una lista de cosas que ya sabemos el uno del otro, nuestra relación, cuánto tiempo llevamos juntos. La carta menciona a Brian como alguien que le envía mensajes de texto a Charlie. Me salto toda la información conocida hasta que llego al final de la tercera página.

Los primeros recuerdos que tenemos los dos son del sábado 4 de octubre en torno a las 11:00 horas. Hoy es domingo 5 de octubre. Vamos a hacer una copia de esta carta para nosotros, pero también enviaremos copias mañana por la mañana, por si acaso.

Salto a la cuarta página, que está fechada el martes 7 de octubre.

Ha vuelto a ocurrir. Esta vez durante la clase de Historia del lunes, 6 de octubre. Parece que ocurrió a la misma hora del día, 48 horas después. No tenemos nada nuevo que añadir a la carta. Los dos hemos hecho todo lo posible para mantenernos alejados de amigos y familiares durante este último día, fingiendo que estamos enfermos. Nos hemos estado llamando el uno al otro con cualquier información nueva, pero hasta ahora parece que esto ha sucedido ya dos veces. La primera fue el sábado y la segunda el lunes. Ojalá tuviéramos más información, pero todavía estamos un poco asustados de que esté pasando esto y no estamos seguros de qué hacer al respecto. Haremos lo mismo que la última vez y nos enviaremos copias de esta carta a nosotros mismos. Además, habrá una copia en la guantera del coche de Silas. Es el primer lugar en el que hemos mirado esta vez, así que es posible que busquen allí de nuevo.

Nunca busqué en la guantera.

Guardaremos las cartas originales en algún lugar seguro para que nadie las encuentre. Tenemos miedo de que, si alguien ve las cartas, o si alguien sospecha algo, piense que nos estamos volviendo locos. Todo estará en una caja en el fondo del tercer estante del armario de la habitación de Silas. Si esto se sigue repitiendo con el mismo patrón, existe la posibilidad de que vuelva a ocurrir el miércoles a la misma hora. En caso de que así sea, esta carta debería llegarles a los dos ese día.

Vuelvo a mirar el matasellos del sobre otra vez. Se envió a primera hora del martes por la mañana. Y el miércoles a las 11:00 horas es exactamente cuando nos sucedió.

Si descubren alguna cosa que pueda ayudar, añádanla a la siguiente página y sigan haciéndolo hasta que averigüemos cómo comenzó. Y cómo pararlo.

Salto a la última página, pero está en blanco.

Miro el reloj. Son las 10:57. Es viernes. Nos pasó hace casi 48 horas.

Se me va a salir el corazón. Esto no puede estar pasando.

En menos de tres minutos habrán pasado 48 horas.

Abro el compartimento de la consola y busco una pluma. No encuentro ninguna, así que abro de un tirón la guantera. Justo arriba hay una copia de la misma carta con mi nombre y el de Charlie. La cojo y veo varias plumas, así que tomo una y apoyo el papel en el volante.

«Ha vuelto a ocurrir», escribo. Las manos me tiemblan tanto que se me cae la pluma. La recojo y sigo escribiendo.

A las 11:00 del miércoles 8 de octubre, Charlie y yo perdimos la memoria por lo que parece ser la tercera vez consecutiva. Cosas que hemos averiguado en las últimas 48 horas.

– Nuestros padres trabajaban juntos.

– El padre de Charlie está en la cárcel.

Escribo lo más rápido que puedo, intentando averiguar qué puntos debo anotar primero, cuáles son los más importantes, porque casi no tengo tiempo.

– Fuimos a una tarotista en St. Philip Street. Podría ser útil ir de nuevo.

– Charlie mencionó a una chica de la escuela, el Camarón. Dijo que quería hablar con ella.

– Charlie tiene un ático en el armario de su habitación. Pasa mucho tiempo allí.

Siento que estoy perdiendo el tiempo. Siento que no estoy añadiendo nada importante a esta maldita lista. Si esto es cierto, está a punto de pasar de nuevo, no me va a dar tiempo de enviar la carta, y mucho menos de hacer copias. Con suerte, si la tengo en las manos, seré lo suficientemente listo como para leerla y no tirarla.

Muerdo la punta de la pluma, intentando concentrarme en qué escribir a continuación.

- Crecimos juntos, pero nuestras familias se odian. No quieren que estemos juntos.

- Silas se acostaba con la orientadora, Charlie con Brian Finley. Hemos roto con ambos.

- Landon es buen hermano, probablemente puedan confiar en él si es necesario.

Sigo escribiendo. Escribo sobre nuestros tatuajes, el Electric Crush Diner, Ezra y todo lo que puedo recordar de las últimas 48 horas.

Miro el reloj. 10:59.

Charlie no sabe nada de esta carta. Si todo lo que dice la carta hasta ahora es cierto y esto nos ha estado pasando de verdad desde el sábado pasado, eso significa que está a punto de olvidar todo lo que ha vivido en las últimas 48 horas. Y no tengo ni idea de cómo encontrarla. Cómo prevenirla.

Vuelvo a presionar la pluma contra el papel y escribo una última cosa.

- Charlie se subió anoche a un taxi en Bourbon Street y nadie la ha vuelto a ver desde entonces. No sabe nada de esta carta. Encuéntrala. Lo primero que tienes que hacer es encontrarla. Por favor.

SEGUNDA PARTE

1

Silas

Comienza despacio.

La lluvia.

Una gota aquí, otra allá. Primero en el parabrisas que tengo delante, luego en las ventanillas que me rodean. Las gotas empiezan a sonar como miles de dedos dando toquecitos sobre el techo del coche al unísono. Tap-ta-tap-tap-ta-ta-tap-tap-tap. Ahora el sonido me rodea por completo. Es como si viniera de mi interior e intentara salir. La lluvia empieza a deslizarse por el cristal en una cantidad suficiente para juntarse en largas líneas que parecen lágrimas. Se deslizan hacia abajo y desaparecen más allá del cristal. Intento poner el limpiaparabrisas, pero el coche está apagado.

«¿Por qué no está encendido el coche?»

Limpio el vaho de la ventanilla con la palma de la mano para poder ver, pero la lluvia está cayendo con tanta fuerza que no veo nada.

«¿Dónde estoy?»

Me giro para mirar el asiento de atrás, no hay nadie. Nada. Vuelvo a mirar hacia delante.

«Piensa, piensa, piensa.»

¿Adónde me dirigía? Me habré quedado dormido.

«No sé dónde estoy.»

«No sé dónde estoy.»

«Estoy... Soy... Yo soy...»

«¿Quién soy?»

Parece muy natural tener pensamientos que contengan la palabra *yo*. Pero todos mis pensamientos están vacíos y no tienen peso, porque la palabra *yo* no está relacionada con nadie. Ningún nombre, ninguna cara. Soy... *nada*.

El murmullo de un motor capta mi atención cuando un coche aminora la velocidad junto al mío en la carretera. El agua salpica el parabrisas al pasar. Distingo las luces traseras a medida que el coche va frenando y se para justo delante.

«Luces de reversa.»

El corazón me está latiendo en la garganta, en las puntas de los dedos, en las sienes. Las luces que hay encima del coche cobran vida. «Rojo, azul, rojo, azul.» Alguien se baja del vehículo. Lo único que distingo es su silueta acercándose a mi coche. Apenas muevo el cuello mientras se dirige al lado del copiloto y mantengo la mirada fija cuando llega a la ventanilla.

Unos toques.

Toc, toc, toc.

Presiono el botón de arranque del coche para poder bajar la ventanilla. «¿Cómo supe que tenía que hacer eso?» Bajo la ventanilla.

Un poli.

«Ayuda», quiero decirle.

«He olvidado adónde iba», quiero decirle.

—¿Silas?

Su voz me sobresalta. Es potente. Gritando la palabra *Silas* intenta competir con el sonido de la lluvia.

¿Qué quiere decir esa palabra? «Silas.» Tal vez sea francés. Tal vez esté en Francia y «Silas» sea un saludo. Tal vez deba decirle «Silas» a él también.

El hombre se aclara la garganta y luego dice:

—¿Se descompuso tu camioneta?

«No es francés.»

Miro el panel de control. Me fuerzo a separar los labios para poder formar una palabra. En vez de eso, tomo aire, no me había dado cuenta de que estaba conteniendo la respiración. Cuando suelto el aire de los pulmones, sale tembloroso... Qué vergüenza. Miro al agente, que sigue junto a la ventana.

—No —digo.

Me asusto con mi propia voz. No la reconozco.

El agente se inclina y señala mi regazo.

—¿Qué tienes ahí? —pregunta—. ¿Indicaciones para llegar a algún sitio? ¿Te has perdido?

Agacho la cabeza y veo unos papeles que no me suenan en mi regazo. Los dejo en el asiento del copiloto para quitármelos de encima y sacudo de nuevo la cabeza.

—Eh... Es que estaba...

Un timbre interrumpe mis palabras. Un timbre muy estridente sonando en el interior del coche. Rastreo el sonido, remuevo los papeles del asiento y encuentro un teléfono debajo. Miro el nombre que sale en la pantalla. «Janette.»

No conozco a ninguna Janette.

—Tienes que salir de la cuneta, hijo —dice el agente, dando un paso hacia atrás. Presiono un botón lateral del teléfono para silenciarlo—. Anda, arranca y vuelve a la escuela, que esta noche tienes un partido muy importante.

«Partido importante. Escuela.»

«¿Por qué ninguna de las dos cosas me resulta familiar?»

Asiento con la cabeza.

—La lluvia cesará pronto —añade. Da un golpecito en el techo del coche para que me ponga en marcha. Asiento de nuevo y pongo el dedo en el botón de control de las ventanillas—. Dile a tu padre que me aparte lugar para esta noche.

Vuelvo a asentir. «Mi padre.»

El agente me observa durante unos segundos más con una mirada inquisitiva. Finalmente, sacude la cabeza y vuelve hacia su coche.

Miro el teléfono. Justo cuando estoy a punto de tocar un botón, empieza a sonar otra vez.

«Janette.»

Sea quien sea Janette, está empeñada en que alguien conteste el teléfono. Deslizo el dedo por la pantalla y me lo acerco a la oreja.

—¿Hola?

—¿La encontraste? —No reconozco la voz. Espero unos segundos antes de responder con la esperanza de que cuelgue—. ¿Silas? ¿Hola?

Ha dicho la misma palabra que el agente. *Silas*. Solo que ella la ha dicho como si fuera un nombre.

¿*Mi* nombre?

—¿Qué? —digo, totalmente desconcertado.

—¿La encontraste? —Tiene voz de estar muy asustada.

«¿Que si la encontré?» ¿A quién se supone que tengo que estar buscando? Me giro para volver a echar un vistazo al asiento de atrás, aunque sé que no hay nadie más en el coche conmigo. Miro de nuevo hacia delante sin estar seguro de qué responder a la pregunta que me acaba de formular.

—¿Que si la encontré? —pregunto, repitiendo su pregunta—. Yo... ¿la encontraste *tú*?

Janette emite un gruñido.

—¿Para qué iba a llamarte si la hubiera encontrado?

Me aparto el teléfono de la oreja y lo miro. No entiendo nada. Me lo vuelvo a poner en la oreja.

—No —digo—. No la he encontrado.

Tal vez esta chica es mi hermana pequeña. Parece joven. Más joven que yo. ¿Puede que haya perdido a su perro y yo lo estuviera buscando? Tal vez he perdido el control del coche por la lluvia y me he golpeado la cabeza.

—Silas, esto no es propio de ella —dice Janette—. Me habría dicho que iba a pasar la noche fuera o que no iba a ir a la escuela hoy.

Está bien, creo que no estamos hablando de un perro. Y el hecho de que, casi seguro, estemos hablando de una persona que, por lo visto, ha desaparecido me está incomodando mucho, teniendo en cuenta que ahora mismo no sé ni quién soy. Necesito colgar antes de decir algo que no deba. O algo incriminatorio.

—Janette, tengo que irme. Seguiré buscándola.

Finalizo la llamada y dejo el teléfono en el asiento de al lado. Los papeles que tenía en el regazo me llaman la atención. Los cojo. Las páginas están engrapadas, así que voy a la primera hoja. Es una carta, dirigida a mí y a un tipo llamado Charlie.

Charlie y Silas,
Si no saben por qué están leyendo esto, es que lo han olvidado todo.

Pero ¿qué mierda es esto? La primera frase no es lo que esperaba leer. No sé qué esperaba leer.

No reconocen a nadie, ni siquiera a ustedes mismos. Por favor, no se asusten y lean esta carta de principio a fin.

Es un poco tarde ya para lo de «no se asusten».

No estamos seguros de lo que ha pasado, pero nos tememos que, si no lo escribimos, pueda volver a ocurrir. Al menos con todo escrito y depositado en más de un sitio, estaremos más preparados si vuelve a suceder. En las páginas siguientes encontrarán toda la información que tenemos. Tal vez les ayude de alguna manera.

CHARLIE Y SILAS

No salto a la siguiente página enseguida. Dejo caer las hojas en mi regazo y me llevo las manos a la cara. Me froto una y otra vez. Me miro en el espejo retrovisor y aparto rápidamente la mirada porque no reconozco los ojos que me la devuelven.

Esto no puede estar pasando.

Cierro los ojos y los aprieto muy fuerte y me toco el puente de la nariz. Espero a ver si me despierto. Esto es un sueño y tengo que despertarme.

Pasa un coche y vuelve a salpicar el parabrisas. Miro cómo el agua se desliza y desaparece debajo del cofre.

No puedo estar soñando. Todo es demasiado vívido, demasiado detallado para ser un sueño. Los sueños son borrosos, los momentos no se suceden como lo están haciendo ahora.

Cojo los papeles de nuevo y a cada frase se me hace más difícil leer. Mis manos se vuelven cada vez más inestables. Estoy totalmente desorientado mientras leo la siguiente página. Descubro que me llamo Silas y que Charlie es en realidad el nombre de una chica. Me pregunto si es la chica que ha desaparecido. Sigo leyendo, aunque me cuesta ignorar mi incredulidad lo suficiente como para asimilar las palabras que tengo delante. No sé por qué no me permito creerlo, porque en realidad todo lo que estoy leyendo coincide a la perfección con el hecho de que no tengo ningún recuerdo de nada. Si pudiera ignorar mi incredulidad, estaría admi tiendo que es posible. Que, según lo que estoy leyendo, he perdido la memoria por cuarta vez consecutiva.

Mi respiración es casi tan irregular como la lluvia que está cayendo sobre el coche. Me llevo la mano izquierda a la nuca y aprieto mientras leo el siguiente párrafo. Uno que, por lo visto, escribí hace unos diez minutos.

Charlie se subió anoche a un taxi en Bourbon Street y nadie la ha vuelto a ver desde entonces. No sabe nada de esta carta. Encuéntrala. Lo primero que tienes que hacer es encontrarla. Por favor.

Las últimas palabras están garabateadas, son casi ilegibles, como si me estuviera quedando sin tiempo cuando las escribí. Dejo la carta en el asiento y reflexiono sobre todo lo que acabo de leer. La información me da vueltas por la cabeza a toda velocidad, más rápido de lo que me late el corazón. Siento algo que parece el comienzo de un ataque de pánico o tal vez una crisis nerviosa. Me agarro con las dos manos al volante e inspiro y espiro a través de la nariz. No sé cómo sé que eso debería producir un efecto calmante. Al principio, no parece que funcione, pero me quedo así durante varios minutos, pensando en las cosas que acabo de descubrir. «Bourbon Street, Charlie, mi hermano, el Camarón, la lectura del tarot, los tatuajes, mi afición por la fotografía.» ¿Por qué nada de esto me resulta familiar? Tiene que tratarse de una broma. Esto tiene que referirse a otra persona. Yo no puedo ser Silas. Si fuera Silas, me *sentiría* como tal. No sentiría esta separación total de la persona que se supone que soy.

Cojo el teléfono otra vez y abro la galería de fotos. Me inclino hacia delante y me quito la camisa. Sostengo la cámara enfocándome la espalda y tomo una foto. Vuelvo a ponerme la camisa y miro el teléfono.

«Perlas.»

Tengo un collar de perlas negras tatuado en la espalda, tal y como decía la carta.

«Mierda», susurro, mirando la foto.

Mi estómago. Creo que voy a...

Abro la puerta del coche justo a tiempo. Sea lo que sea que haya desayunado hoy, está ahora en el suelo junto a mis pies. La ropa se me está calando mientras sigo en la misma postura por si vuelvo a vomitar otra vez. Cuando creo que lo peor ya ha pasado, vuelvo a meterme en el coche.

Miro el reloj y dice que son las 11:11 horas.

Todavía no sé muy bien qué creer, pero cuanto más tiempo paso sin tener recuerdos, más empiezo a considerar la idea de que puede que tenga poco más de cuarenta y siete horas antes de que eso vuelva a suceder.

Alargo el brazo y abro la guantera. No sé qué estoy buscando, pero estar aquí sentado sin hacer nada parece una pérdida de tiempo. Saco lo que hay dentro y dejo a un lado los papeles del coche y del seguro. Encuentro un sobre con nuestros nombres escritos. «Un duplicado de todo lo que acabo de leer.» Continúo hojeando los papeles hasta que un papel doblado, metido al fondo de la guantera, llama mi atención. Tiene mi nombre escrito en la parte superior. Lo abro y leo primero la firma que hay al final. Es una carta de Charlie. Vuelvo al comienzo de la página y empiezo a leer.

Querido Silas:

Esto no es una notita de amor, ¿okay? Por mucho que intentes convencerte a ti mismo de que sí lo es, no lo es. Porque no soy ese tipo de chica. Odio ese tipo de chicas, siempre tan enamoradizas y repugnantes. Puaj.

Bueno, esta es una notita de antiamor. Por ejemplo, no me gusta cómo me trajiste jugo de naranja y medicamentos la semana pasada cuando estaba enferma. ¿Y eso de la tarjeta? ¿Que esperabas que mejorara y que me querías? Pfff.

Y, por supuesto, no me gusta la forma en la que finges que sabes bailar cuando en realidad lo que pareces en un robot estropeado. No es mono y no me hace reír para nada.

Ah, ¿y cuando me besas y luego me apartas para decirme que soy guapa? Eso no me gusta ni tantito. ¿Por qué no puedes ser como los otros tipos que ignoran a sus novias? Es tan injusto que me haya tocado a mí esto.

Y ya que estamos hablando de todo lo que haces mal, ¿recuerdas cuando me lastimé la espalda en el entrenamiento de porristas? ¿Recuerdas que no fuiste a la fiesta de David para darme un masaje y ver *Pretty Woman* conmigo? Eso fue una demostración clarísima de lo necesitado y egoísta que puedes llegar a ser. ¿Cómo eres capaz, Silas?

Además, no pienso seguir tolerando las cosas que les cuentas a nuestros amigos sobre mí. Cuando Abby se metió con lo que llevaba puesto un día y le dijiste que yo podría llevar una bolsa de plástico y hacer que parezca alta costura. Eso estuvo totalmente fuera de lugar. Y todavía peor fue cuando llevaste a Janette al oftalmólogo en coche porque no se le iba el dolor de cabeza. Tienes que controlarte. Todos esos cuidados y esa consideración son muy poco atractivos.

Así que aquí estoy para decirte que no te quiero más que a ningún otro ser de este planeta. Y que no son mariposas lo que siento cada vez que entras en una habitación, sino polillas de una sola ala, enfermas y borrachas. Además, eres muy muy poco atractivo. Me revuelvo cada vez que veo tu piel perfecta y pienso: «Oh, Dios mío, ese chico sería mucho más atractivo si tuviera algún grano y los dientes torcidos». Sí, Silas, eres asqueroso.

No te quiero.

Nada de nada.

Nunca nunca.

CHARLIE

Me quedo observando la despedida y vuelvo a leer esas palabras unas cuantas veces más.

No te quiero.
Nada de nada.
Nunca nunca.
Charlie.

Le doy la vuelta a la nota esperando encontrar una fecha. No hay nada que indique cuándo se escribió. Si esta chica me escribía cartas así, entonces, ¿cómo puede ser cierto todo lo que acabo de leer en mis notas sobre el estado actual de nuestra relación? Estoy claramente enamorado de ella. O al menos *estaba* enamorado de ella.

¿Qué nos ha pasado? ¿Qué le ha pasado a *ella*?

Vuelvo a doblar la nota y la dejo donde la encontré. El primer lugar al que voy es a la dirección anotada como casa de Charlie. Si no la encuentro allí, tal vez pueda conseguir más información de su madre, o de cualquier cosa que encuentre y que se nos haya pasado por alto antes.

La puerta del garaje está cerrada cuando llego al camino de entrada. No sé si hay alguien en casa. Este lugar tiene mal aspecto. Alguien ha dejado tirado un bote junto a la acera y la basura se ha derramado por la calle. Un gato está abriendo la bolsa con la pata. Cuando me bajo del coche, el gato desaparece calle abajo. Miro a mi alrededor mientras me dirijo hacia la puerta principal. No veo a nadie, las ventanas y las puertas de los vecinos están todas cerradas. Llamo a la puerta varias veces, pero nadie contesta.

Vuelvo a echar un último vistazo antes de girar la manija de la puerta. «Abierta.» Empujo y la abro sigilosamente.

En las cartas que nos escribimos a nosotros mismos mencionamos el ático de Charlie varias veces, así que es lo primero que busco. «El ático de Charlie.» Voy a conocer el ático antes que a la chica. Una de las puertas del pasillo está abierta. Entro y no hay nadie en la habitación. Dos camas, debe de ser aquí donde duermen Charlie y su hermana.

Me dirijo al armario, miro hacia arriba y encuentro la entrada del ático. Aparto la ropa y me llega un olor. ¿Su olor? Floral. Me resulta familiar, pero eso no puede ser, ¿no? Qué locura. Si no la recuerdo a ella, es imposible que recuerde su olor. Utilizo los estantes del armario como escaleras y subo.

La única luz que hay en el ático viene de la ventana que está al otro extremo de la habitación. Es suficiente para que vea por dónde voy, pero no demasiado, así que saco el teléfono y abro la *app* de linterna.

Me paro y miro la *app* que acabo de abrir en el celular. «¿Cómo lo sabía?» Ojalá tuviera algún sentido el hecho de que recordemos algunas cosas y otras no. Intento encontrar algo que relacione mis recuerdos entre sí, pero no lo consigo.

Tengo que agacharme porque el techo es demasiado bajo para que pueda ponerme de pie. Continúo por el ático hacia una zona, al fondo del todo, que ha sido acomodada para poder sentarse. Hay una pila de cobijas cubiertas con almohadas.

«¿Será aquí donde duerme?»

Me agobio solo con imaginarme alguien queriendo pasar tiempo en un sitio tan aislado. Debe de ser una chica solitaria.

Tengo que doblarme aún más para no golpearme la cabeza con las vigas. Cuando llego al rincón que se ha montado para ella, echo un vistazo. Hay pilas de libros junto a las almohadas. Algunos libros los usa como mesas y tienen fotos enmarcadas encima.

Decenas de libros. Me pregunto si los habrá leído todos, o si solo los necesita por comodidad. Tal vez los utilice como vía de escape de su vida real. Por el aspecto de este sitio, no la culpo.

Me agacho y cojo uno. La cubierta es oscura y en ella se ve una casa y una niña que se funden en uno. Es espeluznante. No me imagino aquí dentro yo solo, leyendo libros como este en la oscuridad.

Dejo el libro donde lo encontré y me fijo en un baúl de cedro que está junto a la pared. Parece pesado y antiguo, como si hubiera pasado por varias generaciones de su familia. Me acerco y levanto la tapa. Dentro hay más libros, todos con cubiertas sin letras. Saco el primero y lo abro.

7 de enero – 15 de enero de 2011

Salto algunas páginas y veo que es un diario. En la caja, debajo de este, hay al menos cinco más.

Debe de encantarle escribir.

Miro a mi alrededor, levanto almohadas y cobijas, busco algo donde meter los diarios. Si quiero encontrar a esta chica, necesito saber qué sitios frecuenta. Sitios en los que podría estar, gente a la que podría conocer. Los diarios son una forma perfecta de encontrar esa información.

Veo una mochila usada y vacía en el suelo a pocos metros, así que la cojo y meto dentro todos los diarios. Empiezo a apartar cosas, abrir y sacudir libros intentando encontrar algo más que me pueda ayudar. Encuentro varias cartas en distintos sitios, algunos montones de fotografías y varias notas adhesivas. Cojo todo lo que pueda meter en la mochila y vuelvo a la entrada del ático. Sé que también hay algunas cosas en la habitación de mi casa, así que lo siguiente será ir allí y revisarlo todo tan rápido como pueda.

Cuando llego al acceso del ático, tiro la mochila por el hueco primero. Cae al suelo con un fuerte golpe y me sobresalto. Debería ser más sigiloso. Empiezo a bajar las estanterías, una a una, e intento imaginarme a Charlie subiendo y bajando cada noche por estas escaleras improvisadas. Su vida debe de ser bastante dura si se refugia en el ático por voluntad propia. Cuando llego abajo, tomo la mochila y me incorporo. Me la echo al hombro y voy hacia la puerta.

Me quedo paralizado.

No sé muy bien qué hacer, porque el agente que llamó a la ventanilla de mi coche antes me está mirando fijamente.

«¿Estar dentro de la casa de mi novia es ilegal?»

Una mujer aparece en la puerta detrás del agente. Tiene la mirada fuera de sí y el rímel corrido como si se acabara de levantar. Está muy despeinada y, a pesar de que está a varios metros de distancia, me llega el olor a alcohol de su aliento.

—¡Te dije que estaba allí arriba! —grita, señalándome—. Ya le advertí esta mañana que se mantuviera lejos de mi casa, ¡y ya ha vuelto!

«¿Esta mañana?»

«Genial.» Habría estado bien advertírmelo a mí mismo en la carta.

—Silas —dice el agente—. ¿Te importaría salir conmigo?

Asiento y me dirijo con cautela hacia ellos. No parece que haya hecho nada malo, ya que solo me está pidiendo que hable con él. Si hubiera hecho algo malo, me habría leído mis derechos enseguida.

—¡Sabe perfectamente que no podía estar aquí, Grant! —grita la mujer, mientras camina por el pasillo en dirección a la sala—. ¡Lo sabe, pero sigue viniendo! ¡Lo único que quiere es sacarme de quicio!

Esta mujer me odia. Mucho. Y no saber por qué complica mucho que me pueda disculpar por lo quiera que sea que le he hecho.

—Laura —dice—. Tengo que hablar con Silas fuera, pero tienes que calmarte y dejarnos pasar para que pueda hacerlo.

Se hace a un lado y me mira fijamente cuando paso junto a ella.

—Siempre te sales con la tuya, igual que tu papito —dice.

Dejo de mirarla para que no vea lo perdido que estoy y sigo al agente Grant fuera, con la mochila colgada al hombro.

Por suerte, ha dejado de llover. Caminamos hasta mi coche. Se gira para mirarme y no tengo ni idea de cómo voy a poder responder a las preguntas que está a punto de lanzarme, pero con suerte no serán muy concretas.

—¿Por qué no estás en la escuela, Silas?

Aprieto los labios y pienso en una respuesta.

—Yo... bueno... —Miro por encima de su hombro a un coche que está pasando—. Estoy buscando a Charlie.

No sé si debería haber dicho eso. Desde luego, si la policía no tenía que enterarse de la desaparición, lo habría aclarado en la carta. Pero la carta solo decía que debía hacer todo lo posible para encontrarla, así que denunciarlo sería el primer paso lógico.

—¿Qué quieres decir con que la estás buscando? ¿Por qué no está en la escuela?

Me encojo de hombros.

—No lo sé. No ha llamado, su hermana no sabe nada de ella y no fue a clases hoy. —Levanto una mano en dirección a la casa—. Su madre está claramente demasiado borracha como para darse cuenta de que ha desaparecido, por eso pensé que lo mejor sería buscarla yo mismo.

Inclina la cabeza, más con curiosidad que con preocupación.

—¿Quién fue la última persona que la vio? ¿Y cuándo?

Trago saliva y cambio, incómodo, la postura de los pies mientras intento recordar lo que estaba escrito sobre anoche en la carta.

—Yo. Anoche. Discutimos y no quiso volver a casa conmigo.

El agente Grant hace un gesto a alguien que está detrás de mí para que se acerque. Me giro y la madre de Charlie está junto a la puerta principal. Atraviesa el umbral y se acerca a nosotros.

—Laura, ¿sabes dónde está tu hija?

Pone los ojos en blanco.

—Está en la escuela, que es donde tiene que estar.

—No está allí —interrumpo.

El agente Grant mantiene la mirada puesta en Laura.

—¿Volvió Charlie a casa anoche?

Laura me mira y luego vuelve a mirar al agente.

—Por supuesto que sí —dice.

La voz se le quiebra un poco al final como si no estuviera segura.

—Está mintiendo —suelto.

El agente Grant me manda callar con un gesto y vuelve a dirigirse a Laura.

—¿A qué hora llegó?

Veo cómo la confusión se apodera del rostro de Laura. Se encoge de hombros.

—La castigué por haber faltado a clases esta semana. Así que supongo que estaba arriba, en el ático.

Pongo los ojos en blanco.

—¡Ni siquiera estaba en casa! —digo, levantando la voz—. ¡Esta mujer estaba obviamente demasiado borracha como para saber si su propia hija estaba en casa!

Se acerca a mí y comienza a darme puñetazos en los brazos y en el pecho.

—¡Largo de mi casa, hijo de perra! —grita.

El agente la sujeta de los brazos y me hace una señal mirando a mi coche.

—Por última vez, Nash, vuelve a la escuela.

Laura se revuelve en los brazos del agente intentando zafarse. Él la agarra con tanta fuerza que ni se inmuta. Parece que está acostumbrado a esto; me pregunto si no es la primera vez que llama a la policía por mí.

—Pero ¿y qué hay de Charlie?

No entiendo por qué nadie más parece estar preocupado por ella. Especialmente su propia madre.

—Como dijo su madre, seguro que está en la escuela —dice él—. En algún momento pasará por el partido esta noche. Ya hablaremos allí.

Asiento, pero tengo clarísimo que no voy a ir a la escuela. Cogeré la mochila con las cosas de Charlie y me iré directo a mi casa a buscar más.

2

Silas

Lo primero que hago después de atravesar la puerta de mi casa es detenerme. Nada me resulta familiar, ni siquiera las fotos de las paredes. Espero unos segundos, intentando asimilarlo. Podría buscar por la casa o mirar las fotos más de cerca, pero probablemente ya lo he hecho antes. Casi no tengo tiempo y, si quiero averiguar qué le ha pasado a Charlie —qué *nos* ha pasado—, necesito centrarme en cosas que no hayamos hecho antes.

Encuentro mi habitación y voy directo al armario, a la estantería que tiene el resto de las cosas que hemos recopilado. Lo coloco todo encima de la cama, junto con el contenido de la mochila. Lo reviso todo e intento averiguar por dónde debo empezar. Hay muchas cosas. Cojo la pluma para poder tomar notas de cualquier descubrimiento que pueda ser útil por si vuelvo a olvidarlo todo.

Tengo mucha información sobre mi relación reciente con Charlie, pero eso parece ser todo. No sé casi nada sobre cómo empezamos a salir o qué sucedió para que nuestras familias se peleasen. Tampoco sé si nada de eso tiene que ver con lo que nos ha sucedido, pero creo que el mejor sitio por el que empezar es el principio.

Tomo una de las notas dirigidas a Charlie que parece más antigua, una escrita por mí. Está fechada hace más de cuatro años y solo es una de las muchas cartas que me llevé del ático. Tal vez, leer algo escrito desde mi punto de vista me ayude a saber qué tipo de persona soy, aunque la carta tenga más de cuatro años.

Me siento en la cama, me apoyo en el cabecero y comienzo a leer.

Charlie:

¿Recuerdas alguna vez que hayamos ido de vacaciones el uno sin el otro? Hoy he estado pensando en eso. Nunca estamos solos mi familia más cercana y yo. Siempre están nuestros padres, Landon, Janette, tú y yo.

Una gran familia feliz.

Tampoco estoy seguro de que hayamos pasado alguna vez las fiestas separados. Navidades, Semana Santa, Acción de Gracias. Siempre las hemos pasado juntos, o bien en tu casa, o bien en la nuestra. Tal vez por eso nunca he sentido que seamos solo mi hermano pequeño y yo. Siempre he sentido que tenía un hermano y dos hermanas. Y no me imagino sintiéndome de otra forma, como si formaras parte de mi familia.

Pero temo haberlo estropeado. Y no sé ni qué decirte porque tampoco quiero pedirte perdón por haberte besado anoche. Sé que debería arrepentirme, y que debería hacer todo lo posible para compensar el hecho de que tal vez haya estropeado oficialmente nuestra amistad, pero no me arrepiento. Hace mucho tiempo que deseaba cometer ese error.

He intentado averiguar en qué momento cambiaron mis sentimientos hacia ti, pero esta noche me he dado cuenta de que no han cambiado. Mis sentimientos hacia ti como mi mejor amiga no han cambiado en absoluto, solo han evolucionado.

Sí, te quiero, pero ahora estoy enamorado de ti. Y en vez de verte como mi mejor amiga, ahora eres mi mejor amiga a la que quiero besar.

Y sí, te he querido como un hermano quiere a una hermana. Pero ahora te quiero como un chico quiere a una chica.

Así que, a pesar de ese beso, te prometo que nada ha cambiado entre nosotros. Solo se ha convertido en algo más. Algo mucho mejor.

Anoche, cuando estabas tumbada conmigo aquí en la cama mirándome mientras te reías hasta quedarte sin aliento, no pude evitarlo. Muchas veces me has dejado sin respiración o me has hecho sentir que tenía el corazón atrapado en el estómago. Pero lo de anoche fue mucho más de lo que un chico de catorce años puede asumir. Por eso tomé tu cara entre mis manos y te besé como llevo soñando hacerlo desde hace más de un año.

Últimamente, cuando te tengo cerca siento como si estuviera demasiado borracho para hablarte. Y no he probado nunca el alcohol, pero estoy seguro de que besarte es lo que se siente cuando estás borracho. Si ese es el caso, voy a tener que preocuparme por mi sobriedad porque creo que puedo volverme adicto a tus besos.

No he vuelto a saber de ti desde que anoche te apartaste de mí y te fuiste de mi habitación, así que me preocupa que no recuerdes ese beso de la misma forma que yo. No me has tomado las llamadas. No me has contestado a los mensajes. Así que te escribo esta carta por si necesitas que te recuerde lo que realmente sientes por mí. Porque parece que intentas olvidarlo.

Por favor, Charlie, no lo olvides.

Nunca permitas que tu terquedad te convenza de que nuestro beso fue un error.

Nunca olvides lo bien que nos sentimos cuando mis labios por fin tocaron los tuyos.

Nunca dejes de necesitar que te bese de esa forma otra vez.

Nunca olvides la forma en la que te acercaste porque querías sentir mi corazón latiendo dentro de tu pecho.

Nunca me impidas que te bese en el futuro cuando una de tus risas me haga desear volver a formar parte de ti.

Nunca dejes de querer que te abrace como te abracé anoche.

Nunca olvides que fui tu primer beso de verdad. Nunca olvides que serás mi último.

Y nunca dejes de quererme entre todos los besos.

Nunca pares, Charlie.

Nunca olvides.

Silas

No sé durante cuánto tiempo me quedo mirando la carta. El suficiente para acabar por no tener muy claro cómo me hace sentir. Cómo, aunque no conozco a esta chica de nada, de alguna manera creo cada palabra escrita en esta carta. Y puede que hasta incluso las llegue a sentir un poco. Se me empieza a acelerar el pulso, porque, durante la última hora, he hecho todo lo que está en mis manos para encontrarla, y la necesidad de saber si está bien es cada vez mayor.

Estoy preocupado por ella.

«Necesito encontrarla.»

Tomo otra carta para buscar más pistas y entonces suena mi teléfono. Lo levanto y contesto sin mirar la pantalla. No tiene sentido filtrar las llamadas porque no conozco a ninguna de las personas que me llaman.

—¿Diga?

—Eres consciente de que esta noche es uno de los partidos más importantes de tu carrera como futbolista, ¿verdad? ¿Por qué demonios no estás en la escuela?

La voz es grave y enfadada.

«Debe de ser mi padre.»

Me aparto el teléfono de la oreja y lo miro. No tengo ni idea de qué decir. Necesito leer más cartas antes de saber cómo respondería Silas a su padre. Necesito averiguar más cosas sobre estas personas que parecen saberlo todo sobre mí.

—¿Diga? —repito.

—Silas, qué es lo que...

—No te oigo —digo, elevando la voz—. ¿Hola?

Antes de que pueda volver a decir nada, cuelgo y tiro el teléfono a la cama. Cojo todas las cartas y los diarios que caben en la mochila. Me voy corriendo porque no debería estar aquí. Podría aparecer alguien con quien no esté preparado para interactuar todavía.

Alguien como mi padre.

3

Charlie

«¿Dónde estoy?»

Esa es la primera pregunta. Después, «¿quién soy?»

Sacudo la cabeza de lado a lado, como si ese pequeño gesto pudiera hacer que mi cerebro volviera a funcionar. La gente normalmente se despierta y sabe quién es, *¿no?* El corazón me late tan rápido que me duele. Me da miedo incorporarme por lo que pueda ver.

Estoy desorientada... abrumada, así que empiezo a llorar. Es raro no saber quién eres, pero ¿saber que no eres una llorona? Estoy tan molesta conmigo misma por estar llorando que me limpio las lágrimas y me incorporo con tanto ímpetu que me golpeo la cabeza muy fuerte con las barras de metal de una cama. Me encojo y me froto la cabeza.

Estoy sola. Eso es bueno.

No sé cómo podría explicarle a alguien que no tengo ni idea de quién soy o de dónde estoy. Estoy en una cama. En una habitación. Es difícil distinguir qué tipo de habitación porque está muy oscuro. No hay ventanas. Un foco parpadea en el techo como si transmitiera código morse. No tiene fuerza suficiente para iluminar la pequeña habitación, pero distingo que el suelo tiene azulejos de un blanco brillante, y que las paredes están pintadas de blanco y completamente desnudas excepto por una tele pequeña que cuelga de una de ellas.

Hay una puerta. Me levanto para ir hacia ella, pero tengo una corazonada a medida que pongo un pie detrás de otro. «Va a estar cerrada, va a estar cerrada...»

Está cerrada.

Siento pánico, pero me tranquilizo, me digo a mí misma que respire. Estoy temblando, apoyo la espalda contra la puerta y me miro el cuerpo. Llevo un camisón de hospital, calcetines. Me paso las manos por las piernas para ver si tengo mucho pelo; no mucho. ¿Eso significa que me depilé hace poco? Tengo el pelo negro. Cojo un mechón y me lo pongo delante de la cara para observarlo. Esto es una locura. O tal vez yo esté loca. «Sí. Oh, Dios mío.» Estoy en un hospital psiquiátrico. Es lo único que tendría sentido. Me giro y golpeo la puerta.

—¿Hola?

Presiono la oreja contra la puerta e intento escuchar algo. Oigo un zumbido suave. ¿Un generador? ¿Un aire acondicionado? Es algún tipo de máquina. Siento escalofríos.

Corro hacia la cama y me acurruco en una esquina para poder vigilar la puerta. Pego las rodillas al pecho, respiro muy fuerte. Estoy asustada, pero no hay nada que pueda hacer sino esperar.

4

Silas

El asa de la mochila se me clava en el hombro mientras me abro camino por el enjambre de estudiantes que están en el pasillo. Finjo saber qué estoy haciendo —adónde me dirijo—, pero no sé nada. Por lo que a mí respecta, esta es la primera vez que pongo un pie en esta escuela. La primera vez que veo las caras de esta gente. Me sonríen y levantan la cabeza a modo de saludo. Les devuelvo el saludo lo mejor que puedo.

Miro los números de los casilleros y me voy moviendo por los pasillos hasta encontrar el mío. Según lo que escribí, estuve aquí esta misma mañana, revisando el mismo casillero hace algunas horas. Obviamente, no encontré nada entonces, así que estoy seguro de que ahora tampoco lo haré.

Cuando por fin estoy frente al mío, siento que la esperanza que ni siquiera sabía que tenía se ha evaporado. Supongo que una parte de mí esperaba encontrar a Charlie aquí, riéndose de la genial broma que me había preparado. Esperaba que este desastre terminase aquí.

«Evidentemente, no tengo tanta suerte.»

Introduzco la combinación del casillero de Charlie primero y lo abro en un intento de encontrar algo que se nos hubiera pasado por alto antes. Mientras rebusco en su interior, noto que alguien se me acerca por detrás. No quiero darme la vuelta y tener que interactuar con una cara desconocida, así que finjo no darme cuenta de que está ahí, con la esperanza de que se vaya.

—¿Qué buscas?

Es la voz de una chica. Como no tengo ni idea de cómo es la voz de Charlie, me giro esperando que sea ella. Pero me encuentro con alguien que no es Charlie mirándome fijamente. A juzgar por su aspecto, doy por hecho que es Annika. Encaja con la descripción de nuestros amigos que Charlie escribió en sus notas.

«Ojos grandes, pelo oscuro rizado y con cara de estar aburrida.»

—Solo estoy buscando algo —farfullo, girándome hacia el casillero.

No encuentro ninguna pista, así que lo cierro y empiezo a introducir la combinación del mío.

—Amy me dijo que Charlie no estaba en casa esta mañana cuando pasó a recogerla. Janette ni siquiera sabía dónde estaba —dice Annika—. ¿Dónde está?

Me encojo de hombros y abro mi casillero, intentando que no se note que estoy leyendo la combinación anotada en un trozo de papel que tengo en la mano.

—No lo sé. Todavía no he hablado con ella.

Annika permanece en silencio detrás de mí hasta que termino de registrar el casillero. El celular me empieza a sonar en el bolsillo. Me está llamando mi padre otra vez.

—¡Silas! —grita alguien que pasa al lado.

Levanto la vista y veo un reflejo de mí mismo, solo que más joven y no tan... *intenso*. «Landon.»

—¡Dice papá que le llames! —grita, mientras camina de espaldas en dirección opuesta.

Cojo el teléfono y le enseño la pantalla para que vea que estoy al tanto. Sacude la cabeza riéndose y desaparece por el pasillo. Me gustaría decirle que vuelva. Tengo tantas preguntas que hacerle, pero sé lo loco que parecería todo.

Presiono un botón para silenciar la llamada y vuelvo a guardar el teléfono en mi bolsillo. Annika sigue aquí parada y no tengo ni idea de cómo quitármela de encima. El Silas de antes parecía tener un problema con el compromiso, así que espero que Annika no fuera una de sus conquistas.

Mi antiguo yo se lo está poniendo muy difícil a mi yo actual.

Justo cuando empiezo a decirle que tengo que irme a la última clase, veo, por encima del hombro de Annika, a una chica. Nos quedamos mirándonos, pero ella aparta la mirada enseguida. Deduzco por la forma en la que reacciona que debe de ser la chica a la que Charlie se refería como el Camarón en nuestras notas. Porque realmente se parece a un camarón: piel rosácea, pelo claro y ojos oscuros y brillantes.

—¡Hey! —le grito.

Ella sigue caminando en la otra dirección.

Aparto a Annika y corro tras la chica. Le grito «¡Hey!» de nuevo, pero ella se limita a acelerar el paso, se repliega aún más en sí misma y no se gira en ningún momento. Debería saber su nombre. Si gritara su nombre probablemente se pararía. Estoy seguro de que si le gritara «¡Eh, Camarón!» no me ganaría sus favores.

Menudo apodo. Los adolescentes pueden ser muy crueles. Me da vergüenza ser uno de ellos.

Justo antes de que abra la puerta de un salón, me cuelo por delante de ella con la espalda pegada a la puerta. Ella retrocede de inmediato, sorprendida de ver que le estoy dedicando mi atención. Se abraza a los libros que lleva sobre el pecho y mira a su alrededor, pero estamos al fondo del pasillo y no hay otros estudiantes cerca.

—¿Qué...? ¿Qué quieres? —pregunta, con un susurro entrecortado.

—¿Has visto a Charlie?

La pregunta parece sorprenderla más que el hecho de que esté hablando con ella. Vuelve a alejarse un paso más.

—¿Qué quieres decir? —pregunta de nuevo—. No me estará buscando ella a mí, ¿no?

Parece asustada. «¿Por qué iba a tenerle miedo a Charlie?»

—Escucha —le digo mientras miro hacia el pasillo para asegurarme de que nadie nos oye. Vuelvo a mirarla y noto que está conteniendo la respiración—. Necesito que me hagas un favor, pero no quiero hablarlo aquí. ¿Podemos vernos después de clase?

De nuevo, su cara de sorpresa. Enseguida dice que no con la cabeza. Su vacilación en relacionarse con Charlie o conmigo hace que se dispare mi interés. O bien sabe algo y lo está ocultando, o bien sabe algo que no tiene ni idea de que podría sernos de ayuda.

—Solo unos minutos —suplico. Vuelve a negar con la cabeza, cuando alguien viene caminando hacia nosotros. Corto la conversación sin darle opción a responder—: Nos vemos en mi casillero después de clase. Tengo un par de preguntas —digo antes de marcharme.

No me vuelvo a mirarla. Me pongo a caminar por el pasillo, pero no tengo ni idea de adónde voy. Debería ir al vestidor de gimnasia y encontrar mi casillero allí. Según lo que leí en las notas, hay otra carta que aún no he leído en el vestidor, junto con algunas fotos.

Doblo la esquina a toda prisa y me choco con una chica a la que se le cae el bolso. Farfullo una disculpa y la rodeo antes de seguir por el pasillo.

—¡Silas! —grita.

Me paro de golpe.

«Diablos. No tengo ni idea de quién es.»

Giro lentamente sobre mis talones y ella está erguida recolocándose la correa del bolso en el hombro. Espero a que diga algo más, pero se queda mirándome. A los pocos segundos, levanta las manos.

—¿Y bien? —dice, impaciente.

Inclino la cabeza, confuso. ¿Está esperando que me disculpe?

—Y bien, ¿qué?

Suelta un bufido y se cruza de brazos.

—¿Encontraste a mi hermana?

«Janette. Es la hermana de Charlie, Janette. Mierda.»

Imagino lo difícil que es buscar a una persona que ha desaparecido, pero intentar buscar a alguien cuando no tienes ni idea de quién eres, ni de quién es a quien buscas, ni de quién es nadie, es absolutamente imposible.

—Todavía no —le digo—. Sigo buscando. ¿Y tú?

Se acerca hacia mí y baja la barbilla.

—¿No crees que si la hubiera encontrado no te estaría preguntando si las has encontrado *tú*?

Doy un paso hacia atrás, poniendo una distancia de seguridad entre su mirada y yo.

Está bien. Se ve que Janette no es una persona muy agradable. Tengo que apuntar eso en las notas para el futuro.

Saca un teléfono de su bolso.

—Voy a llamar a la policía —dice—. Estoy muy preocupada por ella.

—Ya hablé con la policía.

Me clava la mirada.

—¿Cuándo? ¿Qué te dijeron?

—Estuve en tu casa. Tu madre llamó a la policía cuando me encontró en el ático buscando a Charlie. Le dije al agente que lleva desaparecida desde anoche, pero tu madre hizo que pareciera que yo estaba exagerando, así que no se lo tomaron muy en serio.

Janette emite un gruñido.

—No me sorprende —dice—. Bueno, voy a llamarlos otra vez. Tengo que salir para tener mejor cobertura. Ya te contaré qué me dicen.

Me rodea y se dirige al exterior.

Cuando ya se ha ido, voy hacia donde creo que está el edificio de deportes.

—Silas —dice alguien detrás de mí.

«¿Es broma? ¿Es que no puedo caminar ni dos metros en este pasillo sin tener que hablar con alguien?»

Me giro para mirar a quienquiera que sea que está malgastando mi tiempo y me encuentro a una chica —mejor dicho, una mujer— que encaja perfectamente con la descripción de Avril Ashley.

Esto es justo lo que *no* necesito ahora mismo.

—¿Puedo verte en mi despacho, por favor?

Me pellizco la nuca y niego con la cabeza.

—No puedo, Avril.

No deja entrever nada de lo que pasa por su cabeza. Me mira con una expresión hierática y luego dice:

—A mi despacho. Ahora mismo.

Gira sobre sus talones y se marcha por el pasillo.

Me planteo echar a correr en otra dirección, pero llamar la atención así no me hará ningún favor. La sigo de mala gana hasta que llega a la puerta de Administración. Paso por delante de la secretaria y entro en su despacho.

Mientras cierra la puerta me hago a un lado, pero no me siento. La observo con detenimiento y ella sigue sin devolverme la mirada.

Se acerca a la ventana y se queda mirando hacia fuera, con los brazos cruzados. El silencio es como mínimo incómodo.

—¿Quieres explicarme qué pasó el viernes por la noche?

Empiezo enseguida a buscar en mi recién nacida memoria de qué podría estar hablando.

«Viernes, viernes, viernes.»

Sin los apuntes delante, no encuentro nada. Es imposible recordar todos los detalles de lo que he leído en las últimas dos horas.

Como no respondo, suelta una pequeña carcajada.

—Eres de no creer —dice, volviéndose hacia mí. Tiene los ojos enrojecidos, pero secos—. ¿Qué demonios te ha empujado a pegarle a mi padre?

Oh, el *diner*. La pelea con el dueño, el padre de Brian.

«Un momento.»

Enderezo mi postura, se me eriza la piel del cuello. ¿Avril Ashley es la *hermana* de Brian Finley? ¿Cómo es posible? ¿Y por qué Charlie y yo estamos enredados con ellos?

—¿Tenía que ver con ella? —pregunta.

Me está diciendo demasiadas cosas a la vez. Vuelvo a agarrarme la nuca y me aprieto los músculos. No parece importarle que no esté de humor para hablar ahora de eso. Da varios pasos con rapidez hasta que me clava el dedo índice en el pecho.

—Mi padre le estaba ofreciendo un trabajo. No sé qué es lo que pretendes, Silas. —Se da media vuelta y regresa junto a la ventana, pero luego levanta las manos con frustración y me encara—. Primero entras aquí hace tres semanas y actúas como si Charlie estuviera destruyendo tu vida por su relación con Brian. Me haces sentir lástima por ti. Incluso haces que me sienta culpable por el hecho de ser su hermana. Luego usas eso para manipularme y que te bese, y, cuando finalmente cedo, empiezas a venir cada día por más. Luego vas al restaurante de mi padre y lo atacas, y después rompes conmigo. —Da un paso atrás y se pone la mano en la frente—. ¿Te das cuenta del lío en el que podrías meterme, Silas? —Empieza a caminar de un lado a otro—. Me gustabas. Puse en peligro mi *trabajo* por ti. Dios, incluso puse en peligro mi relación con mi *hermano* por ti. —Mira hacia el techo y se pone las manos en la cintura—. Soy idiota —dice—. Estoy casada. Soy una mujer casada, tengo un título universitario y aquí estoy involucrada con un estudiante solo porque es atractivo y yo soy demasiado imbécil para saber cuándo alguien me está utilizando. —Sobrecarga de información. Ni siquiera puedo responder mientras intento asimilar todo lo que me acaba de contar—. Si le cuentas esto a alguien, me aseguraré de que mi padre te denuncie —dice con una mirada amenazadora.

Recupero el habla:

—Nunca se lo diré a nadie, Avril. Ya lo sabes.

«¿Lo sabe?» El antiguo yo no parecía ser alguien muy de fiar.

Me mira a los ojos durante unos instantes hasta que parece satisfecha con mi respuesta.

—Vete. Y si necesitas un orientador para el resto del curso, haznos un favor a los dos y cámbiate de escuela.

Pongo la mano en la manilla de la puerta y espero a que diga algo más. Como no lo hace, intento compensar al viejo Silas:

—Por si sirve de algo... lo siento.

Aprieta los labios. Se gira y camina airada hacia su escritorio.

—Lárgate ahora mismo de mi despacho, Silas.

«Con mucho gusto.»

5

Charlie

Creo que me quedé dormida. Oigo un pitido suave y luego un sonido de metal deslizándose por metal. Abro los ojos e instintivamente me apoyo con más fuerza contra la pared. No me creo que me quedara dormida. Tienen que haberme drogado.

«Ellos.» Estoy a punto de averiguar quiénes son *ellos*.

La puerta se abre y se me acelera la respiración mientras me encojo contra la pared. Unos pies, unos sencillos tenis blancos y luego... la cara sonriente de una mujer. Entra canturreando y cierra la puerta con una pierna. Me relajo un poco. Parece una enfermera, vestida con un uniforme amarillo pálido. Tiene el pelo oscuro y lo lleva recogido en una coleta baja. Es mayor, tal vez tenga unos cuarenta años. Me pregunto cuántos tengo yo. Me toco la cara, como si fuera a sentir mi edad en la piel.

—Hola —dice alegremente. Todavía no me ha mirado. Está ocupada con la bandeja de comida. Me abrazo las piernas y me hago un ovillo. Deja la bandeja en una mesita junto a la cama y levanta la vista por primera vez—. Te traje la comida. ¿Tienes hambre?

«¿La comida?» Me pregunto qué habrá sido del desayuno.

Como sigo sin contestar, sonríe y levanta la tapa de uno de los platos como para tentarme.

—Hoy tenemos espaguetis —dice—. Te gustan los espaguetis.

«¿Hoy?» O sea, ¿cuántos días llevo aquí? Quiero preguntárselo, pero tengo la lengua paralizada por el miedo.

—Estás desorientada. No pasa nada. Aquí estás a salvo.

Curioso, no me *siento* a salvo.

Me ofrece un vasito de papel. Lo miro.

—Tienes que tomar la medicación —dice, agitando el vaso.

Oigo el sonido de más de una pastilla dentro. «Me están drogando.»

—¿Para qué es? —Me sobresalto con el sonido de mi voz. Rasposa. Hace tiempo que no la uso o he gritado mucho.

Vuelve a sonreír.

—Lo de siempre, boba —frunce el ceño, repentinamente seria—. Ya sabemos lo que pasa cuando no tomas tu medicación, Sammy. No creo que quieras volver a pasar por *eso*.

«¡Sammy!»

Quiero llorar porque tengo un nombre. Me acerco a coger el vasito. No sé qué quiere decir, pero no quiero volver a pasar por eso. Eso es probablemente por lo que estoy aquí.

—¿Dónde estoy? —pregunto. Hay tres pastillas: una blanca, una azul y una café.

Inclina la cabeza hacia un lado y me acerca un vaso de plástico con agua.

—Estás en el hospital Saint Bartholomew. ¿No te acuerdas?

Me quedo mirándola. ¿Debería acordarme? Si le hago preguntas, podría pensar que estoy loca y, a juzgar por todo esto, es probable que ya lo esté. No quiero empeorar las cosas, pero...

Suspira.

—Mira, de verdad que me estoy esforzando contigo, niña. Pero vas a tener que portarte mejor esta vez. No podemos volver a tener más incidentes.

Soy una niña. Provoco incidentes. Debe de ser por eso por lo que estoy aquí encerrada.

Levanto el vaso hasta que noto las pastillas en la lengua. Me pasa el agua y la bebo. Tengo sed.

—Come —dice, dando una palmadita con las manos. Me acerco la bandeja. Tengo mucha hambre—. ¿Quieres ver un rato la televisión?

Asiento. Es agradable. Y me *gustaría* ver la televisión. Saca el control remoto de su bolsillo y la enciende. El programa es sobre una familia. Están todos alrededor de la mesa cenando. «¿Dónde está mi familia?»

Empiezo a tener sueño otra vez.

6

Silas

Es increíble todo lo que puedo llegar a descubrir con solo estar callado. Avril y Brian son hermanos.

Avril está casada y, a pesar de eso, fui capaz de convencerla para tener una especie de relación tóxica. Y es bastante reciente, cosa que no me esperaba. También resulta extraño que buscase refugio en ella sabiendo que Charlie y Brian estaban juntos.

Si me baso en lo que he descubierto sobre Silas —o sobre mí mismo—, no me imagino queriendo estar con alguien que no sea Charlie.

¿Venganza? Tal vez solo usara a Avril para conseguir información sobre Charlie y Brian.

Me paso los siguientes diez minutos reflexionando sobre todo lo que he descubierto mientras rodeo el campus en busca del edificio de deportes. Todo me parece lo mismo: caras, edificios, posters motivacionales absurdos. Finalmente me rindo y entro en un aula vacía. Me siento en una mesa que está junto a la pared del fondo y abro la mochila que está llena de mi pasado. Saco los diarios y unas cuantas cartas, los organizo por fechas. La mayoría de las cartas son entre Charlie y yo, pero algunas son de su padre, escritas desde la cárcel. Eso me pone triste. Hay algunas de otras personas: amigos de ella, supongo. Me ponen nervioso porque están llenas de rabia adolescente superficial y faltas de ortografía. Las aparto con frustración. Tengo la sensación de que, sea lo que sea que nos está pasando, no tiene nada que ver con nadie más.

Cojo una de las cartas que el padre de Charlie le escribió y la leo.

Mi querida cacahuate:

Recuerdas por qué te llamo así, ¿verdad? Eras tan pequeña cuando naciste. Nunca había tenido un bebé en brazos, y recuerdo decirle a mamá: «¡Es diminuta, parece un pequeño cacahuate humano!».

Te echo de menos, mi niña. Sé que esto debe de ser muy duro para ti. Sé fuerte por tu hermana y por mamá. Ellas no son como nosotros y van a necesitar que te hagas cargo de todo durante un tiempo. Hasta que yo vuelva a casa. Confía en mí. Estoy intentando por todos los medios volver a casa con ustedes. Mientras tanto, he estado leyendo mucho. Hasta he leído ese libro que te gustaba tanto. El que tiene la manzana en la cubierta. ¡Guau! Ese tal Edward es... ¿cómo dijiste tú, fantástico?

Bueno, quería hablarte de algo importante. Por favor, escúchame bien. Sé que hace mucho tiempo que conoces a Silas. Es un buen chico. No lo culpo por lo que hizo su padre. Pero tienes que mantenerte alejada de esa familia, Charlize. No confío en ellos. Me gustaría poder explicártelo todo, y algún día lo haré. Pero, por favor, mantente lejos de los Nash. Silas no es más que un peón de su padre. Temo que puedan usarte para llegar a mí. Prométemelo, Charlize, prométeme que te mantendrás lejos de ellos. Le he dicho a mamá que use el dinero de la otra cuenta para sobrevivir por un tiempo. Si no hay más remedio, vendan sus anillos. Ella no querrá, pero háganlo igualmente.

Te quiero,

PAPÁ

Leo la carta dos veces para asegurarme de que no me pierdo nada. Lo que sucedió entre mi padre y el suyo tuvo que ser serio. Este hombre está en la cárcel y, por lo que dice en la carta, no cree que su sentencia esté justificada. Me pregunto si tal vez mi padre sea el verdadero culpable.

Dejo la carta en un nuevo montón para mantenerla separada. Si mantengo las cartas que pueden ser importantes en una pila aparte, en caso de que volvamos a perder la memoria, no tendremos que perder tiempo leyendo las que no nos sirven.

Abro otra carta que parece haber sido leída cientos de veces.

Querida nenita Charlie:

Te pones de muy mal humor cuando tienes hambre. Es como si no fueras la misma persona. ¿Podemos llevar barritas de cereales en tu bolso o algo? Es que temo por mis huevos. Los chicos me están empezando a decir que me dejo dominar por ti. Y no me extraña. Ayer corrí como un idiota para comprarte el pollo frito y me perdí lo mejor del partido. Me perdí la mejor remontada de la historia del futbol americano. Y todo porque ~~te tengo miedo~~ estoy tan enamorado de ti. A lo mejor sí dejo que me domines. Estás muy sexy con todo el aceite del pollo en la cara. Arrancando la carne con los dientes como una salvaje. Dios. Solo quiero casarme contigo.

Nunca nunca,

SILAS

213

Noto una sonrisa que empieza a formarse en mi cara e, inmediatamente, hago que desaparezca. El hecho de que esta chica esté en alguna parte y no sepa quién es, ni dónde vive, no deja espacio para sonrisas. Escojo otra carta, esta vez quiero leer algo que ella me haya escrito.

Querido nenito Silas:

El. Mejor. Concierto. De. Mi. Vida. Puede que seas más mono que Harry Styles, sobre todo cuando haces ese movimiento con el hombro y luego como si fumaras un puro. Gracias por dejarnos encerrados en el armario de las escobas y luego cumplir tu palabra. Me ENCANTÓ el armario de las escobas. Espero que podamos volver a hacerlo en nuestra casa algún día. Meternos en él y enrollarnos mientras los niños duermen la siesta. Pero con algo de picar, que si no ya sabes. Hablando de comida, tengo que irme porque los niños que estoy cuidado acaban de tirar un frasco de pepinillos por el escusado. ¡Ups! Igual deberíamos tener un perro.

Nunca nunca,

CHARLIE

Me gusta. Hasta me gusto un poco yo con ella.

Un dolor sordo comienza a abrirse camino a través de mi pecho. Me paso la mano por la zona mientras miro su letra. Me resulta familiar.

Es tristeza. «Recuerdo qué se siente cuando se está triste.»

Leo otra carta que le escribí, esperando descubrir más cosas sobre mi personalidad.

Nenita Charlie:

Hoy te he extrañado más que nunca. Ha sido un día duro. De hecho, ha sido un verano duro. El juicio que se avecina y no poder verte ha hecho que este sea el peor año de mi vida.

Y pensar que había empezado tan bien.

¿Recuerdas cuando me colé por tu ventana? Yo lo recuerdo perfectamente, pero tal vez sea porque lo tengo grabado en video y lo veo cada noche. Pero sé que, aunque no lo tuviera en video seguiría recordando cada detalle. Fue la primera noche que pasamos juntos como pareja, aunque en realidad se suponía que no tenía que estar allí.

Pero despertar y ver el sol brillando a través de la ventana y en tu cara hizo que todo pareciera un sueño. Como si la chica que había tenido en mis brazos las últimas seis horas no fuera real. Porque la vida no podía ser tan perfecta y tranquila como en aquel momento.

Sé que a veces te metes conmigo por lo mucho que me gustó aquella noche, pero creo que es porque nunca te dije realmente el porqué.

Cuando te dormiste, acerqué la cámara hacia nosotros. Te rodeé con los brazos y me quedé escuchando tu respiración hasta que me quedé dormido.

A veces, cuando me cuesta dormir, me pongo ese video.

Sé que es raro, pero eso es lo que te gusta de mí. Te encanta lo mucho que te quiero. Porque sí. Te quiero demasiado. Más de lo que nadie merece ser amado. Pero es que no puedo evitarlo. Haces que sea difícil quererte de una forma normal. Haces que te ame como un loco.

Uno de estos días todo este lío pasará. Nuestras familias olvidarán todo el daño que se han hecho. Verán el vínculo que tú y yo seguimos teniendo y se verán obligados a aceptarlo.

Hasta entonces, no pierdas nunca la esperanza. Nunca dejes de quererme. Nunca olvides.

Nunca nunca,

Silas

Cierro los ojos y los aprieto y exhalo lentamente. ¿Cómo es posible extrañar a alguien que no recuerdas?

Dejo las cartas a un lado y empiezo a rebuscar en los diarios de Charlie. Tengo que encontrar los que hablan de lo que sucedió entre nuestros padres. Parece que eso fue el catalizador de nuestra relación. Tomo uno y lo abro por una página cualquiera.

Odio a Annika. Dios, es tan tonta.

Salto a otra página. Yo también odio un poco a Annika, pero eso no importa mucho ahora.

Silas me horneó un pastel por mi cumpleaños. Estaba malísimo. Creo que olvidó ponerle huevo. Pero era el desastre de chocolate más bonito que he visto en mi vida. Estaba tan feliz que ni siquiera puse cara de asco cuando me comí un trozo. Pero, Dios, qué malo estaba. El mejor novio del mundo.

Quiero seguir leyéndola, pero no lo hago. ¿Qué clase de imbécil se olvida de los huevos? Salto unas cuantas páginas.

Hoy se han llevado a mi padre.

Cambio de postura y me pongo más recto.

Hoy se han llevado a mi padre. No siento nada. ¿Llegarán los sentimientos? O tal vez lo esté sintiendo todo. Todo lo que puedo hacer es estar aquí sentada, mirando a la pared. Me siento muy impotente, como si tuviera que estar haciendo algo. Todo ha cambiado y me duele el pecho. Silas sigue viniendo a casa, pero no quiero verlo. No quiero ver a nadie. No es justo. ¿Para qué tienes hijos si vas a salir con tus estupideces y luego dejarlos? Papá dice que todo es un malentendido y que la verdad saldrá a la luz, pero mamá no para de llorar. Y no podemos usar ninguna de las tarjetas de crédito porque todo está embargado. El teléfono no para de sonar, y Janette está sentada en su cama, chupándose el dedo como cuando era un bebé. Solo quiero morirme. Odio a quien haya hecho esto a mi familia. No puedo ni...

Me adelanto unas cuantas páginas.

Tenemos que dejar nuestra casa. Nos lo ha dicho hoy el abogado de papá. El juzgado la ha embargado para pagar la deuda. Lo sé porque estaba escuchando detrás de la puerta del despacho cuando se lo dijo a mamá. En cuanto se marchó el abogado ella se encerró en su habitación y no ha salido en dos días. Tenemos que dejar la casa dentro de cinco días. He empezado a empaquetar algunas cosas, pero tampoco sé muy bien qué nos podemos quedar. Ni dónde se supone que vamos a ir. Hace una semana se me empezó a caer el pelo. Cuando me cepillo o me baño se me cae a mechones. Y ayer Janette tuvo un problema en la escuela por arañar a una niña en la cara cuando se metió con ella porque papá está en la cárcel.

Tengo unos dos mil dólares en mi cuenta de ahorros, pero bueno, nadie va a alquilarme un apartamento. No sé qué hacer. Todavía no he visto a Silas, pero viene cada día. Hago que Janette le diga que se vaya. Me da mucha vergüenza. Todo el mundo habla de nosotros, hasta mis amigos. Annika me incluyó por error en un grupo de mensajes en el que estaban mandándose unos a otros memes de cárceles. Aunque, ahora que lo pienso, igual no fue por error. Le encantaría clavarle sus garras a Silas. Ahora es su oportunidad. En cuanto él se dé cuenta de la vergüenza en la que se ha convertido mi familia, no querrá volver a saber nada de mí.

«Agh.» ¿Es esa la clase de persona que era yo? ¿Por qué pensaba eso de mí? Yo nunca... No creo que yo...

«¿Lo haría?» Cierro el diario y me froto la frente. Me está dando dolor de cabeza, y no creo que esté más cerca de resolver todo esto. Decido leer una página más.

Echo de menos mi casa. Ya no es mi casa, entonces, ¿puedo decir eso todavía? Echo de menos lo que antes era mi casa. A veces voy allí, me quedo de pie en la acera de enfrente y empiezo a recordar. Tampoco estoy segura de que la vida fuera tan estupenda antes de que papá entrara en la cárcel, o si solo vivía en una burbuja de lujo. Al menos no me sentía como ahora. Como una perdedora. Lo único que hace mamá es beber. Ya ni siquiera se preocupa por nosotras. Y me pregunto si alguna vez lo hizo, o si Janette y yo solo éramos accesorios de su glamurosa vida. Porque ahora solo le importa cómo se siente ella.

Me siento mal por Janette. Al menos yo tuve una vida real, con padres reales. Ella aún es pequeña. Esto la destrozará porque no sabrá qué es tener una familia completa. Está enfadada todo el tiempo. Yo también lo estoy. Ayer me estuve riendo de un niño hasta que se puso a llorar. Me sentí bien. También me sentí mal. Pero, como dijo papá, mientras yo sea peor que ellos, no pueden hacerme daño. Los golpearé hasta que me dejen en paz.

Después de clase estuve un rato con Silas. Me llevó a comer una hamburguesa y luego me trajo a casa. Era la primera vez que veía la pocilga en la que vivimos ahora. Pude ver en su cara cómo le impresionó. Me dejó en casa y una hora después oí una podadora fuera. Se había ido a su casa por la podadora y algunas herramientas para hacer algunos arreglos en la nuestra. Quería quererlo por hacer eso, pero estaba avergonzada.

Él finge que no le importa cuánto ha cambiado mi vida, pero sé que no es cierto. Tiene que importarle. Yo ya no soy lo que era.

Mi padre ha estado escribiéndome. Me ha contado algunas cosas, pero yo ya no sé qué creer. Si está en lo cierto... No quiero ni pensarlo.

Busco entre las cartas de su padre. ¿De cuál de ellas estará hablando? Entonces la encuentro. Se me revuelve el estómago.

Querida Charlize:

Ayer hablé con tu madre. Me dijo que sigues viendo a Silas. Estoy decepcionado. Ya te advertí sobre esa familia. Su padre es la razón por la que estoy en la cárcel y aún así tú sigues queriéndolo. ¿Tienes idea de cuánto me duele eso?

Sé que crees que lo conoces, pero es igual que su padre. Son una familia de serpientes. Charlize, por favor, entiende que no estoy intentando hacerte daño. Quiero librarte de esa gente, y aquí me tienes, metido entre rejas, incapaz de cuidar de mi propia familia. Lo único que puedo hacer es advertirte y esperar que hagas caso de mis palabras.

Lo hemos perdido todo: nuestra casa, nuestra reputación, nuestra familia. Y ellos siguen teniendo todo lo que tenían y ahora además todo lo que teníamos nosotros. No es justo. Por favor, mantente lejos de ellos. Mira lo que me han hecho a mí. A todos nosotros.

Por favor, dile a tu hermana que la quiero.

PAPÁ

Siento lástima por Charlie después de leer esta carta. Una chica dividida entre un chico que claramente la quería y un padre que la manipulaba.

Necesito ir a visitar a su padre. Encuentro una pluma y apunto la dirección del remitente que hay en las cartas. Saco el teléfono y la busco en Google. La cárcel está a dos horas y media en coche desde Nueva Orleans.

Dos horas y media solo de ida es demasiado tiempo cuando solo tengo cuarenta y ocho horas en total. Y tengo la sensación de haber perdido mucho tiempo ya. Anoto las horas de visita y decido que, si mañana por la mañana aún no he encontrado a Charlie, iré a ver a su padre. Según las cartas que acabo de leer, Charlie está más unida a su padre que nadie. Bueno, además del viejo Silas. Y si *yo* no tengo ni idea de dónde está, su padre es probablemente uno de los pocos que puede que lo sepan. Me pregunto si aceptaría encontrarse conmigo.

Doy un respingo cuando suena el último timbre, el que señala el final de la jornada escolar. Mantengo las cartas separadas y las guardo con cuidado en la mochila. Ha pasado la última hora de clase, espero que el Camarón esté esperándome donde le dije que nos viéramos.

7

Charlie

Estoy encerrada en la habitación con un chico. La habitación es muy pequeña y huele a blanqueador. Más pequeña incluso que la habitación en la que estaba antes de quedarme dormida. No recuerdo despertarme y cambiar de habitación, pero aquí estoy, y he de reconocer que últimamente no recuerdo muchas cosas. Está sentado en el suelo con la espalda apoyada en la pared y las rodillas separadas. Lo observo mientras inclina la cabeza hacia atrás y canta el estribillo de *Oh, Cecilia.*

Está bastante bueno.

—Oh, Dios mío —digo—. Si vamos a estar aquí encerrados ¿podrías al menos cantar algo bueno?

No sé de dónde ha salido eso. Ni siquiera conozco a este chico. Termina enfatizando la última palabra con un «eh-eh-eh-eh» muy desafinado. Entonces me doy cuenta no solo de que reconozco la canción que está cantando, sino de que también me sé la letra. Las cosas cambian y, de repente, ya no soy la chica. Estoy mirando a la chica que mira al chico.

Estoy soñando.

—Tengo hambre —dice ella. Él levanta las caderas del suelo y rebusca en su bolsillo. Cuando saca la mano tiene un Salvavidas—. Eres un salvavidas —dice, quitándoselo de la mano.

Le da una patadita en el pie y él sonríe.

—¿Cómo es que no estás enfadada conmigo? —pregunta él.

—¿Por qué? ¿Por estropearnos la noche al perdernos el concierto porque querías que lo hiciéramos en el armario de las escobas? ¿Por qué iba a estar enfadada? —Se mete el caramelo en la boca con teatralidad—. ¿Crees que cuando acabe el concierto nos oirán y sabrán que estamos aquí?

—Eso espero. O te entrará tanta hambre que te pondrás ruda conmigo toda la noche.

Ella se ríe y entonces los dos se ponen a sonreír como idiotas. Oigo la música. Es algo más lento esta vez. Se quedaron encerrados aquí para hacerlo. Qué monos. Me dan envidia.

Ella gatea hacia él y él baja las piernas para poder acomodarla. Se sienta encima y él le pasa las manos por la espalda. Ella lleva un vestido morado y botas negras. A su lado hay un par de trapeadores sucios y una cubeta amarilla gigante.

—Te prometo que esto no pasará cuando vayamos a ver a One Direction —dice él con seriedad.

—Odias a One Direction.

—Ya, pero supongo que tendré que compensarte por esto. Ser buen novio y todo eso. —Sus manos acarician la piel desnuda de las piernas de ella. Le recorre el muslo con dos dedos. Casi noto cómo se le pone la piel de gallina. Ella inclina la cabeza hacia atrás y empieza a cantar una canción de One Direction. Desentona con la música que se oye de fondo, y ella canta mucho peor que él—. Oh, Dios —dice él, tapándole la boca—. Te quiero, pero no.

Él aparta la mano y ella la coge de nuevo para besarle la palma.

—Sí que me quieres. Yo también te quiero.

Cuando se besan me despierto. Siento una enorme decepción. Me quedo muy quieta, esperando volver a dormirme para ver qué les pasa. Necesito saber si consiguieron salir a tiempo para ver a The Vamps tocar al menos una canción. O si él cumplió su palabra y la llevó a ver a One Direction. Su unión me ha hecho sentir tan increíblemente sola que hundo la cara en la almohada y me echo a llorar. Me gustaba más su agobiante habitación que la mía. Empiezo a tararear la melodía de la canción que estaba sonando y, de repente, me incorporo de un salto en la cama.

Sí que salieron. Durante el intermedio. Oigo su risa y veo la cara de sorpresa del conserje que les abrió la puerta. ¿Cómo lo sé? ¿Cómo soy capaz de ver algo que nunca ha sucedido? A menos que...

No era un sueño. Esa chica soy *yo*.

Alargo la mano para tocarme la cara, sonrío un poco. Me quería. Estaba tan... lleno de vida. Me vuelvo a tumbar y me pregunto qué habrá sido de él y si es la razón por la que estoy aquí. ¿Por qué no ha venido a buscarme? ¿Es posible que alguien pueda olvidar esa forma de amar?

¿Y qué ha sucedido para que mi vida haya pasado de eso... a esta pesadilla?

8

Silas

Las clases terminaron hace más de quince minutos. El pasillo está vacío, pero aquí sigo yo esperando a que aparezca el Camarón. Ni siquiera estoy seguro de qué le preguntaré si viene finalmente. Cuando la vi tuve una sensación... la sensación de que ocultaba algo. Tal vez sea algo que ni siquiera ella sepa que está ocultando, pero quiero averiguar qué es lo que sabe. Por qué odia tanto a Charlie. Por qué me odia tanto a *mí*.

Suena mi teléfono. Mi padre otra vez. Lo silencio y veo que me han llegado algunos mensajes. Los abro, pero ninguno es de Charlie. Tampoco podrían ser de ella porque tengo su teléfono. He aceptado sin más el hecho de que todavía tengo la pequeña esperanza de que todo sea una broma, que me llame o me escriba o aparezca y podamos reírnos de esto.

El mensaje más reciente es de Landon.

> Mueve el culo y ven al
> entrenamiento. No pienso volver a
> cubrirte y tenemos un partido dentro
> de tres horas.

No tengo ni idea de qué sería lo mejor para aprovechar bien el tiempo. Desde luego, el entrenamiento no, teniendo en cuenta que ahora mismo no puede importarme menos el futbol americano. Pero, si normalmente estoy entrenando a estas horas, debería estar allí por si Charlie apareciera. Al fin y al cabo, todo el mundo parece pensar que estará en el partido de esta noche. Y como no sé dónde más mirar ni qué más hacer, lo mejor es que la busque allí. De todos modos, no parece que el Camarón vaya a presentarse.

Por fin encuentro los vestidores y me tranquiliza ver que no hay nadie dentro. Todos están fuera, en el campo, así que aprovecho la privacidad para buscar la caja que menciono en las cartas que me escribí a mí mismo. Cuando la encuentro en la parte superior del casillero, la bajo, me siento en la banca y levanto la tapa.

Hojeo las fotos rápido. «Nuestro primer beso. Nuestra primera pelea. Donde nos conocimos.» Al final, llego a una carta que hay en el fondo de la caja. Tiene el nombre de Charlie en la parte superior y está escrita con la letra que he aprendido a reconocer como mía.

Miro a mi alrededor para asegurarme de que sigo solo y abro la carta.

Está fechada la semana pasada. Justo un día antes de que perdiéramos la memoria por primera vez.

Charlie:

Bueno, supongo que esto es todo. Nuestro final. El final de Charlie y Silas.

Al menos no ha sido una sorpresa para nadie. Los dos sabíamos, desde el día en que tu padre fue sentenciado, que no podríamos superarlo. Tú culpas a mi padre, yo culpo al tuyo. Se culpan el uno al otro. Nuestras madres, que antes eran mejores amigas, ni siquiera pueden pronunciar el nombre de la otra.

Pero, eh, al menos lo hemos intentado, ¿no? Lo hemos intentado mucho, pero cuando dos familias están así de enfrentadas, es un poco difícil mirar hacia el futuro que podríamos tener y sentirnos contentos.

Ayer, cuando viniste a preguntarme lo de Avril, lo negué. Aceptaste mi negativa porque sabes que yo no te miento. De alguna forma, siempre has parecido saber qué pasaba en mi cabeza incluso antes que yo, así que nunca cuestionas si te estoy diciendo o no la verdad porque tú ya lo sabes.

Y eso es lo que me molesta, porque aceptaste mi mentira sin más, cuando sabes que es verdad. Y eso me lleva a pensar que tenía razón. No estás con Brian porque te guste. No lo estás viendo para vengarte de mí. La única razón por la que estás con él es porque estás intentando castigarte. Y aceptaste mi mentira porque si rompías conmigo eso te libraría de tu culpa.

No quieres liberarte de la culpa. Tu culpa es tu forma de castigarte por cómo te has comportado últimamente y, sin ella, no podrías tratar a la gente de la forma en que los has estado tratando.

Sé esto de ti porque tú y yo, Charlie, somos iguales. Da igual lo dura que hayas intentado ser últimamente, sé que en el fondo tienes un corazón que se desangra ante la injusticia. Sé que cada vez que eres grosera con alguien, te sientes fatal por dentro. Pero lo haces porque crees que tienes que hacerlo. Porque tu padre te está manipulando para que creas que, si eres lo suficientemente vengativa, nadie te podrá hacer nada.

Una vez me dijiste que, si hay demasiadas cosas buenas en la vida de alguien, esa persona no crecerá. Dijiste que el dolor es necesario, porque para tener éxito primero hay que aprender a vencer la adversidad. Y eso es lo que haces... Generas adversidad allí donde te parece. Tal vez lo hagas para que te respeten. Para intimidar. Sean cuales sean tus razones, no puedo seguir con esto. No soporto ver cómo destrozas a la gente para reconstruirte a ti misma.

Prefiero amarte desde abajo a despreciarte desde arriba.

No tiene por qué ser así, Charlie. Puedes amarme a pesar de lo que diga tu padre. Puedes ser feliz. Lo que no puedes hacer es dejar que la negatividad te ahogue hasta que ya no respiremos el mismo aire.

Quiero que dejes de ver a Brian. Pero también quiero que dejes de verme a mí. Quiero que dejes de buscar la forma de liberar a tu padre. Quiero que dejes de permitir que te engañe. Quiero que dejes de molestarte cada vez que defiendo a mi padre.

Delante de la gente actúas de una forma, pero por la noche, cuando hablamos por teléfono, sale la verdadera Charlie. Va a ser una tortura absoluta no marcar tu número, no oír tu voz antes de irme a dormir cada noche, pero ya no puedo más. No quiero amar solo esa parte de ti, la parte real de ti. Quiero quererte cuando hablamos por la noche y también quiero quererte cuando te veo de día, pero estás empezando a mostrar dos caras diferentes de ti misma.

Y solo me gusta una de ellas.

Por más que lo intente, no me imagino lo dolida que debes de estar desde que tu padre se fue. Pero no puedes permitir que eso cambie quien eres. Por favor, deja de preocuparte de lo que piensen los demás. Deja de permitir que los actos de tu padre te definan. Averigua qué ha sido de la Charlie de la que me enamoré. Y, cuando la encuentres, estaré aquí. Ya te he dicho que nunca dejaré de quererte. Nunca olvidaré lo que tenemos.

Pero, últimamente, parece que tú lo has olvidado.

He incluido algunas fotos que me gustaría que vieras. Espero que te ayuden a recordar lo que podríamos volver a tener algún día. Un amor que no había sido dictado por nuestros padres ni definido por el estatus de nuestras familias. Un amor que no habríamos podido detener ni aunque lo hubiéramos intentado. Un amor que nos hizo superar algunos de los momentos más duros de nuestras vidas.

Nunca olvides, Charlie.

Nunca pares.

SILAS

9

Silas

—Silas, el entrenador te quiere equipado y en el campo en cinco minutos.

Me incorporo cuando oigo esa voz. No me sorprende en absoluto no reconocer al tipo que está delante de la puerta del vestidor, pero asiento como si lo conociera. Amontono todas las fotos y las cartas de la caja, las meto en la mochila y la guardo en el casillero.

«Iba a romper con ella.»

Me pregunto si al final lo haría. Todavía tengo la carta. La escribí el día antes de que perdiéramos la memoria. Nuestra relación estaba claramente yéndose a pique. A lo mejor le di la caja, leyó la carta y luego me lo devolvió todo.

Posibilidades y teorías infinitas me invaden la mente mientras intento ponerme el equipo de futbol. Acabo por coger el télefono y buscar en Google cómo se hace. Han pasado diez minutos cuando al fin estoy vestido y de camino al campo. Landon es el primero en verme. Rompe la formación y se acerca hacia mí corriendo. Me pone las manos en los hombros y se inclina hacia mí.

—Estoy cansado de tener que cubrirte. Sácate la mierda que tienes en la cabeza. Tienes que concentrarte, Silas. Este partido es importante y papá se va a enojar si lo arruinas.

Me suelta los hombros y corre de vuelta al campo. Los chicos están alineados, haciendo lo que parece ser básicamente nada. Algunos se pasan los balones entre sí una y otra vez. Otros están sentados en el césped y hacen estiramientos. Me siento junto a Landon y empiezo a copiar sus movimientos.

Me gusta Landon. Solo recuerdo dos conversaciones que hayamos tenido en nuestra vida, y las dos consistían en Landon dándome algún tipo de indicación. Sé que soy el hermano mayor, pero él actúa como si yo lo tratara con respeto. Debíamos estar muy unidos. Noto por cómo me mira que sospecha de mi conducta. Me conoce lo suficiente como para saber que me pasa algo.

Intento usar eso en mi favor. Estiro la pierna hacia delante y me inclino sobre ella.

—No encuentro a Charlie —le digo—. Estoy preocupado por ella.

Landon se ríe en voz baja.

—Debería haber sabido que esto tenía que ver con ella. —Cambia de pierna y me mira—. ¿Y qué quieres decir con que no la encuentras? Tenías su teléfono en el coche esta mañana. Estará en su casa seguramente.

Niego con la cabeza.

—Nadie sabe nada de ella desde anoche. No volvió a su casa. Janette ha denunciado su desaparición hace una hora.

Me clava la mirada, ahora llena de preocupación.

—¿Y su madre?

Niego con la cabeza.

—Ya sabes cómo es. No servirá de ayuda.

Landon asiente.

—Cierto —dice—. Es un horror en lo que se ha convertido. —Sus palabras me hacen reflexionar. Si no ha sido siempre así, ¿qué es lo que le ha hecho cambiar? Tal vez la sentencia la destrozó. Siento un pequeño hilo de empatía hacia ella. Más que esta mañana—. ¿Qué ha dicho la policía? Dudo que la consideren como desaparecida si todo lo que ha hecho es saltarse hoy las clases. Deben tener más pruebas además de eso.

La palabra *prueba* hace que me pare a pensar.

No lo he querido admitir porque necesitaba concentrarme en buscarla, pero en el fondo he estado un poco preocupado por el lugar en el que me puede dejar todo esto. Si realmente ha desaparecido y no la encuentran pronto, tengo la impresión de que la única persona con la que la policía querrá hablar es la última persona que la vio. Y teniendo en cuenta que tengo su cartera, su teléfono y todas las cartas y diarios que ha escrito en su vida, la cosa no pinta muy bien para Silas Nash.

Si me interrogan, ¿cómo sabré qué tengo que decirles? No recuerdo nuestra última conversación. No recuerdo qué llevaba puesto. Ni siquiera tengo una respuesta válida a por qué tengo todas sus pertenencias. Cualquier razón que les dé se registraría como mentira en un polígrafo porque no recuerdo absolutamente nada.

¿Y si le ha pasado algo y soy yo el responsable? ¿Y si he tenido algún tipo de ataque y por eso no recuerdo nada? ¿Y si le hice daño y esta es la forma en que mi cabeza intenta convencerme de que no fue así?

—¿Silas? ¿Estás bien?

Miro a Landon. «Tengo que ocultar las pruebas.»

Me apoyo en el suelo con las palmas de las manos y me levanto. Me giro y corro en dirección a los vestidores.

—¡Silas! —grita.

Sigo corriendo. Corro hasta que llego al edificio y abro la puerta tan fuerte que golpea contra la pared. Corro directo a mi casillero y lo abro.

Meto la mano, pero no toco nada.

«No.»

Tanteo a un lado, a otro, abajo y arriba; paso las manos por cada centímetro vacío del casillero.

«No está.»

Me paso las manos por la cabeza y me giro para mirar por el vestidor, esperando haberla dejado en el suelo. Abro el casillero de Landon y saco todo lo que hay dentro. Tampoco está ahí. Nada.

La mochila no está por ninguna parte.

O me estoy volviendo loco o alguien se la ha llevado.

«Mierda. Mierda, mierda, mierda.»

Cuando he vaciado el contenido de todos los casilleros de la fila y lo he dejado esparcido en el suelo, voy a la siguiente fila y vuelvo a hacer lo mismo. Miro dentro de las mochilas de la gente. Vacío bolsas de gimnasia y dejo caer la ropa de deporte en el suelo. Encuentro de todo, desde celulares hasta dinero y condones.

Pero ninguna carta. Ningún diario. Ninguna fotografía.

—¡Nash!

Me doy la vuelta y veo a un hombre en la puerta, mirándome como si no supiera quién soy ni qué me pasa.

«Ya somos dos.»

—¿Qué demonios estás haciendo?

Miro a mi alrededor y veo el desastre que he causado. Es como si un tornado hubiera arrasado el vestidor.

«¿Cómo voy a salir de esta?»

Acabo de poner patas arriba todos los casilleros. ¿Qué explicación voy a dar? «¿Que estoy buscando pruebas robadas para que la poli no me arreste por la desaparición de mi novia?»

—Alguien... —Me aprieto la nuca otra vez para intentar aliviar el estrés. Debe de ser un viejo tic—. Alguien me ha robado la cartera —farfullo.

El entrenador echa un vistazo al vestidor sin que la ira desaparezca de su cara. Me señala.

—¡Limpia esto, Nash! ¡Ahora! Y luego te quiero ver en mi despacho.

Se marcha y me deja solo.

No pierdo un segundo. Me tranquiliza haber dejado toda mi ropa en la banca y no en el casillero con las cosas que me robaron. Mis llaves siguen en el bolsillo del pantalón. En cuanto me quito el equipo de futbol y me pongo mi ropa de calle, salgo por la puerta, pero no voy hacia los despachos. Me voy directo al estacionamiento.

Directo a mi coche.

Tengo que encontrar a Charlie.

Esta noche.

De lo contrario, acabaré en la cárcel totalmente indefenso.

10

Charlie

Oigo cómo se abre la cerradura de nuevo y me incorporo. Las pastillas que me dio la enfermera me provocan una sensación de mareo constante. No sé cuánto tiempo he estado dormida, pero no puede haber sido tanto como para que ya toque otra comida. Sin embargo, entra con otra bandeja. Ni siquiera tengo hambre. Me pregunto si antes me llegué a terminar el espagueti. No recuerdo habérmelo comido. Debo de estar mucho más loca de lo que pensaba. Pero he tenido un recuerdo. Dudo si contárselo o no, pero siento que es algo íntimo. Algo que prefiero guardarme para mí.

—¡Hora de cenar! —dice, depositando la bandeja.

Levanta la tapa y revela un plato de arroz con salchichas. Lo miro con desgana y me pregunto si voy a tener que tomar más pastillas. Como si me hubiera leído el pensamiento, me pasa un vasito de papel.

—Sigues aquí —le digo, intentando ganar tiempo—. Estas pastillas me sientan fatal.

Ella sonríe.

—Sí. Tómate las pastillas y podrás comer antes de que

234

se enfríe. —Me las meto en la boca mientras me mira y doy un sorbo al agua—. Si te portas bien, mañana podrás ir un rato a la sala de estar. Sé que tienes ganas de salir de esta habitación.

¿En qué consistirá portarse bien? Hasta ahora no he tenido oportunidad de hacer muchas travesuras.

Me como la cena con un tenedor de plástico mientras ella me observa. Debo de ser una verdadera delincuente si tiene que vigilarme mientras ceno.

—Prefiero ir al baño que a la sala de estar —le digo.

—Come primero. Volveré para llevarte al baño y que te des un regaderazo.

Me siento más prisionera que paciente.

—¿Por qué estoy aquí?

—¿No te acuerdas?

—¿Estaría preguntándolo si me acordara? —exclamo. Me limpio la boca mientras ella entorna los ojos.

—Termina de comer —dice con frialdad.

De repente, me enfado por mi situación, por la forma en la que está decidiendo qué debo hacer cada segundo de mi vida como si fueran suyos.

Lanzo el plato al otro lado de la habitación. Se estrella contra la pared, justo al lado del televisor. El arroz y las salchichas salen volando por todas partes.

Qué bien me ha sentado. *Mejor* que bien. Me he sentido *yo* misma.

Entonces me río. Echo la cabeza hacia atrás y me río. Es una risa profunda, perversa.

«¡Oh, Dios mío!» Es eso por lo que estoy aquí. «Loooooooca.»

Veo cómo se le tensan los músculos de la mandíbula. Se ha enojado. Bien. Me levanto y voy corriendo por un trozo del plato roto. No sé qué se ha apoderado de mí, pero no me molesta. Defenderme se siente bien.

Ella intenta agarrarme, pero consigo zafarme. Recojo un trozo de cerámica afilado. ¿En qué clase de hospital psiquiátrico ponen platos de cerámica? El desastre está a punto de ocurrir. Sostengo la esquirla frente a ella y doy un paso adelante.

—Dime qué está pasando.

No se mueve. Parece bastante tranquila, de hecho. Entonces es cuando la puerta que tengo detrás de mí debe de abrirse, porque lo siguiente que noto es un fuerte pinchazo en el cuello y me caigo al suelo.

11

Silas

Me detengo a un lado de la carretera. Agarro el volante e intento tranquilizarme.

Todo ha desaparecido. No tengo ni idea de quién se lo ha llevado. Es probable que alguien esté ahora mismo leyendo nuestras cartas. Leerán todo lo que nos escribimos y, dependiendo de quién se lo haya llevado, seguramente pensarán que estoy loco.

Cojo una hoja de papel en blanco que encuentro en el asiento de atrás y empiezo a escribir. Escribo cualquier cosa que pueda recordar. Me molesto porque no consigo recordar ni una fracción de todo lo que había en las notas de la mochila. Las direcciones, los códigos de los casilleros, los cumpleaños, los nombres de nuestros amigos y familiares... No recuerdo nada. Lo poco que recuerdo, lo escribo. No voy a dejar que esto me impida encontrarla.

No tengo ni idea de adónde ir ahora. Podría volver a la tienda de tarot, por si hubiera vuelto por allí. Podría intentar encontrar la dirección de la casa en la que se encuentra la verja de la foto de su habitación. Tiene que haber una conexión con que la tienda de tarot tenga esa misma foto.

Podría conducir hasta la cárcel y visitar al padre de Charlie, averiguar qué sabe.

«La cárcel es en realidad el último sitio al que debería ir ahora.»

Tomo el teléfono y lo reviso. Veo las fotos de anoche. Una noche de la que no recuerdo ni un solo segundo. Hay fotos de Charlie y de mí, fotos de nuestros tatuajes, fotos de una iglesia y de un músico callejero.

La última foto es de Charlie, de pie junto a un taxi. Yo debo de estar en la acera de enfrente, tomando la foto justo antes de que se suba en él.

Esa tuvo que ser la última vez que la vi. En la carta decía que se subió a un taxi en Bourbon Street.

Hago *zoom* en la foto con los nervios a flor de piel. Se ve la matrícula en la parte delantera del coche y un número de teléfono en el lateral.

«¿Por qué no había hecho esto antes?»

Anoto el número de teléfono y la matrícula y llamo.

Creo que por fin estoy avanzando un poco.

La empresa de taxis por poco no me da la información. Al final convencí al operador de que era un detective y necesitaba hablar con el conductor sobre una persona desaparecida. Era una mentira solo a medias. El hombre al teléfono me dijo que preguntaría y que me volvería a llamar. Pasaron unos treinta minutos hasta que por fin me llamaron.

Esta vez era el conductor del taxi. Dijo que una chica cuyo aspecto coincidía con la descripción de Charlie lo paró anoche, pero antes de que pudiera llevarla a ningún sitio, le dijo que había cambiado de opinión, cerró la puerta y se marchó.

«¿Se marchó sin más?»

¿Por qué habría hecho eso? ¿Por qué no volvió a buscarme? Tenía que saber que probablemente yo estaba a la vuelta de la esquina en la que nos separamos.

Debía de tener un plan. No recuerdo nada de ella, pero basándome en lo que he leído, todo lo que hace lo hace por alguna razón. Pero ¿qué propósito pudo llevarla a Bourbon Street a esas horas de la noche?

Lo único que se me ocurre es la tienda de tarot y el *diner*. Pero en las notas dice que Charlie no volvió al *diner*, según lo que dijo una tal Amy. ¿Tal vez se fue a buscar a Brian? Noto una punzada de celos al pensarlo, pero estoy casi seguro de que no es lo que hizo.

Tiene que ser la tienda de tarot.

La busco en Google en mi teléfono, no recuerdo el nombre exacto del sitio que teníamos anotado. Señalo dos tiendas en el Barrio Francés y pongo el GPS para que me lleve allí.

Nada más entrar estoy seguro de que es el sitio que describimos en las notas. El sitio en el que estuvimos anoche.

Anoche. «Dios.» ¿Por qué no recuerdo lo que sucedió hace un día?

Recorro toda la tienda y observo todo lo que me rodea sin tener muy claro qué es lo que busco. Cuando llego al último pasillo, reconozco la foto que está en la pared. La foto de la verja.

Es parte de la decoración. No está a la venta. Me pongo de puntillas hasta que toco el marco y la descuelgo de la pared para poder observarla de cerca. La verja es alta y protege una casa que se intuye al fondo de la foto pero que no se ve bien. En la esquina de una de las enormes columnas que flanquean la verja se lee el nombre de la casa: Jamais Jamais.

—¿Puedo ayudarte?

Levanto la vista y veo a un hombre enorme que se eleva como una torre, es impresionante. Según mi licencia de conducir yo mido 1.85, así que él debe de estar cerca de los dos metros.

Señalo la foto que tengo en la mano.

—¿Sabe qué sitio es el de la fotografía?

El hombre me arranca la foto de las manos.

—¿De verdad? —Parece alterado—. No sabía qué era cuando tu novia me lo preguntó anoche y sigo sin saber qué es ahora. Es una maldita foto. —Vuelve a colgarla en la pared—. No toques nada a menos que esté a la venta y vayas a comprarlo.

Se da la vuelta y se va, pero lo sigo.

—Espere —digo dando dos pasos por cada una de sus largas zancadas—. ¿Mi novia?

Él continúa camino de la caja registradora.

—Novia. Hermana. Prima. Lo que sea.

—Novia —aclaro, aunque no sé para qué lo hago—. ¿Volvió aquí anoche? ¿Después de que viniéramos los dos?

Se pone detrás de la caja.

—Cerramos justo después de que se fueran. —Me mira fijamente y levanta una ceja—. ¿Vas a comprar algo o te vas a dedicar a seguirme y hacerme preguntas tontas el resto del día?

Trago saliva. Hace que me sienta como un niño. Inmaduro. Él es el epítome de un hombre y la protuberancia de su ceja hace que me sienta como un niño asustado.

«Te aguantas, Silas. No eres un cobarde.»

—Solo tengo una pregunta tonta más.

Empieza a atender a un cliente. No me responde, así que continúo.

—¿Qué significa *Jamais Jamais*?

Ni siquiera me mira.

—Significa *Nunca nunca* —dice alguien detrás de mí.

Me giro enseguida, pero los pies me pesan como si fueran de plomo. *¿Nunca nunca?*

Esto no puede ser una coincidencia. Charlie y yo repetimos esa frase una y otra vez en nuestras cartas.

Miro a la mujer a la que pertenece la voz; me está mirando fijamente con la barbilla levantada y el gesto serio. Lleva el pelo hacia atrás. Es oscuro con algunos mechones grises. Lleva una prenda larga y vaporosa que le llega hasta los pies. No estoy seguro de que sea un vestido. Es como si la hubiera confeccionado ella misma con una sábana y una máquina de coser.

Tiene que ser la tarotista. Está muy metida en el papel.

—¿Dónde está esa casa? ¿La de la foto de la pared?

Señalo la fotografía. Se gira y se queda mirándola durante unos largos segundos. Sin volverse para mirarme, me indica con el dedo que la siga mientras se dirige hacia la trastienda.

La sigo de mala gana. Antes de que atravesemos una cortina de cuentas, me empieza a vibrar el celular en el pantalón. Hace ruido al chocar con las llaves y la mujer se gira y me mira por encima del hombro.

—Apágalo.

Miro la pantalla y veo que es mi padre otra vez. Silencio el teléfono.

—No he venido a que me eche las cartas —aclaro—. Solo estoy buscando a una persona.

—¿La chica? —dice, sentándose al otro lado de la pequeña mesa que hay en el centro de la habitación. Me hace un gesto para que me siente, pero declino el ofrecimiento.

—Sí. Estuvimos aquí anoche.

Asiente y empieza a barajar las cartas.

—Lo recuerdo —dice. Una pequeña sonrisa asoma por la comisura de su boca. Observo cómo separa las cartas en montones. Levanta la cabeza y su cara permanece inexpresiva—. Pero soy la única que lo recuerda, ¿verdad?

Esa afirmación hace que un escalofrío me recorra los brazos. Doy dos pasos y cojo la silla vacía por el respaldo.

—¿Cómo lo sabe? —le espeto.

Vuelve a señalarme la silla. Esta vez me siento. Espero a que vuelva a hablar, a que me diga qué sabe. Es la primera persona que tiene alguna idea de lo que me está pasando.

Comienzan a temblarme las manos. Noto el pulso latiéndome detrás de los ojos. Los cierro con fuerza y me paso las manos por el pelo para disimular los nervios.

—Por favor —le digo—. Si sabe algo, por favor, dígamelo.

Ella niega con la cabeza lentamente. De izquierda a derecha, de derecha a izquierda.

—No es tan sencillo, Silas —dice.

Sabe mi nombre. Quiero gritar «victoria», pero todavía no tengo ninguna respuesta.

—Anoche tu carta estaba en blanco. Nunca había visto eso. —Pasa la mano sobre la baraja y esparce las cartas en una hilera—. Había oído hablar de ello. *Todos* sabemos que ha sucedido en otras ocasiones. Pero no conozco a nadie que lo hubiera *visto* con sus propios ojos.

«¿Carta en blanco?» Creo que lo leí en nuestras notas, pero eso no ayuda porque ya no las tengo. ¿Y a quién se refiere cuando dice que *todos* sabían que había pasado?

—¿Qué significa? ¿Qué me puede decir? ¿Cómo encuentro a Charlie? —Las preguntas brotan de mi boca pisándose unas a otras.

—Esa foto —dice—. ¿Por qué tienes tanta curiosidad por esa casa?

Estoy a punto de hablarle de la foto de la habitación de Charlie, pero cierro la boca. No sé si puedo confiar en ella. No la conozco. Es la primera persona que sabe lo que me está sucediendo. Eso podría ser una respuesta, o también un indicio de culpa. Si Charlie y yo estamos bajo algún tipo de hechizo, ella es probablemente una de las pocas personas que podría hacer semejante cosa.

Dios, esto es absurdo. ¿Un hechizo? ¿Cómo puedo siquiera estar pensando en este tipo de cosas?

—Tenía curiosidad por el nombre —digo, mintiendo sobre mi interés por la casa de la foto—. ¿Qué más puede contarme?

Continúa volviendo a alinear montones de cartas, sin darles la vuelta.

—Lo que te puedo contar... lo *único* que te voy a contar... es que necesitas recordar qué es lo que alguien quería tan desesperadamente que olvidases. —Nuestras miradas se encuentran y vuelve a levantar la barbilla—. Ahora ya puedes irte. No puedo ayudarte más.

Se aparta de la mesa y se levanta. Su vestido vuela por su rápido movimiento y los zapatos que lleva puestos hacen que me cuestione su autenticidad. Habría dicho que una vidente iría descalza. ¿O se trata de una bruja? ¿Una maga? Sea lo que sea, quiero creer desesperadamente que puede ayudarme más de lo que ha hecho. A la vista de mis dudas, intuyo que no soy el tipo de persona que se traga estas mierdas. Pero mi desesperación es mucho mayor que mi escepticismo. Si hace falta creer en dragones para encontrar a Charlie, entonces seré el primero en blandir una espada ante su fuego.

—Tiene que haber *algo* —le digo—. No encuentro a Charlie. No recuerdo nada. No sé ni por dónde empezar a buscar. Tiene que darme algo más que eso.

Me levanto, mi tono es desesperado, mi mirada aún más.

Ella simplemente inclina la cabeza y sonríe.

—Silas, las respuestas a tus preguntas las tiene alguien muy cercano a ti. —Señala la puerta—. Puedes irte. Tienes mucho que buscar.

«¿Alguien muy cercano a mí?»

¿Mi padre? ¿Landon? ¿Quién más es cercano a mí aparte de Charlie? Miro hacia la cortina de cuentas y luego a ella otra vez. Se dirige hacia la puerta de la parte trasera del edificio. La observo mientras se marcha.

Me paso las manos por la cara. Quiero gritar.

12

Charlie

Cuando me despierto, todo está limpio. Ni arroz, ni salchichas, ni trozos de platos con los que cortar a nadie.

«¡Guau! ¿Por qué habré pensado eso?» Me noto mareada. La enfermera lo tiene todo cronometrado al segundo.

Drogar a Sammy, traerle comida de mierda, drogar a Sammy, traerle comida de mierda.

Pero esta vez, cuando vuelve, no trae comida de mierda. Lleva una toalla y una barra de jabón.

«¡Por fin! Puedo ir al baño.»

—Hora de bañarse —dice.

Esta vez no es tan amable. Su boca es una línea tensa que le atraviesa la cara. Me levanto, esperando tambalearme un poco. La inyección en el cuello fue más fuerte que las otras cosas que me han estado dando, pero no me noto tan atontada. Tengo la mente despejada y el cuerpo preparado para reaccionar.

—¿Por qué eres la única que viene? —digo—. Si eres enfermera, debes trabajar por turnos.

Se gira y camina hacia la puerta.

—¿Hola...?

—Compórtate —dice—. La próxima vez no te irá tan bien. —Cierro la boca porque me está sacando de este agujero y tengo muchas muchas ganas de ver qué hay ahí fuera. Abre la puerta y me deja salir antes. Hay otra puerta delante de mí. Estoy desorientada. Ella gira a la derecha y veo que hay un pasillo. Justo a mi derecha hay un baño. Hace horas que no voy al baño y en cuanto lo veo me empieza a doler la vejiga. Me tiende la toalla—. La regadera solo tiene agua fría. No tardes mucho.

Cierro la puerta. Es como un búnker. Sin ventanas, puro hormigón. El escusado no tiene ni tapa ni asiento, es un agujero sin borde con un lavabo al lado. Lo uso de todos modos.

Encima del lavabo hay una bata de hospital nueva y ropa interior. Lo observo todo mientras hago pipí, buscando algo. Cualquier cosa. Hay una tubería oxidada que sale de la pared cerca del suelo. Jalo la cadena y me acerco. Meto la mano y palpo. «Qué asco.» Un trozo de la tubería se ha corroído.

Voy a abrir la llave de la regadera por si está escuchando. Es un trocito de metal, pero con un poco de esfuerzo consigo despegarlo de la pared. Algo es algo.

Me lo llevo a la regadera y lo guardo en una mano mientras me baño. El agua está muy fría, me castañean los dientes sin parar. Intento apretar la mandíbula, pero los dientes no dejan de moverse por más que intente calmarlos.

Qué patética soy. No puedo ni controlar mis propios dientes. No controlo mis recuerdos. No controlo cuándo como, duermo, me baño o hago pipí.

Lo único que creo que controlo es mi posible huida de dondequiera que esté. Aferro el trozo de tubería entre las manos con todas mis fuerzas, sabiendo que es lo único que podría devolverme algo de control.

Cuando salgo del baño, lo llevo envuelto en papel higiénico debajo de la ropa interior, las sencillas pantaletas blancas que me dejó dentro. Aún no tengo un plan, esperaré el momento adecuado.

13

Silas

Está oscuro. Llevo más de dos horas conduciendo sin saber adónde ir. No puedo volver a casa. No puedo ir a casa de Charlie. No conozco a nadie más, lo único que puedo hacer es conducir.

Tengo ocho llamadas perdidas. Dos son de Landon. Una de Janette.

El resto son de mi padre.

También tengo ocho mensajes de voz, ninguno de los cuales he escuchado aún. No quiero preocuparme de ellos ahora mismo. Nadie tiene ni idea de lo que está pasando realmente, y nadie me creería si se lo contara. No los culpo. Sigo repasando todo el día en mi cabeza y me parece demasiado ridículo hasta para creérmelo yo mismo... y soy quien lo está *viviendo*.

Todo es demasiado ridículo, pero demasiado real.

Paro en una gasolinera para llenar el tanque. No estoy seguro de si he comido algo hoy, pero estoy mareado, así que me compro una bolsa de papas y una botella de agua en la tienda.

Mientras lleno el depósito de gasolina me pregunto por Charlie.

Cuando vuelvo a la carretera, sigo preguntándome por Charlie.

Me pregunto si habrá comido algo.

Me pregunto si estará sola.

Me pregunto si la estarán cuidando.

Me pregunto cómo voy a encontrarla si ahora mismo podría estar en cualquier parte del mundo. Lo único que hago es conducir en círculos, reduciendo la velocidad cada vez que paso junto a una chica que camina por la acera. No sé dónde mirar. No sé adónde ir. No sé cómo ser el chico que la salve.

Me pregunto qué hace la gente cuando no tiene adónde ir ni dónde estar.

Me pregunto si esto es lo que se siente al estar loco. Clínicamente loco. Es como si no tuviera absolutamente ningún control sobre mi propia mente.

Y si yo no tengo el control... ¿quién lo tiene?

Vuelve a sonar el teléfono. Miro la pantalla y veo que es Landon. No sé por qué lo cojo dispuesto a contestar. Tal vez esté cansado de estar dentro de mi propia cabeza y no obtener ninguna respuesta. Me paro a un lado de la carretera para hablar con él.

—¿Hola?

—Por favor, dime qué diablos está pasando.

—¿Hay alguien ahí que pueda oírte?

—No —me dice—. Acaba de terminar el partido. Papá está hablando con la policía. Todo el mundo está preocupado por ti, Silas.

No respondo. Me siento mal por su preocupación, pero peor aún porque nadie se preocupe por Charlie.

—¿Han encontrado ya a Charlie?

Oigo gritar a la gente de fondo. Debe de haberme llamado desde el mismo campo justo al acabar el partido.

—La están buscando —dice.

Pero hay algo más en su voz. Algo que no dice.

—¿Qué pasa, Landon?

Suspira.

—Silas... te están buscando a ti también. Creen... —Tiene la voz cargada de preocupación—. Creen que sabes dónde está.

Cierro los ojos. Sabía que pasaría esto. Me froto las palmas en los pantalones.

—No sé dónde está.

Pasan varios segundos hasta que Landon vuelve a hablar.

—Janette fue a la policía. Les dijo que estabas actuando raro, así que cuando encontró las cosas de Charlie en una mochila dentro de tu casillero, se las entregó a la policía. Tenías su monedero, Silas. Y su teléfono.

—Que yo tenga las cosas de Charlie no prueba que sea responsable de su desaparición. Es prueba de que soy su novio.

—Ven a casa —dice—. Diles que no tienes nada que esconder. Responde a sus preguntas. Si colaboras, no tendrán razones para acusarte.

¡Ja! Como si contestar a sus preguntas fuera tan fácil.

—¿Crees que tengo algo que ver con su desaparición?

—¿Lo crees *tú*? —pregunta inmediatamente.

—No.

—Entonces no —dice—. No creo que tengas nada que ver. ¿Dónde estás?

—No lo sé.

Oigo un ruido sordo, como si estuviera tapando el teléfono con la mano. Se oyen voces de fondo.

—¿Has conseguido localizarlo? —pregunta un hombre.

—Estoy en ello, papá —dice Landon.

Más murmullos.

—¿Sigues ahí, Silas? —pregunta.

—Sí. Tengo una pregunta —digo—. ¿Alguna vez has oído hablar de un sitio llamado Jamais Jamais?

Silencio. Espero a que conteste, pero no lo hace.

—¿Landon? ¿Has oído hablar de ese sitio?

Otro suspiro profundo.

—Es la antigua casa de Charlie, Silas. Pero ¿qué demonios te pasa? Dios, Silas. ¿Qué mierda tomaste? ¿Es eso lo que le pasó a Charlie? ¿Es eso por lo que...?

Cuelgo el teléfono mientras sigue lanzando preguntas. Busco la dirección de la casa de Brett Wynwood en Internet. Me lleva un rato, pero me salen dos direcciones en los resultados. Una la recuerdo porque es donde estuve esta mañana. Es la casa actual de Charlie.

La otra no la reconozco.

Es la dirección de Jamais Jamais.

La casa se asienta sobre un terreno de 2.4 hectáreas, con vistas al lago Borgne. Fue construida en 1860, exactamente un año antes del comienzo de la Guerra Civil. La casa se llamaba originalmente La terre rencontre l'eau, que significa «La tierra se encuentra con el agua».

Fue utilizada como hospital durante la guerra para alojar a soldados confederados heridos. Años después de la guerra fue comprada por un banquero, Frank Wynwood, en 1880. La casa permaneció en la familia durante tres generaciones y, finalmente, en 1998 quedó en manos de Brett Wynwood, que entonces tenía treinta años.

Brett Wynwood y su familia la habitaron hasta 2005, cuando el huracán Katrina causó numerosos daños en la propiedad. La familia se vio obligada a abandonar la casa, que estuvo desocupada varios años hasta que comenzaron las obras de renovación. Fue totalmente reconstruida y solo se conservaron partes de la fachada original y del tejado.

En 2011, la familia Wynwood volvió a mudarse a su casa. Durante la reinauguración, Brett Wynwood anunció que la propiedad había recibido un nuevo nombre: Jamais Jamais.

Cuando se le preguntó por qué había elegido la traducción francesa de «Nunca nunca», dijo que en realidad había sido su hija, Charlize Wynwood, de catorce años, quien lo había elegido. «Ella dice que es un homenaje a la historia de la familia. Nunca olvides a los que allanaron el camino antes que tú. Nunca dejes de intentar mejorar el mundo para quienes lo habitarán después de ti».

La familia Wynwood ocupó la casa hasta 2013, año en el que se ejecutó la hipoteca a raíz de una investigación sobre el Grupo Financiero Wynwood-Nash. La propiedad se vendió en subasta a finales de 2013 a un postor anónimo.

Agrego la página a mis favoritos del teléfono y hago una nota con el artículo. Lo encontré después de llegar a la propiedad y estacionar el coche justo al lado de la verja cerrada.

La altura de la verja es impresionante, como si quisiera advertir a los visitantes de que la gente al otro lado de la verja es más poderosa que el resto.

Me pregunto si es así como se sentía el padre de Charlie cuando vivía aquí. Me pregunto cuán poderoso se debió de sentir cuando la casa pasó a manos de otro dueño después de haber estado en la familia durante generaciones.

La finca se encuentra al final de una carretera aislada, como si la carretera fuera también parte de la propiedad. Después de intentar encontrar una forma de rodear o atravesar la verja, llego a la conclusión de que no hay ninguna. Está oscuro, así que es posible que pueda estar pasando por alto algún camino o alguna entrada alternativa. Ni siquiera estoy seguro de por qué quiero entrar, pero no puedo evitar pensar que las fotos de esta casa son pistas.

Ya que me están buscando para interrogarme, probablemente lo mejor será no andar conduciendo por ahí esta noche, así que decido quedarme aquí hasta mañana por la mañana. Apago el coche. Si quiero estar medio decente mañana, tengo que intentar dormir al menos unas horas.

Reclino el asiento, cierro los ojos y me pregunto qué soñaré esta noche. Ni siquiera sé con qué podría soñar. No puedo soñar si no duermo, y tengo la sensación de que esta noche va a ser imposible conciliar el sueño.

Al pensar eso abro los ojos de repente.

«El video.»

En una de mis cartas mencionaba que me quedaba dormido viendo un video de Charlie durmiendo. Lo busco en mi teléfono hasta que doy con él. Le doy al *play* y espero hasta que escucho la voz de Charlie por primera vez.

14

Charlie

Me volví a dormir.

Esta vez no por las pastillas. Fingí tragármelas, pero las escondí en la boca. Ella se quedó tanto rato que estaban empezando a disolverse. En cuanto salió por la puerta, las escupí en la mano.

Se acabó estar atontada. Necesito tener la mente bien despejada.

He dormido sin pastillas y he tenido más sueños. Sueños con el mismo tipo que en el primer sueño. ¿O debería decir en el primer recuerdo? En el sueño, él me llevaba por una calle sucia, no me miraba a mí, miraba de frente, su cuerpo iba solo hacia delante como si una fuerza invisible lo hubiera poseído. En la mano izquierda tenía una cámara. Se paró de repente y miró al otro lado de la calle. Seguí su mirada.

—Allí —dijo—. Mira.

Pero yo no quería mirar. Le di la espalda a lo que él miraba y me puse de cara a un muro. Entonces, de repente, noté que su mano ya no estaba en la mía. Me giré y vi cómo cruzaba la calle y se acercaba a una mujer que estaba sentada, con las piernas cruzadas, en un muro. En los brazos acunaba a un bebé diminuto envuelto en una manta de lana. El chico se agachó delante de ella. Hablaron durante un rato largo. Él le dio algo y ella sonrió. Cuando él se levantó, el bebé empezó a llorar. En ese momento les tomó una foto.

Cuando me desperté aún veía la cara de la mujer, pero no era una imagen real, sino una foto. La que él hizo. Una madre harapienta con el pelo enredado, mirando fijamente al bebé con su diminuta boca abierta en un grito y, de fondo, la pintura descascarada de una puerta azul brillante.

Cuando terminó el sueño, no me sentía triste como la última vez. Quería conocer al chico que capturaba el sufrimiento con colores tan vivos.

Permanezco tumbada durante lo que creo que debe ser toda la noche. Ella vuelve con el desayuno.

—Otra vez tú —digo—. Ni un día libre... ni una hora.

—Sí —dice ella—. Estamos escasos de personal, así que hago turnos dobles. Come.

—No tengo hambre.

—Me ofrece un vasito con pastillas. No las tomo.

—Quiero ver a un médico —digo.

—El médico está muy ocupado hoy. Puedo pedirle una cita. Es probable que pueda verte la semana que viene.

—No. Quiero ver a un médico hoy. Quiero saber qué medicación me estás dando y quiero saber por qué estoy aquí.

Es la primera vez que veo algo en su cara que no sea un gesto de amabilidad aburrida. Se inclina hacia delante y me llega el olor a café de su aliento.

—¿Pero quién te crees? —susurra—. Tú aquí no exiges nada, ¿te queda claro?

Me pone las pastillas delante de la cara.

—No pienso tomar eso hasta que un médico me diga por qué —le espeto, negando con la cabeza—. ¿Te queda claro a *ti*?

Creo que me va a pegar. Busco a tientas con la mano el trozo de tubería que tengo debajo de la almohada. Se me tensan los músculos de los hombros y de la espalda, presiono los azulejos con las puntas de los pies. Estoy preparada para saltarle encima si hace falta. Pero la enfermera se gira, mete la llave en la cerradura y se va. Oigo el clic cuando cierra y entonces vuelvo a estar sola.

15

Silas

—No puedo creer que te hayas salido con la tuya —le digo. Bajo las manos hasta su cintura y la empujo hasta que su espalda toca la puerta de su habitación. Ella me pone las manos sobre el pecho y me mira con una sonrisa inocente.

—¿Salirme con qué?

Me río y le beso el cuello.

—¿Un *homenaje* a la *historia* familiar? —Me río y voy subiendo los labios por su cuello hasta que están cerca de su boca—. ¿Qué harás si alguna vez quieres dejarme? Tendrías que vivir en una casa a la que le pusiste el nombre de una frase que usabas con tu exnovio.

Sacude la cabeza y me empuja para poder pasar a mi lado.

—Si alguna vez quisiera romper contigo, le diría a papá que cambiara el nombre de la casa y listo.

—Nunca lo haría, Char. La explicación inventada que le diste le pareció una maravilla.

Se encoge de hombros.

—Pues entonces quemaría la casa.

Se sienta al borde del colchón y yo me pongo a su lado y la empujo hacia atrás. Se ríe mientras me inclino sobre ella y la envuelvo con mis manos. Es tan guapa.

Siempre he sabido que era guapa, pero este año le ha sentado muy bien. *Increíblemente* bien. Le miro el pecho. No puedo evitarlo. Se le han puesto tan... *perfectos* este año.

—¿Crees que te crecerán más los senos? —le pregunto.

Se ríe y me da un manotazo en el hombro.

—Eres un cerdo.

Le paso los dedos por el cuello hasta donde su camiseta se estrecha. Recorro su pecho con los dedos hasta que me encuentro con el pliegue de la camiseta.

—¿Cuándo crees que me dejarás verlos?

—*Jamais, jamais* —dice riéndose.

Gruño.

—Anda, nenita Charlie. Hace ya catorce años que te quiero. Eso debería hacerme merecedor de algo, un vistazo rápido, una mano por encima de la camiseta...

—Tenemos catorce años, Silas. Pregúntame de nuevo cuando tengamos quince.

Sonrío.

—A mí solo me faltan dos meses.

La beso y noto cómo su pecho se eleva contra el mío con su respiración rápida.

«Dios, qué tortura.»

Desliza su lengua dentro de mi boca mientras me acaricia la nuca para acercarme a ella.

«Dulce, dulce tortura.»

Bajo la mano hasta su cintura y le subo la camiseta poco a poco hasta que consigo tocar su piel. Extiendo la mano y percibo el calor de su cuerpo. Sigo besándola mientras exploro con la mano, centímetro a centímetro, hasta que uno de mis dedos toca la tela del brasier.

Quiero sentir... sentir su suavidad bajo los dedos. Quiero...

—¡Silas!

Charlie se hunde en el colchón. Las sábanas absorben todo su cuerpo y yo me quedo acariciando la almohada vacía.

¿Qué demonios ha pasado? ¿Adónde ha ido? La gente no desaparece así sin más.

—¡Silas, abre la puerta!

Aprieto los ojos más fuerte.

—¿Charlie? ¿Dónde estás?

—¡Despierta!

Abro los ojos y ya no estoy en la cama con Charlie. Ya no soy un chico de catorce años a punto de tocar unos pechos por primera vez.

Soy... Silas. Perdido, confuso y durmiendo en un maldito coche.

Un puño golpea la ventanilla del conductor. Dejo que mis ojos se adapten durante unos segundos a la luz del sol que entra en el coche y luego levanto la vista.

Landon está en la puerta. Me incorporo rápidamente y me doy la vuelta para mirar detrás de mí y a los lados.

Solo está Landon. No hay nadie más con él.

Alargo el brazo hacia la puerta y espero a que se aparte antes de abrirla.

—¿La encontraste? —le pregunto mientras salgo del coche.

Niega con la cabeza.

—No, siguen buscando.

Se aprieta la nuca igual que yo cuando estoy nervioso o estresado.

Estoy a punto de preguntarle cómo sabía dónde encontrarme, pero no lo hago al recordar que le pregunté por esta casa justo antes de colgarle. Claro que iba a buscarme aquí.

—Tienes que ayudarlos a encontrarla, Silas. Tienes que contarles todo lo que sabes.

Me río. «Todo lo que sé.» Me apoyo en el coche y me cruzo de brazos. Dejo de sonreír por lo ridículo de la situación y clavo la mirada en mi hermano menor.

—No sé nada, Landon. Ni siquiera te conozco a *ti*. Y que yo recuerde tampoco *conozco* a Charlize Wynwood. ¿Cómo voy a decirle eso a la policía?

Landon inclina la cabeza. Me mira fijamente... en silencio y con curiosidad. Cree que me he vuelto loco, lo veo en sus ojos.

Puede que tenga razón.

—Entra en el coche —le digo—. Tengo muchas cosas que contarte. Vamos a dar una vuelta.

Abro la puerta y subo al coche. Él espera durante algunos segundos, pero luego camina hacia el coche que tiene estacionado en la cuneta. Lo cierra y luego se dirige al asiento del copiloto.

—A ver si lo entiendo —dice echándose hacia delante—. Charlie y tú llevan más de una semana perdiendo la memoria. Se han estado escribiendo cartas a ustedes mismos. Esas cartas estaban en la mochila que Janette encontró y entregó a la policía. La única persona que sabe todo esto es una tarotista cualquiera. Les pasa siempre a la misma hora del día cada cuarenta y ocho horas. ¿Y dices que no recuerdas nada de lo que ocurrió el día anterior a su desaparición?

Asiento con la cabeza.

Landon se ríe y se deja caer en el asiento. Sacude la cabeza, coge su bebida y se mete el popote en la boca. Da un largo sorbo y suspira con intensidad mientras vuelve a dejar el vaso.

—Si esta es tu forma de intentar librarte por asesinarla, vas a necesitar una coartada más sólida que una maldición vudú.

—No está muerta.

Levanta una ceja con suspicacia. No puedo culparlo. Si yo estuviera en su lugar, no me creería nada de lo que acaba de salir de mi boca.

—Landon, no espero que me creas. En serio que no. Es ridículo. Pero, aunque solo sea por las risas, ¿podrías seguirme la corriente durante unas horas? Finge que me crees y responde a mis preguntas, aunque creas que ya sé las respuestas. Si mañana sigues pensando que estoy loco, puedes entregarme a la policía.

Niega con la cabeza y parece decepcionado.

—Incluso aunque estuvieras loco, nunca te entregaría a la policía, Silas. Eres mi hermano. —Hace una señal al mesero para que le rellene la bebida. Da un sorbo y se acomoda—. Anda. Dispara.

Sonrío. Sabía que por algo me caía bien mi hermano.

—¿Qué pasó entre Brett y nuestro padre?

Landon se ríe en voz baja.

—Esto es ridículo —murmura—. Tú sabes más que yo. —Entonces se inclina hacia delante y empieza a responder a mi pregunta—. Hace un par de años se abrió una investigación a raíz de una auditoría externa. Mucha gente perdió mucho dinero. Papá quedó absuelto y Brett fue acusado de fraude.

—¿Papá es realmente inocente?

Landon se encoge de hombros.

—Me gustaría pensar que sí. Su reputación quedó por los suelos y perdió la mayoría de sus negocios después de lo que pasó. Ha estado intentando recomponerse, pero ya nadie le confía su dinero. Pero supongo que no podemos quejarnos. A pesar de todo, nos ha ido mejor que a la familia de Charlie.

—Papá acusó a Charlie de llevarse algunos archivos de su oficina. ¿De qué estaba hablando?

—No sabían adónde había ido a parar el dinero, así que dieron por hecho que Brett o papá lo tenían escondido en cuentas en el extranjero. Hubo un momento, antes del juicio, en el que papá pasó tres días seguidos sin dormir. Revisó todas y cada una de las transacciones y recibos registrados durante los últimos diez años. Una noche salió de su oficina con unos documentos. Dijo que lo había encontrado, que había descubierto dónde tenía el dinero guardado Brett. Al fin tenía la información que necesitaba para responsabilizar a Brett de todo el asunto. Llamó a su abogado y le dijo que le enviaría la prueba en cuanto hubiera descansado un par de horas. Al día siguiente… no encontraba los documentos. Te echó la culpa porque dio por hecho que habrías avisado a Charlie. Hoy sigue creyendo que Charlie se llevó los documentos. Ella lo negó. Tú lo negaste. Y sin las pruebas que él dijo que tenía, no pudieron imputar a Brett todos los cargos. Probablemente salga de la cárcel en cinco años por buen comportamiento, pero por lo que dice papá, esos documentos habrían hecho que lo encerraran de por vida.

«Dios. Esto es mucho que recordar.»

Levanto el dedo índice.

—Vuelvo enseguida. —Me levanto de la mesa y salgo corriendo del restaurante, directo al coche. Busco papeles para poder tomar notas. Landon sigue sentado cuando vuelvo. No le hago más preguntas hasta que no he anotado todo lo que me acaba de contar. Luego le doy un poco de información para ver cómo responde.

—Yo me llevé los documentos —le digo.

Le miro y tiene los ojos entornados.

—Pensaba que habías dicho que no recordabas nada.

Sacudo la cabeza.

—Y así es. Pero escribí una nota sobre unos documentos escondidos que encontré. ¿Por qué crees que me los llevé si podían probar la inocencia de papá?

Landon sopesa mi pregunta durante un momento y luego sacude la cabeza.

—No lo sé. La persona que se los llevó nunca los usó para nada. Así que la única razón por la que debías esconderlos era para proteger al padre de Charlie.

—¿Por qué iba a querer proteger a Brett Wynwood?

—A lo mejor no lo estabas protegiendo a él directamente. A lo mejor lo hiciste por Charlie.

Dejo caer la pluma. «Eso es.» La única razón para llevarme esos documentos era proteger a Charlie.

—¿Estaba muy unida a su padre?

Landon se ríe.

—Mucho. Era la niña de papá a muerte. Con toda sinceridad, creo que la única persona a la que quería más que a ti era su padre.

Esto es como intentar armar un rompecabezas del que ni siquiera conozco la forma, pero siento que por fin algunas piezas van encajando. Conociendo al viejo Silas, habría hecho lo que fuera para que Charlie fuera feliz. Eso incluye evitar que conozca la verdad sobre su padre.

—¿Qué pasó entre Charlie y yo después de eso? Quiero decir... si quería tanto a su padre, el hecho de que mi padre lo llevara a la cárcel habría supuesto que no quisiera volver a hablarme nunca más.

Landon sacude la cabeza.

—Tú eras todo lo que tenía —dice Landon—. Tú te propusiste no tomar partido en lo referente a él y Charlie. Desafortunadamente, para papá eso significaba que estabas de *su* parte. Durante los últimos dos años no se han llevado bien él y tú. Solo te habla para gritarte desde las gradas en los partidos de los viernes por la noche.

—¿Por qué está tan obsesionado con que juegue futbol americano?

Landon se ríe otra vez.

—Está obsesionado con que sus hijos vayan a la misma universidad que él incluso antes de saber que tendría hijos. Nos metió en el futbol desde que aprendimos a hablar. A mí no me importa, pero tú lo odias. Y eso hace que él se resienta más contigo, porque tienes talento para ello. Lo llevas en la sangre. Pero tú lo único que has querido es alejarte del futbol. —Sonríe—. Dios, deberías haberlo visto anoche cuando llegó y no estabas en el campo. Intentó que parasen el partido hasta que te encontrásemos, pero los árbitros no se lo permitieron.

Tomo nota de esto.

—¿Sabes? No recuerdo cómo se juega futbol.

Una sonrisa de satisfacción se dibuja en su cara.

—Creo que es la primera cosa que dices hoy y me creo realmente. El otro día cuando estábamos haciendo un *huddle*, parecías muy perdido. «Tú. Haz esa... cosa». —Se ríe a carcajadas—. Así que añade eso a tu lista. Olvidaste cómo se juega futbol. Muy conveniente.

Lo añado a la lista.

- Recuerdo letras de canciones.
- He olvidado a la gente que conocía.
- Recuerdo a gente que no conocía.
- Recuerdo cómo usar una cámara.
- Odio el futbol, pero me obligan a jugar.
- He olvidado cómo se juega futbol.

Miro la lista. Estoy seguro de que tenía más cosas anotadas en la antigua lista, pero casi no las recuerdo.

—Déjame verla —dice Landon. Revisa las notas que he tomado—. Diablos, sí que te has tomado esto en serio. —La observa durante varios minutos y luego me la devuelve—. Parece que puedes recordar cosas que querías aprender por ti mismo, como letras de canciones y la cámara. Pero el resto de las cosas que te han enseñado las has olvidado.

Cojo la lista y la miro. Puede que tenga razón, aparte del hecho de que no recuerdo a la gente. Tomo nota de eso y continúo con mis preguntas.

—¿Cuánto tiempo lleva Charlie viéndose con Brian? ¿Habíamos terminado?

Se pasa la mano por el pelo y da un sorbo al refresco. Levanta los pies y se apoya en la pared para estirar las piernas sobre el asiento.

—Vamos a quedarnos todo el día aquí, ¿verdad?

—Si fuera necesario.

—A Brian siempre le ha gustado Charlie y todo el mundo lo sabía. Tú y Brian nunca se han llevado bien por eso, pero lo han intentado por el bien del equipo de futbol. Charlie empezó a cambiar después de que su padre entrara en la cárcel. Dejó de ser agradable… aunque tampoco es que antes fuera muy agradable. Pero últimamente se ha convertido casi en una especie de abusona. No hacían nada más que pelearse. Yo, sinceramente, no creo que llevara viéndolo mucho tiempo. Empezó prestándole atención cuando estabas cerca para intentar molestarte y supongo que, para mantener las apariencias con él, siguió prestándole atención cuando estaban solos. Pero no creo que a ella le guste. Es mucho más inteligente que él y, si alguien estaba siendo utilizado, era Brian.

Lo apunto todo mientras voy asintiendo con la cabeza. Sabía que ese tipo no le gustaba. Parece que mi relación con Charlie estaba en el aire y ella estaba forzando las cosas para probar nuestra resistencia.

—¿Qué creencias religiosas tiene Charlie? ¿Se sabía si le gustaba el vudú o la magia o algo así?

—No que yo sepa —dice—. Todos hemos sido criados como católicos. Pero en realidad no practicamos a menos que sea una festividad importante.

Tomo nota e intento pensar en otra pregunta. Todavía tengo muchas, pero no sé con cuál seguir.

—¿Hay algo más? ¿Algo fuera de lo común que ocurriese la semana pasada? —Enseguida noto que oculta algo por el cambio repentino en la expresión de su cara y la forma en que se revuelve en el asiento—. ¿Qué pasa?

Pone los pies en el suelo, se inclina hacia mí y baja la voz.

—La policía estuvo hoy en casa. Los oí interrogar a Ezra sobre si había encontrado algo raro. Al principio dijo que no, pero creo que le pudo el sentimiento de culpa. Dijo que había encontrado unas sábanas en tu habitación y que había sangre en ellas.

Me reclino en el asiento y miro al techo. Eso no pinta bien.

—Espera —digo inclinándome de nuevo hacia delante—. Eso fue la semana pasada. Antes de que Charlie desapareciera. No puede estar relacionado con ella si es lo que piensan.

—No, ya lo sé. Ezra les dijo lo mismo. Que fue la semana pasada y que vio a Charlie ese día. Pero, aun así, Silas. ¿Qué demonios hiciste? ¿Por qué había sangre en tus sábanas? Tal y como suele pensar la policía, es probable que supongan que pegaste a Charlie o algo así y que luego se te fue de las manos.

—Nunca le haría daño —digo a la defensiva—. Amo a esa chica.

En cuanto digo eso, sacudo la cabeza, no entiendo por qué lo he dicho. Ni siquiera la conozco. Ni siquiera he hablado con ella.

¿Qué fue eso? Acabo de decir que la amo, y lo he dicho de corazón.

—¿Cómo puedes amarla? Dices que no la recuerdas.

—Puede que no la recuerde, pero estoy seguro de que aún la siento. —Me pongo de pie—. Y por eso tenemos que encontrarla. Empecemos por su padre.

Landon intenta tranquilizarme, pero no tiene ni idea de lo frustrante que es perder ocho horas cuando solo tienes cuarenta y ocho en total.

Ya son más de las ocho de la noche y es oficial que hemos desperdiciado todo el día. Cuando salimos del restaurante, vamos hacia la cárcel para visitar a Brett Wynwood. Una cárcel que está a casi tres horas de distancia. Si a eso le sumamos una espera de dos horas solo para que nos digan que no estamos en la lista de visitas y que hoy no pueden hacer nada... Estoy más que furioso.

No puedo permitirme cometer ni un fallo cuando solo me quedan unas horas para encontrarla antes de olvidar todo lo que he descubierto desde ayer.

Nos detenemos al lado del coche de Landon. Apago el motor y bajo para dirigirme a la verja. Tiene dos candados y no parece que se hayan usado nunca.

—¿Quién compró la casa? —le pregunto a Landon.

Lo oigo reír detrás de mí, así que me doy la vuelta. Se da cuenta de que en esta situación no tengo mucho sentido del humor y gira la cabeza.

—Vamos ya, Silas. Deja de actuar. Ya sabes quién compró esta casa.

Respiro acompasadamente, inspirando por la nariz y espirando por la boca y me recuerdo a mí mismo que no puedo culparlo por que piense que me lo estoy inventando todo. Asiento con la cabeza y me vuelvo para mirar de nuevo hacia la verja.

—Ríete de mí, Landon.

Oigo cómo patea la grava y gruñe. Luego dice:

—Janice Delacroix.

No me suena de nada el nombre, pero voy al coche y abro la puerta para anotarlo.

—Delacroix. ¿Es un apellido francés?

—Sí —dice—. Es dueña de una de esas tiendas para turistas que hay en el centro. Hace lecturas de tarot y mierdas así. Nadie sabe cómo pudo permitirse comprarla. Su hija va a nuestra escuela.

Dejo de escribir. «La tarotista.» Eso explica lo de la foto, y también por qué no quería darme más información sobre la casa, porque le parecía raro que le estuviera preguntando sobre su casa.

—¿Y hay alguien que *viva* aquí? —digo mientras me doy la vuelta para mirarlo.

Se encoge de hombros.

—Sí, pero solo son dos, ella y su hija. Supongo que utilizan una entrada diferente. No parece que esta verja se abra muy a menudo.

Miro más allá de la verja... hacia la casa.

—¿Cómo se llama su hija?

—Cora —dice—. Cora Delacroix. Pero todo el mundo la conoce como el Camarón.

16

Charlie

Nadie aparece durante mucho rato. Creo que me están castigando. Tengo sed y necesito ir al baño. Después de aguantarme todo lo que puedo, termino haciendo pipí en el vaso de plástico de la bandeja del desayuno y lo dejo lleno en una esquina de la habitación. Camino de un lado a otro, jalándome el pelo hasta que creo que me voy a volver loca.

¿Y si no viene nadie? ¿Y si dejan que me muera aquí?

La puerta no se mueve; tengo los puños machacados de golpearla. Grito pidiendo que alguien me ayude hasta que me quedo sin voz.

Estoy sentada en el suelo con la cabeza en las manos cuando por fin se abre la puerta. Me levanto de un salto. No es la enfermera. Esta vez es otra mujer, más joven. El uniforme le cuelga de lo pequeña que es. Parece una niña pequeña disfrazada. La observo con desconfianza mientras se mueve por la diminuta habitación. Ve el vaso de la esquina y levanta las cejas.

—¿Necesitas ir al baño? —pregunta.

—Sí.

Deja la bandeja y noto cómo me ruge el estómago.

—He pedido que venga un médico —le digo.

Mira muy rápido de izquierda a derecha. «Está nerviosa. ¿Por qué?»

—El doctor está ocupado hoy —dice sin mirarme.

—¿Dónde está la otra enfermera?

—Hoy es su día libre —dice.

Huelo la comida. Tengo tanta hambre.

—Necesito ir al baño —digo—. ¿Me puedes llevar?

Asiente, pero parece tenerme miedo. La sigo y salimos de la habitación hacia el pequeño pasillo. ¿Qué clase de hospital tiene los baños en un área separada de las habitaciones de los pacientes? Se aparta hacia un lado mientras uso el baño, se retuerce las manos y se va ruborizando.

Cuando termino, comete el error de girarse hacia la puerta. Cuando la abre, saco el trozo de tubería de debajo del camisón y se lo acerco al cuello.

Me mira de nuevo y sus ojos saltones se agrandan con el miedo.

—Tira las llaves y aléjate, despacio —le digo—. O te clavaré esto en la garganta.

Asiente. Las llaves caen al suelo con un sonido metálico y avanzo hacia ella con el arma en la mano extendida hacia su cuello. La empujo hacia atrás para meterla en la habitación y la tiro encima de la cama. Cae de espaldas y da un grito.

Salgo enseguida y me llevo las llaves. Cierro la puerta desde fuera justo cuando ella intenta alcanzarla gritando. Forcejeamos un rato, ella intenta abrir la puerta mientras yo meto la llave en la cerradura y oigo el clic de metal.

Me tiemblan las manos mientras busco en el manojo la llave que abra la siguiente puerta. No sé qué me encontraré cuando la atraviese. ¿El pasillo de un hospital con enfermeras y doctores? ¿Habrá alguien que me atrape y me arrastre de vuelta a la habitación?

No.

No pienso volver allí. Haré daño a cualquiera que intente impedirme salir de aquí.

Cuando abro la puerta no veo ni un hospital ni personal ni a nadie más. Lo que veo es una increíble bodega de vino. Botellas polvorientas descansando en cientos de agujeritos. Huele a fermento y a polvo. Una escalera sube por un lateral de la bodega. Arriba hay una puerta.

Corro hacia la escalera, me raspo el pie en el concreto y noto cómo me corre la sangre. Casi me resbalo con ella, pero me agarro del barandal a tiempo.

Al final de la escalera hay una cocina, una única luz ilumina los muebles y el suelo. No me paro a buscar. Necesito encontrar... ¡una puerta! Pongo la mano sobre la manija y esta vez no está cerrada. Grito de alegría al poder abrirla. El aire de la noche me da en la cara. Respiro agradecida.

Luego empiezo a correr.

17

Silas

—¡No puedes entrar, Silas! —grita Landon.

Estoy intentando escalar la verja, pero los pies me resbalan todo el rato.

—¡Ayúdame! —le grito desde arriba.

Se acerca a mí y me ofrece las manos con las palmas hacia arriba, a pesar de que me está diciendo que no suba. Me subo en sus manos y me impulsa hacia arriba para que yo me agarre a los barrotes de la parte superior de la verja.

—Vuelvo en diez minutos. Solo quiero echar un vistazo a la casa.

Sé que no se cree ni una palabra de todo lo que le he contado hoy, así que no le digo que pienso que esa chica, Cora, sabe algo. Si está dentro de la casa, la obligaré a hablar conmigo.

Finalmente llego arriba de todo y bajo por el otro lado. Me tiro y cuando aterrizo en el suelo me levanto de nuevo.

—No te vayas hasta que vuelva.

Me giro y echo un vistazo a la casa. Está a unos doscientos metros, oculta tras unas hileras de sauces llorones. Parecen brazos largos señalando la puerta principal e invitándome a avanzar.

Camino lentamente por el camino que lleva al porche. Es una casa preciosa. Ahora veo por qué Charlie la echaba tanto de menos. Miro hacia las ventanas del piso superior. Hay dos iluminadas, pero la planta baja está totalmente a oscuras.

Estoy casi en el porche, que se extiende por toda la fachada de la casa. El corazón me late tan deprisa que lo oigo. Aparte de los sonidos ocasionales de algunos insectos y del de mi propio pulso, todo está en completo silencio.

«Hasta que deja de estarlo.»

El ladrido es tan fuerte y está tan cerca que me resuena en la tripa y en el pecho. No veo de dónde viene.

Me quedo congelado y procuro no hacer ningún movimiento repentino.

Un gruñido profundo retumba en el aire como un trueno. Despacio, miro por encima del hombro sin girar el cuerpo.

El perro está justo detrás de mí, la boca contraída en un gruñido, los dientes tan blancos y afilados que parecen brillar en la oscuridad.

Retrocede con las patas de atrás y, antes de que pueda echarme a correr o buscar algo con lo que defenderme, está volando por el aire lanzándose hacia mí.

Directo al cuello.

Noto cómo sus dientes me perforan el dorso de la mano y sé que, si no me hubiera cubierto la garganta, esos colmillos estarían ahora en mi yugular. La enorme fuerza del animal me derriba. Siento cómo se levanta la piel de mi mano mientras él mueve la cabeza de un lado a otro y yo intento zafarme de él.

Pero entonces algo choca con él o le cae encima: se oye un gemido y luego un ruido sordo.

Y después, silencio.

Está demasiado oscuro para ver qué ha pasado. Respiro hondo e intento ponerme de pie.

Miro al perro, tiene clavado en el cuello un trozo de metal afilado. La sangre forma un charco alrededor de la cabeza y tiñe la hierba del color de la medianoche.

Y entonces, un fuerte olor a flores... *lirios*... me rodea con una ráfaga de viento.

—Eres tú.

Reconozco su voz inmediatamente, incluso aunque me llegue como un suspiro. Está justo delante de mí, la luz de la luna ilumina su cara. Le corren lágrimas por las mejillas y tiene la boca tapada con la mano. Me mira atónita con los ojos muy abiertos.

«Está aquí.»

«Está viva.»

Quiero cogerla y abrazarla y decirle que todo está bien, que vamos a resolver esto. Pero lo más probable es que ella no tenga ni idea de quién soy.

—¿Charlie?

Poco a poco se aparta la mano de la boca.

—¿Me llamo Charlie? —pregunta.

Asiento. La expresión aterrada de su cara se transforma poco a poco en alivio. Se acerca, entrelaza sus brazos en mi cuello y aprieta la cara contra mi pecho. Empieza a sollozar.

—Tenemos que irnos —dice entre llantos—. Tenemos que salir de aquí antes de que me encuentren.

«¿De que la encuentren?»

La rodeo con los brazos el tiempo suficiente para que se transforme en un abrazo y luego le tomo la mano y corremos hacia la entrada. Cuando Landon ve a Charlie corre hacia la verja y empieza a sacudir las cerraduras. Intenta encontrar la forma de sacarnos para que ella no tenga que trepar, pero no puede.

—Usa mi coche —le digo—. Empótralo en la verja. Tenemos que darnos prisa.

Mira al coche y de nuevo a mí.

—¿Quieres que rompa la verja? Silas, esa camioneta es tu amor.

—¡Me importa un carajo la camioneta! —grito—. ¡Tenemos que salir!

Actúa rápido y corre hacia el coche. Antes de subir grita:

—¡Háganse a un lado!

Mete reversa y retrocede unos metros, luego pisa el acelerador a fondo.

El sonido del coche contra la verja no es ni la mitad de fuerte que el que hace mi corazón al ver el coche hecho trizas. Menos mal que no estaba muy apegado a él. Solo hemos pasado menos de dos días juntos.

Landon tiene que repetir la operación dos veces más hasta que la verja se dobla lo suficiente para que podamos pasar a través de ella Charlie y yo. Una vez que estamos al otro lado, abro la puerta trasera del coche de Landon y la ayudo a entrar.

—Deja aquí mi coche —le digo—. Ya nos ocuparemos de él más tarde.

Cuando ya estamos todos en el coche alejándonos de la casa, Landon coge el teléfono.

—Voy a llamar a papá y le diré que la hemos encontrado para que pueda decírselo a la policía.

Le quito el teléfono de las manos.

—No. Nada de policía.

Golpea el volante con la mano por la frustración.

—¡Silas, tenemos que decirles que está bien! Esto es ridículo. Los dos están siendo ridículos con todo esto.

Me giro y lo miro fijamente.

—Landon, tienes que creerme. Charlie y yo vamos a olvidar todo lo que sabemos en menos de doce horas. Tengo que llevarla a un hotel para poder contárselo todo y necesito tiempo para tomar notas. Si avisamos a la policía, puede que nos separen para interrogarnos. Necesito estar con ella cuando eso vuelva a suceder. No me importa que no me creas, pero eres mi hermano y necesito que hagas esto por mí.

No responde a mi petición. Estamos al final de la carretera, veo cómo se le mueve la garganta al tragar saliva mientras intenta decidir si girar a la izquierda o a la derecha.

—Por favor —le pido—, solo necesito hasta mañana.

—Libera un suspiro contenido y gira a la derecha, en dirección contraria a nuestras casas. Respiro con alivio—. Te debo una.

—Más bien un millón —murmura.

Miro a Charlie en el asiento de atrás y ella me mira a mí, obviamente aterrada por lo que está escuchando.

—¿Qué quieres decir con que esto volverá a suceder mañana? —pregunta con la voz temblorosa.

Me paso al asiento de atrás con ella y la acerco a mí. Se derrite en mi pecho y noto cómo su corazón se acelera con el mío.

—Te lo explicaré todo en el hotel.

Asiente y luego:

—¿Te ha llamado Silas? ¿Es tu nombre?

Tiene la voz áspera, como si hubiera gritado hasta quedarse ronca. No quiero ni pensar en lo que habrá pasado desde ayer...

—Sí —le digo mientras le froto el brazo—. Silas Nash.

—Silas —dice suavemente—. Llevo preguntándome desde ayer cómo te llamarías.

Enseguida me pongo tenso y la miro.

—¿Qué quieres decir con que te lo has estado preguntando? ¿Cómo te acuerdas de mí?

—He soñado contigo.

«Ha soñado conmigo.»

Saco la lista de notas de mi bolsillo y le pido una pluma a Landon. Toma una de la guantera y me la pasa. Tomo nota de los sueños y de cómo Charlie me conoció sin tener recuerdos de mí. También escribo una nota sobre cómo mi sueño con ella parecía más bien un recuerdo. ¿Es posible que nuestros sueños sean pistas del pasado?

Charlie me observa mientras escribo todo lo que ha sucedido en la última hora. Pero no me pregunta nada. Doblo la hoja y vuelvo a guardarla en mi bolsillo.

—Entonces, ¿qué pasa entre nosotros? —pregunta—. ¿Estamos en plan... enamorados y esas mierdas?

Me río a carcajadas por primera vez desde ayer por la mañana.

—Sí —le digo, riéndome todavía—. Por lo visto he estado enamorado de ti y esas mierdas desde hace dieciocho años.

Le he dicho a Landon que venga a nuestro hotel mañana a las once y media. Si esto vuelve a ocurrir, necesitaremos tiempo para prepararnos y leer las notas para adaptarnos a nuestra situación. No lo tenía muy claro, pero finalmente aceptó. Dijo que le diría a papá que estuvo buscándonos durante todo el día sin éxito.

Me siento mal por hacer que la gente tenga que seguir preocupada hasta mañana, pero no voy a ponerme en una situación en la que pueda volver a perderla de vista otra vez. Dios, ni siquiera quise que cerrara la puerta cuando dijo que quería darse un baño. Un baño *caliente*, aclaró.

Cuando llegamos al hotel le conté todo lo que sabía, que una vez expuesto tampoco me pareció que fuera demasiado.

Ella me contó lo que le había pasado desde ayer por la mañana. Me tranquiliza que no fuera nada demasiado serio, pero me inquieta que la tuvieran encerrada en un sótano. ¿Por qué iban a retenerla contra su voluntad el Camarón y su madre? Esa mujer estaba intentando engañarme claramente cuando me dijo: «Las respuestas a tus preguntas las tiene alguien muy cercano a ti».

Sí, claro, y *tan* cercano... La persona con las respuestas la tenía a menos de dos metros.

Creo que esta información es una de las mejores pistas que hemos conseguido esta semana, pero no tengo ni idea de por qué la tenían secuestrada. Es lo primero que tenemos que averiguar mañana. Y por eso estoy procurando que las notas sean detalladas y precisas, para que podamos tener algo de ventaja.

Ya he anotado que Charlie tiene que ir a la comisaría a pedir que le devuelvan todas sus pertenencias. No podrán quedárselas cuando deje de estar desaparecida y necesitamos las cartas y los diarios desesperadamente. La clave de todo esto podría estar escrita en alguna parte, y hasta que no volvamos a tener todo en nuestro poder, estamos en un callejón sin salida.

La puerta del baño se abre del todo y la oigo caminar hacia la cama. Estoy sentado en el escritorio aún ocupado con las notas. La miro cuando se sienta en el borde de la cama con los pies colgando mientras me observa.

Esperaba que después de su terrible experiencia estuviera más afectada, pero es fuerte. Me ha escuchado con atención mientras le contaba todo lo que sabía y no ha dudado de mí ni una sola vez. Incluso ha expuesto algunas teorías.

—Conociéndome, es probable que mañana intente huir si me despierto en una habitación de hotel con un tipo al que no conozco —dice—. Creo que debería escribirme una nota en la que diga que espere al menos hasta el mediodía antes de salir corriendo y pegarla en la puerta.

¿Ves? Valiente *y* lista.

Le doy un trozo de papel y una pluma, escribe la nota y la pone en la puerta de la habitación.

—Deberíamos intentar dormir un poco —le digo—. Si esto vuelve a ocurrir, tenemos que estar bien descansados.

Ella asiente y se echa en la cama. Ni siquiera pensé en pedir dos camas. No sé por qué. No es que haya planeado cómo va a transcurrir la noche. Creo que soy extremadamente protector con ella. La idea de no saber que está a mi lado me incomoda demasiado, aunque fuera en otra cama a metro y medio.

Pongo el despertador a las diez y media de la mañana. Eso nos dará tiempo de despertarnos y prepararnos, pero también de dormir seis horas. Apago las luces y me meto en la cama.

Ella está en su lado y yo en el mío, y estoy haciendo esfuerzos para no acercarme y cucharear o al menos rodearla con un brazo. No quiero asustarla, pero de alguna forma me parece natural hacer esas cosas.

Ahueco la almohada y le doy la vuelta para poner la cara en el lado más fresco. Me pongo mirando a la pared, dándole la espalda, para que no se sienta incómoda por tener que compartir la cama conmigo.

—¿Silas? —susurra.

Me gusta su voz. Es reconfortante a la vez que electrizante.

—¿Sí?

Oigo cómo se da la vuelta para mirarme, pero yo sigo dándole la espalda.

—No sé por qué, pero creo que dormiremos mejor si me abrazas. No tocarte me resulta más incómodo que tocarte.

Aunque la habitación está a oscuras, intento contener la sonrisa. Me doy la vuelta inmediatamente y ella se apoya sobre mi pecho. La rodeo con el brazo y la acerco hacia mí; su cuerpo encaja a la perfección con el mío, entrelazamos los pies.

«Esto.»

Esto debe de ser por lo que tenía la necesidad irrefrenable de encontrarla. Porque hasta este preciso instante no sabía que Charlie no era la única que había desaparecido. Una parte de mí tuvo que desaparecer junto a ella. Porque esta es la primera vez, desde que me desperté ayer, que me siento como yo mismo... como Silas Nash.

Encuentra mi mano en la oscuridad y desliza los dedos entre los míos.

—¿Tienes miedo, Silas?

Suspiro, no me gusta nada que se esté quedando dormida pensando en eso.

—Estoy preocupado —le digo—. No quiero que vuelva a ocurrir. Pero no tengo miedo porque esta vez sé dónde estás.

Si se pudiera escuchar una sonrisa, la suya sería una canción de amor.

—Buenas noches, Silas —dice en voz baja.

Sus hombros suben y bajan cuando suelta un profundo suspiro. Su respiración se ralentiza al cabo de unos minutos y sé que está dormida.

Antes de que yo cierre los ojos, se recoloca y vislumbro su tatuaje. La silueta de unos árboles asoma por la parte superior de la espalda de su camiseta.

Ojalá hubiera una carta que describiera la noche en la que nos hicimos estos tatuajes. Daría cualquier cosa por recuperar ese recuerdo, por ver cómo éramos cuando nos queríamos tanto que creíamos que sería para siempre.

Tal vez sueñe con esa noche si me duermo pensando en ella.

Cierro los ojos, sabiendo que esto es exactamente como tiene que ser.

Charlie y Silas.

Juntos.

No sé por qué empezamos a distanciarnos, pero estoy seguro de una cosa: no permitiré que vuelva a ocurrir.

Le beso con suavidad el pelo. Algo que probablemente haya hecho un millón de veces, pero las polillas borrachas de una sola ala que revolotean en mi estómago hacen que parezca la primera vez.

—Buenas noches, nenita Charlie.

18

Charlie

Me despierto con la luz del sol.

Entra por la ventana y me calienta la cara. Me doy la vuelta para buscar a Silas, pero su almohada está vacía.

Por un momento temo que se haya marchado o que alguien se lo haya llevado. Pero entonces oigo el tintineo de una taza y cómo se mueve por la habitación. Cierro los ojos agradecida. Huelo la comida. Me doy la vuelta.

—El desayuno —dice.

Salgo de la cama cohibida por mi aspecto. Me paso los dedos por el pelo y me froto los ojos. Silas está sentado en el escritorio, tomando café y escribiendo algo en un papel.

Acerco una silla, me siento frente a él, tomo un cuernito y me paso el pelo por detrás de las orejas. No tengo ganas de comer, pero lo hago. Él quiere que estemos bien descansados y alimentados antes de que el reloj marque las once. Pero tengo los nervios en el estómago al recordar cómo me sentí al despertarme sin recuerdos hace dos días. No quiero que vuelva a ocurrir. No me gustó entonces y no me va a gustar esta vez.

Cada pocos segundos levanta la vista y nuestras miradas se juntan antes de que vuelva a su tarea. Él también parece estar nervioso.

Después del cuernito como tocino, luego huevos y un *bagel*. Me termino el café de Silas, me bebo mi jugo de naranja y me levanto de la silla. Sonríe y se señala la comisura de la boca. Me toco la cara para sacudirme las migajas y noto cómo me ruborizo. Pero él no se está riendo de mí. Eso lo sé.

Me da un cepillo de dientes nuevo y me acompaña al baño. Nos cepillamos los dientes juntos, mirándonos el uno al otro en el espejo. Tiene los pelos de punta y yo estoy despeinada. Es un poco cómico. No puedo creer que esté en la misma habitación que el chico de mis sueños. Es surrealista.

Cuando salimos del baño miro el reloj. Nos quedan diez minutos. Silas tiene los apuntes preparados y yo también. Los extendemos sobre la cama para que todo quede a nuestro alrededor. Todo lo que sabemos está aquí. Esta vez va a ser diferente. Estamos juntos. Tenemos a Landon. Vamos a resolver esto. Nos sentamos en la cama el uno frente al otro tocándonos con las rodillas. Desde donde estoy veo los números rojos del despertador que marcan las 10:59. Un minuto. Mi corazón se acelera. Tengo mucho miedo.

Empiezo la cuenta atrás en mi cabeza. 59... 58... 57... 56...

Cuento hasta treinta y, de repente, Silas se inclina hacia delante. Me acaricia la cara. Lo huelo, siento su aliento en mis labios.

Pierdo la noción del tiempo. No tengo ni idea de en qué segundo estamos.

—Nunca nunca —susurra. Su calor, sus labios, sus manos. Acerca su boca a la mía, me besa intensamente y yo...

TERCERA PARTE

1

Charlie

Lo primero que noto son los golpes en el pecho. Tan fuertes que duelen. ¿Por qué me late el corazón con tanta fuerza? Inhalo profundo por la nariz y, al exhalar, abro los ojos.

Luego me dejo caer hacia atrás.

Por suerte estoy en una cama y reboto en el colchón. Me aparto del hombre que me está mirando fijamente y me pongo de pie. Lo miro desconfiada mientras retrocedo. Me está mirando, pero no se ha movido. Los latidos se suavizan un poco. «Un poco.»

Es joven. No es un hombre adulto todavía, tal vez tenga dieciocho años o veintipocos. Siento el impulso de salir corriendo. Una puerta... necesito encontrar una puerta, pero si aparto la mirada de él, tal vez...

—¿Quién demonios eres? —pregunto.

Me da igual quién sea. Solo quiero distraerlo mientras busco una forma de salir de aquí.

Permanece callado un momento mientras me estudia.

—Iba a preguntarte lo mismo —dice.

Su voz hace que deje de moverme de un lado a otro

287

durante unos segundos. Es profunda... tranquila. Profundamente tranquila. A lo mejor estoy exagerando. Voy a responderle, que es lo que se debe hacer cuando alguien te hace una pregunta, pero no puedo.

—Yo te pregunté primero —digo. ¿Por qué no me resulta familiar mi propia voz? Me llevo una mano a la garganta y me agarro el cuello.

—Soy... —vacila—. ¿No lo sé?

—¿No lo sabes? —pregunto incrédula—. ¿Cómo que no lo sabes?

Veo la puerta y me voy acercando, sin dejar de mirarlo. Está sentado de rodillas en la cama, pero parece alto. Tiene los hombros anchos y se le marca la playera. Si viene por mí, dudo que pueda defenderme. Mis muñecas parecen pequeñas. ¿*Parecen* pequeñas? ¿Por qué no sé que mis muñecas *son* pequeñas?

Es el momento. Tengo que hacerlo ya.

Me lanzo hacia la puerta. Está a pocos metros; si consigo abrirla, puedo salir corriendo a buscar ayuda. Grito mientras corro. Es un grito espeluznante, desgarrador. Agarro la manija de la puerta y miro hacia atrás para ver dónde está.

Sigue en el mismo sitio, con las cejas arqueadas.

—¿Por qué estás gritando?

Me detengo.

—¿Por...? ¿Por qué no me persigues?

Estoy justo delante de la puerta. Podría abrirla ahora mismo y salir corriendo incluso antes de que se levante de la cama, él lo sabe, yo lo sé, entonces, ¿por qué no intenta detenerme?

Se pasa una mano por la cara y sacude la cabeza, dando un profundo suspiro.

—¿Cómo te llamas? —pregunta.

Estoy a punto de decirle que eso no es asunto suyo, y entonces me doy cuenta de que no lo sé. No conozco mi maldito nombre. Así que...

—Delilah.

—¿*Delilah?* —pregunta.

Está bastante oscuro, pero juraría que está sonriendo.

—Sí, ¿qué pasa? ¿No te gusta o qué?

Sacude la cabeza.

—Delilah es un nombre perfecto —dice—. Escucha, *Delilah*. No sé qué estamos haciendo aquí, pero justo detrás de tu cabeza hay un papel pegado en la puerta. ¿Podrías cogerlo y leerlo?

Tengo miedo de darme la vuelta y que me ataque. Tanteo la puerta con la mano sin darme la vuelta. Cojo el papel y me lo pongo delante de la cara.

¡Charlie, no abras la puerta todavía! El chico que está en la habitación contigo es de fiar. Ve a la cama y lee todas las notas. Te ayudarán a entender.

—Creo que es para ti —le digo—. ¿Te llamas Charlie?

Miro al muchacho de la cama. Él también está leyendo algo. Levanta la vista y me tiende un rectángulo blanco pequeño que tiene en las manos.

—Mira esto —dice.

Doy un paso hacia delante, luego otro y luego otro. Es una licencia de conducir. Miro la foto y después miro su cara. Es la misma persona.

—Si tú te llamas Silas, ¿quién es Charlie?

—Eres *tú* —dice.

—¿*Yo?*

—Sí.

Se agacha para levantar una hoja de cuaderno de la cama.

—Lo dice aquí.

Me extiende el papel y yo le devuelvo la licencia.

—Charlie no es un nombre de chica —digo. Empiezo a leer todo lo que dice y, de repente, todo me da vueltas. Me dejo caer en el borde de la cama y me siento—. Pero ¿esto qué es?

El Silas este también está leyendo. Recorre con la vista el papel que tiene delante. Lo voy mirando de vez en cuando y, cada vez que lo hago, el corazón se me acelera un poco.

Leo más. Cada vez estoy más confundida. Se supone que las notas las hemos escrito este chico y yo, pero nada tiene sentido. Mientras leo, cojo una pluma y copio la nota que estaba en la puerta para ver si realmente la escribí *yo*.

La letra es exactamente la misma.

—¡Buah, buah, buah! —digo—. ¡Esto es muy loco!

Dejo la hoja y sacudo la cabeza. ¿Cómo puede ser todo esto real? Es como leer una novela. Pérdida de memoria, padres que traicionan a sus familias, vudú. «Dios mío.» De repente, tengo ganas de vomitar.

¿Por qué no puedo recordar quién soy? ¿Lo que hice ayer? Si lo que dicen estas notas es cierto... Estoy a punto de decirlo en voz alta cuando Silas me pasa otro papel.

Solo tienen 48 horas. No se centren en por qué no pueden recordar las cosas o lo raro que es. Céntrense en resolverlo antes de que vuelvan a perder la memoria.

Charlie

También es mi letra.

—Soy convincente —digo.

Él asiente.

—Entonces... ¿dónde estamos?

Me giro y observo a mi alrededor. Hay restos de comida en la mesa. Silas señala en la mesita de noche uno de esos folletos verticales. Un hotel. En Nueva Orleans. «Genial.»

Voy hacia la ventana para echar un vistazo fuera justo cuando alguien llama a la puerta.

Los dos nos quedamos paralizados.

—¿Quién es? —grita Silas.

—¡Soy *yo*! —responde una voz.

Silas me hace señas para que me vaya al otro lado de la habitación, lejos de la puerta. No le hago caso.

Hace solo unos minutos que me conozco a mí misma, pero ya sé que soy testaruda.

Silas descorre el pestillo y abre un poco la puerta. Una cabeza morena y despeinada se asoma.

—Hey —dice el chico—. Ya volví. 11:30 en punto como dijeron.

Tiene las manos en los bolsillos y la cara roja como si hubiera venido corriendo. Lo miro, luego a Silas, otra vez a él. Se parecen.

—¿Se conocen? —pregunto.

La versión de Silas joven asiente con la cabeza.

—Somos hermanos —dice levantando la voz y señalando primero a Silas y luego a sí mismo—. Soy tu hermano —dice de nuevo mirando a Silas.

—Si tú lo dices —dice Silas con una pequeña sonrisa en la cara. Me mira a mí y luego al chico—. ¿Te molesta si echo un vistazo a tu identificación?

El chico pone los ojos en blanco y saca una cartera del bolsillo de atrás.

—Me gusta cómo pones los ojos en blanco. —Silas abre la cartera del chico.

—¿Cómo te llamas? —le pregunto.

Inclina la cabeza y me mira con los ojos entornados.

—Soy *Landon* —dice como si yo tuviera que saberlo—. El hermano Nash más guapo.

Sonrío tímidamente mientras Silas revisa la identificación. Es buen chico. Se le nota en la mirada.

—Entonces —digo mirando a Silas—, ¿tú tampoco sabes quién eres? ¿Vamos a intentar resolver esto juntos? ¿Y cada cuarenta y ocho horas volveremos a olvidarlo?

—Sí —dice—. Eso parece.

Esto es como un sueño. No parece real.

Y entonces caigo en la cuenta. «Estoy soñando.» Me echo a reír a carcajadas justo cuando Landon me pasa una bolsa. Creo que mi risa lo toma por sorpresa.

—¿Qué es esto? —pregunto mientras la abro.

—Me pediste que te trajera ropa limpia.

Miro el camisón que llevo puesto y luego la ropa.

—¿Por qué llevo esto puesto?

Se encoge de hombros.

—Es lo que llevabas anoche cuando Silas te encontró.

Silas me abre la puerta del baño. La ropa tiene las etiquetas todavía, así que las arranco y empiezo a cambiarme. Un top negro de manga larga muy mono y unos jeans que parecen hechos a la medida. «¿En los sueños se estrena ropa?»

—¡Me encanta este sueño! —grito desde el interior del baño.

Cuando ya me he vestido, abro la puerta y doy una palmada.

—Anden, chicos. ¿Adónde vamos?

2

Silas

Echo un vistazo rápido a la habitación mientras Charlie y Landon salen. Cojo la bolsa de basura vacía del pequeño cesto que hay debajo de la mesa y guardo todas las notas. Cuando estoy seguro de haberlo recogido todo, sigo a Charlie y Landon fuera.

Charlie sigue sonriendo cuando llegamos al coche. Se cree en serio que esto es un sueño, y yo no tengo ánimos para decirle lo contrario. No es un sueño. En realidad es una pesadilla y hace más de una semana que la estamos viviendo.

Landon sube al coche, pero Charlie me espera junto a la puerta trasera.

—¿Quieres ir delante con tu «hermano»? —pregunta, haciendo el gesto de las comillas con los dedos.

Niego con la cabeza y me acerco para abrir la puerta.

—No, ve tú delante. —Se va a girar cuando la tomo del brazo. Me acerco a su oreja y le susurro—: No estás soñando, Charlie. Esto es real. Nos está pasando algo y tienes que tomártelo en serio para que lo podamos solucionar, ¿de acuerdo?

Cuando me separo de ella, veo que tiene los ojos muy

abiertos. Su sonrisa le ha desaparecido del rostro y no asiente. Simplemente, se mete en el coche y cierra la puerta.

Yo me siento detrás y saco el teléfono de mi bolsillo. Tengo un aviso de recordatorio, lo abro.

> Vayan a la comisaría primero. Consigan la mochila y lean todas las notas y las entradas de los diarios que puedan... tan rápido como sea posible.

Cierro el recordatorio sabiendo que tendré cinco avisos más en las próximas horas. Lo sé... Lo sé porque recuerdo haber escrito todos y cada uno de ellos anoche.

Recuerdo haber escrito todas las notas que llevo en la bolsa de basura.

Recuerdo haber tomado la cara de Charlie justo antes de que dieran las 11:00.

Recuerdo haberle susurrado «nunca nunca» justo antes de besarla.

Y recuerdo que diez segundos después de que se encontraran nuestros labios... se cayó hacia atrás y ya no tenía ni idea de quién era yo. No tenía ningún recuerdo de las últimas cuarenta y ocho horas.

Pero... yo recuerdo todos y cada uno de los minutos de los dos últimos días.

No podía decirle la verdad. No quería asustarla, y hacerle creer que yo estaba en la misma situación que ella parecía la opción más tranquilizadora.

No sé por qué yo no he perdido la memoria esta vez y ella sí. Debería aliviarme que, sea lo que sea lo que nos pasa, parece haberse terminado para mí, pero no siento ningún alivio. Estoy decepcionado. Habría preferido perder la memoria con ella otra vez a tener que dejarla sola en esto. Al menos, cuando nos pasaba a los dos, sabíamos que era algo que podíamos resolver juntos.

Lo que parecía ser un patrón ya no lo es, y me da la impresión de que eso lo hace todavía más difícil de resolver. ¿Por qué yo me he librado esta vez? ¿Por qué ella no? ¿Por qué siento que no debo ser sincero con ella? ¿He cargado siempre con tanta culpa?

Sigo sin saber quién soy ni quién era antes. Solo tengo las últimas cuarenta y ocho horas como pasado, y eso no es mucho. Pero es más que la media hora que tiene Charlie.

Debería ser sincero con ella, pero no puedo. No quiero que se asuste, y creo que el único consuelo que tiene ahora mismo es pensar que no está sola.

Landon no deja de observarnos, primero a mí, luego a ella. Sé que piensa que hemos perdido la cabeza. Un poco sí que ha sido así, pero no de la forma que él cree.

Me cae bien Landon. No estaba seguro de que fuera a venir esta mañana tal y como le pedí porque sigue teniendo dudas. Me gusta que, a pesar de que dude de nosotros, su lealtad hacia mí prevalezca por encima de la razón. Creo que muy poca gente posee esa cualidad.

Permanecemos callados durante todo el trayecto a la comisaría, hasta que Charlie se gira hacia Landon y lo mira fijamente.

—¿Cómo sabes que no te estamos mintiendo? —le pregunta—. ¿Por qué nos ibas a seguir la corriente si no fuera porque tienes algo que ver con lo que nos ha pasado?

Sospecha más de él que de mí.

Landon aprieta el volante y me mira a través del espejo retrovisor.

—Yo *no* sé que no están mintiendo. Por lo que a mí respecta, seguro que se están divirtiendo de lo lindo. Un noventa por ciento de mí cree que es una mentira y que no tienen nada mejor que hacer. Un cinco por ciento de mí cree que tal vez están diciendo la verdad.

—Eso solo suma noventa y cinco por ciento —intervengo desde el asiento de atrás.

—Es que el otro cinco por ciento de mí cree que soy *yo* el que se ha vuelto loco —dice.

Charlie se ríe.

Llegamos a la comisaría y Landon encuentra un sitio para estacionarse. Antes de que apague el motor, Charlie dice:

—Para que me quede claro, ¿qué es lo que tengo que decir? ¿Que vengo por mi mochila?

—Voy contigo —le digo—. La nota decía que todo el mundo piensa que has desaparecido y que yo era el sospechoso. Si entramos juntos, no tendrán razones para seguir investigando.

Mientras vamos hacia el interior de la comisaría, dice:

—¿Por qué no les decimos lo que nos está pasando sin más? ¿Que no podemos recordar nada?

Me detengo con una mano apoyada en la puerta.

—Porque no, Charlie. En las notas nos advertimos específicamente que *no* lo hiciéramos. Es preferible que confiemos en las versiones de nosotros que no recordamos que en gente que no nos conoce de nada.

Asiente.

—Bien pensado —dice. Se detiene e inclina la cabeza hacia un lado—. Me pregunto si serás listo.

Su comentario me hace reír.

Cuando entramos el vestíbulo está vacío. Me acerco a la ventanilla. No hay nadie al otro lado, pero veo un interfono, así que le doy al botón y se activa.

—¿Hola? —digo—. ¿Hay alguien ahí?

—¡Ya voy! —grita una mujer. Unos segundos después aparece detrás del mostrador. Su mirada se llena de preocupación al vernos a Charlie y a mí.

—¿Charlie? —pregunta.

Charlie asiente y se aprieta las manos nerviosa.

—Sí —dice—. Vine por mis cosas. ¿Una mochila?

La mujer mira fijamente a Charlie durante unos segundos y luego le mira las manos. Los gestos de Charlie hacen que parezca nerviosa... como si estuviera ocultando algo. La mujer nos dice que va a ver qué encuentra y desaparece de nuevo tras el mostrador.

—Intenta tranquilizarte —susurro a Charlie—. Si no, parecerá que te estoy obligando a hacerlo. Ya sospecha de mí.

Charlie dobla las manos, asiente y se lleva el pulgar a la boca. Empieza a mordisquearlo.

—No sé cómo aparentar tranquilidad —dice—. *No* estoy tranquila. Estoy perdidísima.

La mujer no vuelve, pero una puerta se abre a nuestra izquierda y aparece un agente uniformado. Nos mira y hace un gesto para que lo sigamos.

Entra en un despacho y se sienta detrás de la mesa. Señala con la cabeza las dos sillas que tiene enfrente, así que los dos nos sentamos. No parece estar muy contento, se inclina hacia delante y se aclara la garganta.

—¿Tienes idea de cuánta gente está buscándote en este momento, jovencita?

Charlie se tensa. Noto cómo se apodera de ella la confusión. Sé que todavía está intentando procesar lo ocurrido en la última hora, así que respondo por ella.

—Lo sentimos mucho, de verdad —le digo. Sigue mirando a Charlie durante unos segundos y luego se gira hacia mí—. Discutimos. Ella decidió desaparecer un par de días para procesarlo todo. No sabía que hubiera gente buscándola o que fueran a denunciar su desaparición.

El agente me mira hastiado.

—Agradezco que pueda responder por su novia, pero prefiero escuchar lo que la señorita Wynwood tiene que decir. —Se levanta, imponiéndose sobre nosotros y señala la puerta—. Espere fuera, señor Nash. Me gustaría hablar con ella a solas.

«Mierda.»

No quiero dejarla sola con él. Vacilo, pero Charlie me toca el brazo para tranquilizarme.

—No pasa nada. Espera fuera —dice.

La miro con detenimiento, parece segura de sí misma. Me levanto con desgana y la silla chirría mientras la arrastro hacia atrás. No vuelvo a mirar al agente. Salgo, cierro la puerta y empiezo a dar vueltas por el vestíbulo vacío.

Charlie sale unos minutos más tarde con la mochila colgada del hombro y una sonrisa triunfal. Le devuelvo la sonrisa, sabiendo que no debería haber pensado que los nervios se apoderarían de ella. Es la cuarta vez que empieza desde cero y siempre ha salido airosa. Esta vez no debería ser diferente.

Cuando llegamos al coche, dice:

—Sentémonos los dos atrás y empecemos a revisarlo todo.

Landon ya está molesto porque cree que todo esto es una broma y que encima lo estamos obligando a ser nuestro chofer.

—¿Adónde ahora? —pregunta Landon.

—Danos una vuelta hasta que decidamos dónde ir —le digo.

Charlie abre la mochila y empieza a rebuscar en su interior.

—Creo que deberíamos ir a la cárcel —dice—. Puede que mi padre tenga alguna explicación.

—¿Otra vez? —pregunta Landon—. Silas y yo ya lo intentamos ayer. No nos dejaron hablar con él.

—Pero yo soy su hija —dice. Me mira como pidiendo mi aprobación en silencio.

—Estoy de acuerdo con Charlie —digo—. Vayamos a ver a su padre.

Landon suspira profundamente.

—Ya me urge que esto acabe —dice, girando bruscamente a la derecha al salir del estacionamiento de la comisaría—. Esto es ridículo —murmura.

Pone la radio y sube el volumen al máximo.

Empezamos a sacar cosas de la mochila. Hay dos montones que recuerdo haber separado hace un par de días cuando empecé a revisar todas estas cosas. Uno de ellos es útil para nosotros, el otro no. Le paso a Charlie los diarios y yo me pongo a revisar las cartas, esperando que no se dé cuenta de que me estoy saltando algunas que ya leí.

—Estos diarios están llenos —dice mientras los hojea—. Si escribía tanto y tan a menudo, ¿no debería tener uno actual? No veo ninguno de este año.

Tiene razón. Cuando estuve en el ático cogiendo sus cosas, no vi nada que pareciera que estuviera usando últimamente.

Me encojo de hombros.

—A lo mejor lo pasamos por alto cuando recogimos todo esto.

Se inclina hacia delante y dice levantando la voz por encima de la música:

—Quiero ir a mi casa —le dice a Landon.

Se deja caer en el asiento y abraza la mochila. No sigue revisando las cartas ni los diarios. Se queda mirando por la ventanilla en silencio mientras nos dirigimos a su barrio.

Cuando llegamos a su casa, vacila antes de abrir la puerta del coche.

—¿Vivo aquí? —pregunta.

Estoy seguro de que no se esperaba algo así, pero tampoco puedo decirle nada ni advertirle sobre lo que se va a encontrar dentro porque sigue creyendo que yo también he perdido la memoria.

—¿Quieres que entre contigo?

Niega con la cabeza.

—No creo que sea buena idea. En las notas decía que te mantuvieras alejado de mi madre.

—Es verdad —digo—. Bueno, en las notas dice que encontramos tus cosas en el ático. Igual es mejor que ahora busques por tu habitación. Si llevabas un diario reciente, es probable que esté cerca de la cama.

Asiente, sale del coche y camina hacia la casa. La observo hasta que desaparece en su interior.

Veo a Landon mirándome con desconfianza por el retrovisor. Evito el contacto visual con él. Sé que no nos cree, pero, si se entera de que tengo recuerdos de las últimas cuarenta y ocho horas, *seguro* que va a pensar que estoy mintiendo. Y dejaría de ayudarnos.

Encuentro una carta que todavía no había leído y empiezo a abrirla justo cuando se abre la puerta trasera. Charlie deja una caja dentro del coche y me alivia ver que está llena de cosas, incluido otro diario. Se está metiendo en el vehículo cuando se abre la puerta delantera. Ahora es Janette la que se une a la fiesta.

Charlie se inclina hacia mí hasta que estamos hombro con hombro.

—Me parece que es mi hermana —susurra—. Me parece que no le caigo muy bien.

Janette cierra de un portazo, se gira inmediatamente y me clava la mirada.

—Gracias por avisarme que mi hermana está viva, imbécil.

Se gira de nuevo y descubro a Charlie intentando contener la risa.

—Es una broma, ¿no? —dice Landon mirando a Janette.

No parece muy contento de que Janette nos acompañe. Ella niega con la cabeza y gruñe.

—Oh, vamos —le dice a Landon—. Hace ya un año que lo dejamos. No te vas a morir por estar en el coche conmigo. Además, no pienso quedarme en casa todo el día con Laura la Loca.

—Por Dios —dice Charlie. Se inclina hacia delante—. ¿Ustedes dos salían juntos?

Landon asiente.

—Sí. Pero de eso hace muuuuuuuucho tiempo. Y solo duró una semana.

Mete reversa y empieza a retroceder.

—*Dos* semanas —aclara Janette.

Charlie me mira y levanta una ceja.

—La trama se complica... —dice.

En mi opinión, la presencia de Janette va a ser más una intrusión que una ayuda. Al menos Landon sabe lo que nos está pasando. Janette no tiene pinta de que se vaya a tomar algo así muy bien.

Saca un brillo de labios del bolso y se lo aplica mirándose en el espejo del copiloto.

—Entonces, ¿adónde vamos?

—A ver a Brett —responde Charlie con indiferencia mientras rebusca en la caja.

Janette se da la vuelta.

—¿Brett? ¿Brett nuestro *padre*? ¿Vamos a ver a *papá*?

Charlie asiente mientras saca un diario de la caja.

—Sí —dice. Mira a Janette—. Si tienes algún problema, podemos llevarte de vuelta a casa.

Janette cierra la boca y se gira de nuevo lentamente.

—No tengo ningún problema —dice—. Pero no pienso bajarme del coche. No quiero verlo.

Charlie me mira con la ceja arqueada y se acomoda en el asiento para ver el diario. Cuando lo abre, se cae una carta doblada y la levanta para leerla primero. Inspira profundamente y luego me mira y dice:

—Bueno, allá vamos, *nenito Silas*. Vamos a conocernos.

Abre la carta y empieza a leer.

Yo cojo la carta que me falta por leer y me acomodo también en el asiento.

—Allá vamos, *nenita Charlie*.

3

Charlie

Nenita Charlie:

Mi madre me ha visto el tatuaje. Pensaba que podría ocultarlo durante un par de años, pero justo estaba quitándome el vendaje esta mañana cuando entró en mi habitación sin llamar.

¡Hacía tres años que no entraba sin llamar! Supongo que creyó que no estaba en casa. Tendrías que haber visto su cara cuando se dio cuenta de lo que había hecho. Si solo el tatuaje ya le pareció mal, no quiero ni imaginarme qué habría pasado si supiera que es una representación de ti.

Por cierto, gracias por eso. Usar los significados ocultos de nuestros nombres era una idea mucho mejor que tatuarnos directamente los nombres. Le dije que las perlas eran un símbolo de las puertas perladas del cielo, o alguna bobada así. Después de eso no tuvo mucho que decir, ya que ella es la primera en acudir a la iglesia cada vez que abren las puertas.

Quería saber quién me lo había hecho a pesar de tener solo dieciséis años, pero me negué a decírselo. Me sorprende que no lo dedujera ella porque justo hace un mes que le conté que el hermano mayor de Andrew era tatuador.

En fin. Estaba disgustada, pero le juré que no me haría ninguno más. Me dijo que me asegurase de no quitarme nunca la camiseta delante de papá.

Aún estoy impactado de que los dos fuéramos capaces de hacerlo. Estaba medio bromeando cuando lo dije, pero, como te vi tan animada, me di cuenta de que yo también iba en serio. Sé que la gente dice que nunca se haría un tatuaje relacionado con su pareja, y sé que solo tenemos dieciséis, pero es que no veo que pueda pasar nada en esta vida que haga que no quiera tenerte en mi piel.

Nunca querré a nadie como te quiero a ti.

Y si sucediera lo peor y acabáramos separándonos, nunca me arrepentiré de este tatuaje. Has sido una parte enorme de mi vida durante los dieciséis años que llevo vivo y, sigamos estando juntos o no, quiero recordarla. Tal vez estos tatuajes sean más algo conmemorativo que dar por hecho que estaremos juntos siempre. En cualquier caso, espero que dentro de quince años miremos los tatuajes y nos sintamos agradecidos por este capítulo de nuestras vidas y que no haya ni el más mínimo arrepentimiento. Estemos juntos o no.

Tengo que decirte que creo que eres mucho más fuerte que yo. Esperaba tener que tranquilizarte y decirte que el dolor era pasajero, pero resulta que fue al revés. A lo mejor el mío dolía más que el tuyo. ;)

Bueno, es tarde. Estoy a punto de llamarte y darte las buenas noches, pero, como siempre, primero tenía que escribirte una carta con todos mis pensamientos. Sé que ya lo he dicho antes, pero me encanta que sigamos escribiéndonos cartas. Los mensajes de teléfono se borran y las conversaciones desaparecen, pero juro que guardaré todas y cada una de las cartas que me has escrito hasta el día en que me muera. #CorreoPostalForever.

Te quiero. Tanto como para camuflarte en mi piel. Nunca te detengas. Nunca olvides.

SILAS

Miro a Silas en el asiento de al lado, sigue absorto en su lectura. Me gustaría ver ese tatuaje, pero no tengo suficiente confianza como para pedirle que se quite la camiseta.

Hojeo algunas cartas más hasta que encuentro una que le escribí. Tengo curiosidad por ver si yo estoy tan enamorada como él parece estarlo.

Silas:

No puedo dejar de pensar en la otra noche cuando nos besamos. Ni en tu carta en la que contabas cómo te habías sentido.

Nunca había besado a nadie. No cerré los ojos. Estaba demasiado asustada. En las películas cierran los ojos, pero yo no fui capaz. Quería saber si tú los tenías cerrados y ver cómo eran tus labios junto a los míos. Y también quería saber qué hora era para poder recordar el momento exacto en el que nos dimos nuestro primer beso (eran las 11:00, por cierto). Y tuviste los ojos cerrados todo el rato.

Después me fui a casa y me quedé mirando a la pared durante una hora. Seguía sintiendo tu boca en la mía aunque ya no estuvieras conmigo. Era una locura, no sé si es normal que pase eso. Y siento no haber contestado a tus llamadas después de eso. No quería preocuparte, pero necesitaba tiempo. Sabes cómo soy. Tengo que procesarlo todo, y tengo que hacerlo sola. Y besarte era algo que necesitaba procesar. Algo que hacía mucho tiempo que deseaba que sucediera, pero sé que nuestros padres van a pensar que estamos locos. Mi madre dice que la gente de nuestra edad no puede enamorarse de verdad, pero no creo que sea cierto. Los mayores presumen de que nuestros sentimientos no pueden ser tan grandes e importantes como los suyos, que somos demasiado jóvenes para saber qué queremos realmente. Pero creo que lo que queremos nosotros es bastante parecido a lo que quieren ellos. Queremos encontrar a alguien que crea en nosotros. Alguien que esté de nuestro lado y que haga que nos sintamos menos solos.

Me da miedo que pase algo que haga que dejes de ser mi mejor amigo. Los dos sabemos que hay mucha gente que dicen ser amigos, pero no actúan como tal; sin embargo, tú nunca has sido así. Estoy divagando. Me gustas mucho, Silas. En plan muchísimo. Puede que más que el algodón de azúcar con sabor a manzana verde, y los caramelos NERDS, ¡incluso más que el SPRITE! Sí, leíste bien.

CHARLIE

Qué mona. Era una chica dulce enamorándose de un chico por primera vez. Me gustaría poder recordar cómo fue el primer beso. Me pregunto si llegamos a algo más que besarnos. Hojeo más cartas, echando un vistazo rápido a cada una de ellas. Doy con una que tiene una palabra que me llama la atención.

Querido Silas:

Llevo como media hora intentando escribir esta carta y no sé cómo expresar lo que quiero decir. Supongo que tendré que hacerlo sin más, ¿no? Tú siempre te expresas muy bien y a mí me cuesta más.

No puedo dejar de pensar en lo que hicimos la otra noche. Eso que haces con la lengua... me dan ganas de desmayarme solo con recordarlo. ¿Estoy siendo demasiado directa? ¿Estoy mostrando mis cartas? Eso es lo que siempre me dice mi padre: «No le enseñes a la gente todas tus cartas, Charlie».

No tengo ninguna carta que quiera esconderte. Siento que puedo confiarte todos mis secretos. Silas, no puedo esperar a que vuelvas a besarme de esa forma otra vez. Anoche, cuando te fuiste tuve un montón de sentimientos irracionales y rabia hacia todas las chicas del planeta. Sé que es estúpido, pero no quiero que le hagas a nadie más eso que haces con la lengua. No me considero una persona celosa, pero me siento celosa de todas las personas que te han gustado antes que yo. No quiero que pienses que estoy loca, Silas, pero, si alguna vez miras a otra chica de la misma forma en la que me miras a mí, te arrancaré los ojos con una cuchara. Probablemente, también la mate a ella y haga que parezca que fuiste tú. Así que, a menos que quieras ser un preso ciego, te recomiendo que me mires solo a mí.

¡Te veo a la hora de la comida!

¡Te quiero!

CHARLIE

Me ruborizo muchísimo y miro de reojo a Silas. Así que hemos... Me ha...

Me guardo la carta debajo de la pierna para que no la pueda leer. Qué vergüenza. Hacer eso con alguien y no recordarlo. Sobre todo cuando, por lo visto, era tan bueno haciendo eso con la lengua. *¿Eso?* Vuelvo a mirarlo y esta vez él también me mira. De repente noto muchísimo calor.

—¿Qué? ¿Por qué me miras así?

—¿Así *cómo*? —pregunto, apartando la mirada.

En ese momento me doy cuenta de que no sé qué cara tengo. ¿Seré guapa? Rebusco por la mochila hasta que encuentro mi cartera. Saco la identificación y la miro. Estoy... *bien*. Primero me fijo en los ojos porque se parecen mucho a los de Janette. Pero creo que probablemente ella sea más guapa que yo.

—¿A quién crees que nos parecemos más, a mamá o a papá? —le pregunto a Janette.

Pone los pies sobre el tablero y dice:

—A mamá, gracias a Dios. Me moriría si fuera tan pálida como papá.

Me hundo un poco en el asiento ante esa respuesta. Esperaba que nos pareciéramos a nuestro padre porque así, cuando lo vea dentro un rato, al menos me resultaría un poco familiar. Cojo el diario para intentar distraerme del hecho de que no recuerdo nada de las personas que me trajeron a este mundo.

Busco la última página escrita del diario. Tal vez debería haberlo leído antes, pero necesitaba más contexto. Hay dos entradas ese día, empiezo con la primera.

VIERNES, 3 DE OCTUBRE

El día que atropellan a tu perro.

El día que tu padre entra en la cárcel.

El día en que tienes que dejar la casa de tu infancia y mudarte a un cuchitril.

El día en que tu madre deja de mirarte.

El día en que tu novio le pega un puñetazo al padre de alguien.

Todos los días más espantosos de mi vida. No quiero ni hablar de ello. Sin embargo, la semana que viene todo el mundo hablará de ello. Todo sigue empeorando. Intento arreglar las cosas con todas mis fuerzas, hacerlas bien. Mantener a mi familia a flote para que no nos hundamos más. Siento que estoy nadando contra una ola gigante y que no hay forma de ganar. La gente en la escuela me mira diferente. Silas dice que es cosa mía, pero para él es más fácil verlo así. Él sigue teniendo a su padre. Su vida está intacta. Tal vez no sea justo que lo diga, pero me saca de quicio que me diga que todo va a ir bien, porque no es así. Claramente. Cree que su padre es inocente. ¡YO NO LO CREO! ¿Cómo puedo estar con alguien cuya familia me desprecia? Como no pueden odiar a mi padre, porque no está, proyectan todo ese odio sobre mí. Mi familia ha hecho quedar mal a su familia perfecta. Mi padre se pudre en la cárcel mientras ellos siguen con sus vidas como si él no importara. Lo que le han hecho a mi familia importa y no todo va a salir bien. Mi padre odia a Silas. ¿Cómo puedo estar con alguien que está relacionado con la persona que lo encerró? Hace que sienta asco. A pesar de todo esto, es tan difícil alejarme de él. Cuando me enojo siempre sabe qué decir. Pero en el fondo de mi corazón sé que esto no es bueno para ninguno de los dos. Silas es muy testarudo. Aunque intentara romper con él, no lo permitiría. Es como un reto para él.

¿Que yo actúo como si nada me importara? Él actúa como si yo no le importara.

¿Que le pongo los cuernos con su enemigo?

Él me pone los cuernos a mí con la hermana de su enemigo.

¿Que se entera de que estoy en el *diner* con mis amigos?

Aparece él con sus amigos.

Somos muy inestables juntos. No siempre hemos sido así. Todo comenzó cuando la cosa se complicó entre nuestros padres. Antes de eso, si me hubieran dicho que un día haría todo lo posible por librarme de él, no lo habría creído. ¿Quién iba a pensar que nuestras vidas, que encajaban a la perfección, se volverían irreconocibles de la noche a la mañana?

Las vidas de Silas y Charlie ya no encajan. Ahora todo es demasiado difícil. Requiere más esfuerzo del que cualquiera de los dos es capaz de hacer.

No quiero que me odie. Solo quiero que deje de quererme.

Así que... he estado actuando diferente. No es tan difícil porque en realidad ahora soy diferente. Pero, en lugar de esconderlo, he dejado que él lo vea. Soy mala. No sabía que era capaz de ser tan mala. Y soy distante. Dejo que me vea coqueteando con otros chicos. Hace unas horas le pegó un puñetazo al padre de Brian, cuando escuchó que le decía a un cliente que yo era la novia de Brian. Creo que nunca habíamos tenido una pelea así. Quería que me gritara. Quería que me viera como realmente soy.

Quería que viera que estaría mejor sin mí.

En lugar de eso, justo antes de que lo echaran del *diner*, se acercó a mí y me susurró al oído: «¿Por qué, Charlie? ¿Por qué quieres que te odie?». Se me hizo un nudo en la garganta y él mantuvo la mirada fija en mí mientras lo sacaban de allí. Era una mirada que nunca había visto. Estaba llena de... indiferencia. Como si finalmente hubiera dejado de tener esperanza.

Y a juzgar por el mensaje que he recibido justo antes de empezar a escribir esto... creo que finalmente ha dejado de luchar por nosotros. El mensaje decía: «Voy camino a tu casa. Me debes una ruptura en condiciones».

Está harto de todo. Hemos terminado. Definitivamente. Y debería alegrarme porque ese era mi plan desde el principio, pero en lugar de eso, no puedo parar de llorar.

4

Silas

Charlie ha estado muy callada desde que se puso a leer. No está tomando notas ni me hace comentarios sobre cosas que puedan sernos útiles. Hubo un momento en que vi cómo se limpiaba los ojos con la mano, pero, si era una lágrima, la escondió bien. Sentí curiosidad por saber qué estaba leyendo, así que miré de reojo e intenté ver qué decía el diario.

Era sobre la noche en la que rompimos. Hace solo una semana. Me gustaría poder acercarme a ella y leer juntos el resto, pero acaba de decirle a Landon que tiene que hacer pipí.

Paramos en una gasolinera a una hora del centro penitenciario. Janette se queda en el coche y Charlie viene conmigo a la tienda. O, mejor dicho, yo voy con ella. No estoy seguro. Sigo sintiendo el deseo de protegerla. En todo caso, si algo ha cambiado es que ahora me estoy implicando aún más. El hecho de recordar todo lo que ha sucedido en los últimos dos, casi tres, días ha hecho que me resulte más difícil olvidar que se supone que no la recuerdo. Pero todo lo que puedo hacer es pensar en el beso de esta mañana, cuando pensábamos que después no nos acordaríamos el uno del otro. La forma en la que me dejó que la abrazase y la besara hasta que ya no era Charlie.

Me costó muchísimo no echarme a reír cuando fingió que sabía su nombre. «¿Delilah?» Incluso aunque no tenga recuerdos, sigue siendo la misma Charlie testaruda. Es increíble cómo algunas partes de su personalidad siguen brillando hoy igual que lo hacían anoche. Me pregunto si yo me parezco en algo a quien era antes de que todo esto comenzase.

La espero hasta que sale del baño. Nos acercamos a los refrigeradores de bebidas y busco agua. Ella coge una Pepsi y casi se me escapa decirle que ella prefiere Coca-Cola por algo que leí ayer en una de las cartas, pero se supone que no recuerdo nada de ayer. Vamos a la caja y ponemos las bebidas en el mostrador.

—Me pregunto si me *gusta* la Pepsi —susurra.

Yo me río.

—Por eso yo cogí agua. Para ir sobre seguro.

Coge una bolsa de papas fritas del exhibidor y las coloca en el mostrador para que la cajera las escanee. Luego coge una bolsa de Cheetos. Luego una bolsa de aros de cebolla. Luego Doritos. No deja de amontonar *snacks* en el mostrador. Nos miramos y ella se encoge de hombros.

—Para ir sobre seguro —dice.

Cuando volvemos al coche, llevamos diez bolsas de *snacks* y ocho tipos de refrescos. Janette mira alucinada a Charlie cuando ve toda esa comida.

—Silas tiene mucha hambre —le dice a Janette.

Landon está al volante y no para de mover la pierna inquieto. Tamborilea con los dedos en el volante y dice:

—Silas, recuerdas cómo manejar, ¿verdad?

Sigo su mirada y veo dos coches de policía parados delante de nosotros. Tendremos que pasar delante de ellos para salir, pero no estoy seguro de qué es lo que pone a Landon nervioso. Charlie ya no está desaparecida, así que no tenemos motivos para estar paranoicos con la policía.

—¿Por qué no quieres manejar? —le pregunto.

Se da la vuelta para mirarme.

—Acabo de cumplir dieciséis —dice—. Solo tengo el permiso. Todavía no he sacado la licencia.

—Genial —murmura Janette.

En términos globales, conducir sin licencia no es algo que esté en mi lista de grandes preocupaciones.

—Creo que tenemos mayores problemas de los que preocuparnos que una multa —dice Charlie, dando voz a mis pensamientos—. Silas no puede conducir. Me está ayudando a ordenar toda esta mierda.

—Revisar viejas cartas de amor no es precisamente importante —dice Janette—. Si multan a Landon por el permiso, luego no le darán la licencia.

—Pues procura que no te paren —le digo—. Aún nos queda una hora de viaje y otras tres de vuelta. No puedo perder cinco horas solo porque estás preocupado por tu licencia.

—¿Por qué están tan raros? —pregunta Janette—. ¿Y por qué están leyendo viejas cartas de amor?

Charlie deja de mirar el diario y le dice a Janette:

—Estamos experimentando un caso inusual de amnesia y no podemos recordar quiénes somos. Ni siquiera sé quién eres *tú*. Date la vuelta y métete en tus asuntos.

Janette pone los ojos en blanco, resopla y se da la vuelta.

—Son unos raritos —murmura.

Charlie me sonríe y señala el diario.

—Toma —dice—. Estoy a punto de leer la última entrada.

Aparto la caja que nos separa y me acerco a ella para leerla juntos.

—¿Es raro? Compartir tu diario conmigo.

Mueve ligeramente la cabeza.

—La verdad es que no. No siento que seamos ellos.

VIERNES, 3 DE OCTUBRE

Solo han pasado quince minutos desde la última vez que escribí en este diario. En cuanto lo cerré, Silas me mandó un mensaje y me dijo que estaba fuera. Como mi madre no le deja entrar en casa, salí para escuchar qué tenía que decirme.

Al verlo me quedé sin aliento y enseguida me odié por ello. La forma en la que estaba apoyado en la Land Rover, con las piernas cruzadas a la altura de los tobillos y las manos metidas en los bolsillos de la chaqueta. Me recorrió un escalofrío, pero pensé que era porque llevaba el top de la piyama de tirantes.

Ni siquiera levantó la vista mientras me acercaba al coche. Me apoyé en él y me crucé de brazos. Permanecimos unos instantes en silencio.

«¿Puedo hacerte una pregunta?», dijo.

Se apartó del coche y se puso delante de mí. Me tensé al ver que me iba a rodear con los brazos. Bajó la cabeza hasta que nuestras caras quedaron frente a frente. No era la primera vez que estábamos en esa postura. Habíamos estado así un millón de veces, pero esta vez no me miraba como si fuera a besarme. Esta vez me miraba como si intentara averiguar quién demonios soy. Me miraba como si fuese una extraña.

«Charlie», dijo con voz ronca. Se mordió el labio inferior mientras pensaba en lo que iba a decir. Suspiró y cerró los ojos:

«¿Estás segura de que esto es lo que quieres?»

«Sí.»

Los ojos se le abrieron de par en par al ver la firmeza de mi respuesta. Me dolía el alma por lo que estaba intentando ocultar en su expresión. La conmoción. El haberse dado cuenta de que no me iba a convencer de que no lo hiciera.

Dio dos golpecitos con el puño sobre el coche y se apartó de mí. Pasé a su lado para dirigirme a casa antes de que me abandonaran las fuerzas para dejarle marchar. No dejaba de recordarme a mí misma por qué lo hacía. «No hacemos buena pareja.» «Él cree que mi padre es culpable.» «Nuestras familias se odian.» «Ahora somos diferentes.»

Cuando llegué a la puerta de casa, Silas dijo una última cosa antes de entrar en el coche:

«No te echaré de menos, Charlie.»

Ese comentario me impresionó, así que me giré y lo miré.

«Echaré de menos a la antigua tú. Echaré de menos a la Charlie de la que me enamoré. Pero esto en lo que te estás convirtiendo...», movió la mano de arriba abajo señalándome, «no es alguien a quien vaya a echar de menos».

Se metió en el coche y cerró la puerta. Salió marcha atrás por el camino de entrada y se alejó, con las ruedas chirriando por las calles de mi barrio marginal.

Se ha ido.

Una pequeña parte de mí está enojada por no haberme esforzado más. La mayor parte de mí se siente aliviada de que por fin se haya terminado.

Durante todo este tiempo, he hecho todo lo posible por recordar cómo eran las cosas entre nosotros. Él se ha convencido de que algún día podrán volver a ser así.

Mientras él pasa todo el tiempo intentando recordar... yo me paso todo el tiempo tratando de olvidar.

No quiero recordar lo que se siente besarlo.

No quiero recordar lo que se siente amarlo.

Quiero olvidar a Silas Nash y todo lo que me recuerda a él en este mundo.

5

Charlie

La cárcel no es lo que esperaba. ¿Y qué esperaba exactamente? ¿Algo oscuro y putrefacto sobre un fondo de cielo gris y una tierra baldía? No recuerdo mi aspecto, pero sí recuerdo cómo son las cárceles. Me río mientras salgo del coche y me aliso la ropa. El ladrillo rojo brilla bajo un cielo azul. En el césped crecen flores que bailan al compás de la brisa. Lo único feo del lugar es el alambre de púas de la parte superior de la valla.

—Esto no tiene tan mala pinta —digo.

Silas, que está detrás de mí, arquea una ceja.

—No eres tú la que está ahí encerrada.

Noto que me ruborizo. Puede que no sepa quién soy, pero sé que lo que acabo de decir es una estupidez total.

—Sí —digo—. Supongo que Charlie es una estúpida.

Se ríe y me toma de la mano antes de que pueda protestar. Miro hacia el coche. Janette y Landon nos miran a través de las ventanillas. Parecen dos cachorritos tristes.

—Deberías quedarte con ellos —digo—. El embarazo adolescente existe.

Se ríe.

—¿Lo dices en serio? ¿No has visto cómo se han peleado todo el camino?

—Tensión sexual —le canturreo mientras abro de golpe la puerta de la recepción.

Huele a sudor. Arrugo la nariz mientras me acerco a la ventanilla. Delante de mí hay una mujer con un niño en cada mano. Los regaña antes de ladrarle su nombre al recepcionista y pasarle la identificación.

«Mierda.» ¿Qué edad había que tener para visitar a alguien en este sitio? Busco la licencia de conducir y espero mi turno. Silas me aprieta la mano y me giro tratando de sonreír.

—Siguiente —llama una voz.

Me acerco a la ventanilla y le digo a una mujer de gesto severo a quién he venido a ver.

—¿Está usted en la lista? —me pregunta—. Asiento con la cabeza. Las cartas decían que había ido a visitar a mi padre varias veces desde que entró en prisión—. ¿Y él?

—Señala a Silas con la cabeza y él entrega su licencia de conducir.

Ella se lo devuelve y sacude la cabeza.

—No está en la lista.

—Ah —digo.

Tarda unos minutos en introducir la información en la computadora y luego me da una tarjeta de visitante.

—Deje la mochila con su amigo —dice—. Puede esperar aquí fuera.

Tengo ganas de gritar. No quiero entrar sola y hablar con un hombre que se supone que es mi padre. Silas está más tranquilo. Quiero que venga conmigo.

—No sé si puedo hacerlo —digo—. Ni siquiera sé qué preguntarle.

Me agarra de los hombros e inclina la cabeza antes de mirarme a los ojos.

—Charlie, a juzgar por sus cartas manipuladoras, este tipo es un cabrón. No te fíes de él. Consigue respuestas y lárgate, ¿de acuerdo?

Asiento.

—De acuerdo —digo—. Echo un vistazo a la lúgubre sala de espera con sus paredes amarillas y plantas fuera de lugar—. ¿Me esperarás aquí?

—Sí —dice con dulzura.

Me mira a los ojos con una pequeña sonrisa en los labios. Me hace sentir que quiere besarme y eso me asusta. Miedo a lo desconocido. Aunque en realidad sí sé qué se siente besarlo, solo que no me acuerdo.

—Si tardo mucho, igual es mejor que vayas al coche con Landon y Janette —le digo—. Ya sabes... embarazos adolescentes y demás.

Sonríe para tranquilizarme.

—Bueno —digo, dando un paso hacia atrás—, nos vemos al otro lado.

Intento aparentar que soy grande y dura mientras atravieso el detector de metales y la guarda me cachea. Pero las piernas me tiemblan. Me giro para mirar a Silas, que me observa con las manos metidas en los bolsillos. Me hace un gesto con la cabeza para que entre, y siento una pequeña oleada de valentía.

—Puedo hacerlo —digo en voz baja—. Es solo una visita a papito.

Me llevan a una sala y me piden que espere. Hay unas veinte mesas repartidas por toda la sala. La mujer que estaba delante de mí en la cola está sentada en una mesa mientras sus hijos juegan en una esquina, apilando bloques. Me siento lo más lejos posible de ellos y miro fijamente la puerta. En cualquier momento mi supuesto padre aparecerá y ni siquiera sé qué aspecto tiene. ¿Y si me equivoco? Estoy pensando en irme, en salir corriendo y decirles a los demás que no quería verme, cuando de repente entra. Sé que es él porque sus ojos me encuentran inmediatamente. Sonríe y se acerca caminando. *Caminar* no es exactamente lo que hace. Pasea. No me levanto.

—Hola, cacahuate —dice.

Me abraza incómodo mientras yo permanezco sentada y tiesa como un palo.

—Hola... papá.

Se sienta enfrente de mí, sonriendo. Entiendo lo fácil que debe resultar adorarlo. Incluso con el traje de preso se nota que es especial. Está fuera de lugar aquí con sus dientes blancos y brillantes y el pelo rubio y bien peinado. Janette tenía razón. Debemos parecernos a nuestra madre porque no nos parecemos en nada a él. Aunque tengo su boca, creo. Pero no el tono pálido de la piel. No tengo sus ojos. Cuando vi mi foto, fue lo primero en lo que me fijé. Tengo ojos tristes. Él tiene ojos risueños, aunque no debe tener mucho de lo que reírse. Ya me está empezando a gustar.

—Hace dos semanas que no venías —dice—. Empezaba a pensar que mis hijas habían dejado que me pudriera aquí.

Se me va de golpe todo el vínculo paternal que estaba empezando a sentir. «Tonto narcisista.» Ya puedo ver cómo funciona y eso que acabo de conocerlo. Dice las cosas con los ojitos risueños y una sonrisa, pero sus palabras duelen como un latigazo.

—Nos has dejado en la miseria. El coche no va bien, así que no es fácil llegar hasta aquí. Y mi madre es alcohólica. Creo que estoy enojada contigo por eso, pero no me acuerdo.

Se queda mirándome fijamente durante un minuto con la sonrisa congelada.

—Lamento que te sientas así. —Cruza los brazos sobre

la mesa y se inclina hacia delante. Me está estudiando. Me incomoda, es como si supiera más de mí que yo misma. Aunque precisamente es el caso en la situación actual—. He recibido una llamada esta mañana —dice, reclinándose en la silla.

—¿Ah, sí? ¿De quién?

Niega con la cabeza.

—No importa de quién. Lo que importa es lo que me dijeron. Sobre ti. —No le digo nada. No sé si me está provocando—. ¿Hay algo que quieras decirme, Charlize?

Inclino la cabeza. ¿A qué está jugando?

—No.

Asiente y luego frunce los labios. Junta los dedos y los coloca debajo de la barbilla mientras me mira fijamente.

—Me han dicho que te descubrieron entrando en casa de alguien. Y que hay motivos para creer que estabas bajo los efectos de las drogas.

Me tomo mi tiempo antes de responderle. ¿Allanamiento? «¿Quién puede haberle dicho eso?» ¿La tarotista? Estaba en su casa. Pero, que yo sepa, no le contamos a nadie lo que había pasado. Anoche fuimos directo al hotel, según nuestras notas.

Me pasan miles de cosas por la cabeza. Intento ponerlas todas en orden.

—¿Por qué estabas en nuestra antigua casa, Charlie?

Se me acelera el pulso. Me pongo de pie.

—¿Hay algo para beber aquí? —pregunto mirando alrededor—. Tengo sed.

Veo la máquina de refrescos, pero no llevo dinero encima. Entonces, mi padre se mete la mano en el bolsillo y saca un puñado de monedas. Las desliza por encima de la mesa.

—¿Te dejan tener dinero aquí?

Asiente con la cabeza sin dejar de mirarme desconfiado. Cojo las monedas y me acerco a la máquina. Las introduzco y vuelvo a mirarlo. No me está mirando. Se mira las manos, cruzadas sobre la mesa.

Espero a que caiga la bebida y después me entretengo un minuto más mientras la abro y le doy un sorbo. Este hombre me pone nerviosa y no sé por qué. No entiendo por qué Charlie lo admiraba tanto. Supongo que, si tuviera recuerdos de él como padre, tal vez me sentiría de otra forma. Pero no los tengo. Solo puedo guiarme por lo que veo, y ahora mismo solo veo a un delincuente. La sombra de un hombre pálido y de ojos saltones.

Casi se me cae el refresco. Todos los músculos de mi cuerpo se debilitan cuando caigo en la cuenta. Recuerdo una descripción que Silas o yo escribimos en nuestras notas. La descripción física del Camarón. De *Cora*.

«La llaman el Camarón porque tiene los ojos saltones y la piel se le pone rosa cuando habla.»

Mierda. Mierda. Mierda. Mierda.

«¿Brett es el padre de Cora?»

Me está mirando fijamente, probablemente se pregunte por qué estoy tardando en volver. Me dirijo hacia él. Cuando llego a la mesa, lo miro intensamente. Una vez sentada, me inclino hacia delante y no permito que los nervios traicionen mi aplomo.

—Vamos a jugar un rato —le digo.

Arquea una ceja sorprendido.

—Muy bien.

—Imaginemos que he perdido la memoria. Soy como una página en blanco. Estoy dándome cuenta de cosas que tal vez no hubiera visto antes por lo mucho que te admiraba. ¿Me sigues...?

—La verdad es que no —dice. Se le ha agriado la expresión. Me pregunto si se pone así cuando la gente no se desvive por agradarle.

—Por casualidad, ¿no habrás tenido otra hija? No sé, ¿tal vez con una madre loca que fuera capaz de retenerme contra mi voluntad? —Se pone lívido. Enseguida empieza a negar, se aparta de mí y me llama loca. Pero le veo el pánico en la cara y sé que estoy en lo cierto—. ¿Oíste lo último que dije o solo estás intentando mantener las apariencias? —Gira la cabeza para encararme y esta vez su mirada ya no es dulce—. Me secuestró —le digo—. Me encerró en una habitación de su, *nuestra*, antigua casa.

La nuez se le desliza cuando traga saliva. Creo que está decidiendo qué me va a decir.

—Te encontró en su casa —dice por fin—. Dijo que estabas furiosa. No tenías ni idea de dónde estabas. No quería llamar a la policía porque está convencida de que te drogas, así que te retuvo para que pudieras desintoxicarte. Tenía mi permiso, Charlie. Me llamó en cuanto te encontró en su casa.

—No me *drogo* —le digo—. ¿Qué persona en su sano juicio encerraría a alguien contra su voluntad?

—¿Habrías preferido que llamara a la policía? ¡Hablabas como una loca! ¡Y te colaste en su casa en mitad de la noche!

No sé qué creer ahora mismo. El único recuerdo que tengo de esa experiencia está en las notas que me escribí.

—¿Y esa chica es mi hermanastra? ¿Cora? —Se queda mirando a la mesa, incapaz de mirarme a los ojos. Como no responde, decido jugar a su juego—. Te conviene ser sincero. Silas y yo encontramos unos documentos que Clark Nash ha estado buscando desesperadamente desde antes de tu juicio.

Ni se inmuta. Su cara de póker es perfecta. No me pregunta qué expediente tengo. Solo dice:

—Sí. Es tu hermanastra. Tuve una aventura con su madre hace años.

Es como si todo esto le estuviera pasando a un persona-je de un programa de televisión. Me pregunto cómo se lo tomaría la verdadera Charlie. ¿Se pondría a llorar? ¿Se levantaría y saldría corriendo? ¿Le daría un puñetazo a este tipo en la cara? Por lo que he leído de ella, probablemente lo último.

—Oh, guau... ¿Lo sabe mi madre?

—Sí, se enteró después de que perdiéramos la casa.

Qué persona más lamentable. Primero engaña a mi ma-dre. Embaraza a otra mujer. ¿Luego se lo esconde a su mujer e hijas hasta que lo descubren?

—Dios —digo—. No me extraña que se haya vuelto alcohólica. —Me reclino en el asiento y miro al techo—. ¿Nunca la reclamaste? ¿Lo sabe la niña?

—Sí, lo sabe —dice.

Siento una ira ardiente. Por Charlie, por esa pobre chica que tiene que ir a la escuela con Charlie y verla vivir la vida que ella no tuvo, y por toda esta jodida situación.

Me tomo un momento para serenarme mientras él permanece callado. Ojalá pudiera decir que se muere de culpa, pero no estoy segura de que este hombre sea capaz de sentirla.

—¿Por qué viven en la casa en la que crecí? ¿Se la diste tú?

Esta pregunta le sonroja. Saca la mandíbula y mueve los ojos de izquierda a derecha. Baja la voz al hablar, para que solo yo pueda oírle.

—Esa mujer era mi cliente, Charlie. Y fue un error. Rompí con ella hace años, un mes antes de que supiera que estaba embarazada. Llegamos a una especie de acuerdo. Yo la ayudaría económicamente, pero nada más. Era lo mejor para todos.

—¿Estás diciéndome que compraste su silencio?

—Charlie... —dice—. Cometí un error. Créeme que lo he pagado ya diez veces. Ella usó el dinero que yo le había estado enviando todos esos años para comprar nuestra vieja casa en subasta. Lo hizo solo para fastidiarme.

Así que es vengativa. Y tal vez un poco loca. ¿Y mi padre tiene la culpa de eso? «Dios. Esto se pone cada vez peor.»

—¿Hiciste lo que dicen que hiciste? —le pregunto—. Ya que estamos diciendo la verdad, creo que tengo derecho a saberlo.

Vuelve a recorrer la habitación con la mirada para ver quién escucha.

—¿Por qué me haces todas estas preguntas? —susurra—. No es propio de ti.

—Tengo diecisiete años. Me parece que tengo derecho a cambiar.

Qué tipo. Me dan ganas de poner los ojos en blanco, pero primero necesito que me dé más respuestas.

—¿Te ha metido Clark Nash en esto? —pregunta, inclinándose hacia delante y acusándome con sus palabras y sus gestos—. ¿Estás liada con Silas otra vez?

Está intentando darle la vuelta. Ya no puede manipularme.

—Sí, papá —le digo, sonriendo con dulzura—. Estoy liada con Silas otra vez. Y estamos enamorados y muy felices. Gracias por preguntar.

Las venas de las sienes se le hinchan. Aprieta los puños furioso.

—Charlie, ya sabes lo que pienso de eso.

Su respuesta me saca de quicio. Me pongo de pie y la silla chirría cuando la arrastro.

—Deja que te diga lo que *yo* pienso, papá. —Me alejo un paso de la mesa y lo señalo—. Has arruinado muchas vidas. Creías que el dinero te libraba de tus responsabilidades. Tus decisiones llevaron a mi madre a la bebida. Has dejado a tus hijas sin nada, ni siquiera un modelo al que seguir en sus vidas. Por no hablar de toda la gente a la que has estafado con tu empresa. Y nos culpas de todo a los demás. Eres un ser humano de mierda. ¡Y un padre de mierda! —le digo—. No conozco muy bien a Charlie y Janette, pero creo que se merecen algo mejor.

Me doy la vuelta y me alejo mientras le grito unas últimas palabras por encima del hombro.

—¡Adiós, Brett! ¡Que te vaya bien!

6

Silas

Estoy sentado en el cofre del coche con las piernas cruzadas, apoyado en el parabrisas y escribiendo notas cuando la veo llegar. Ha estado allí dentro más de una hora, así que hice lo que me dijo y he salido a esperar aquí para echarles un ojo a nuestros hermanos. Al verla me incorporo. No sé si habrá averiguado algo; esperaré hasta que hable ella. Ahora mismo no parece tener muchas ganas.

Viene directo hacia el coche. Me mira fugazmente al pasar a mi lado. Me giro y veo cómo va a la parte de atrás, luego adelante. Luego atrás. Otra vez adelante.

Tiene los puños apretados. Janette abre la puerta y sale del coche.

—¿Qué cuenta el mejor papá preso del mundo?

Charlie se para en seco.

—¿Sabías lo de Cora?

Janette echa la cabeza hacia atrás y sacude la cabeza.

—¿Cora? ¿Quién?

—¡El Camarón! —grita Charlie—. ¿Sabías que es su padre?

Janette se queda con la boca abierta y yo salto enseguida del cofre.

—Un momento. *¿Qué?* —digo, caminando hacia Charlie.

Se lleva las manos a la cara y se la frota, luego las junta y respira profundamente.

—Silas, creo que tenías razón. Esto no es un sueño.

Noto cómo el miedo recorre todo su cuerpo. El miedo que no había tenido desde que perdió la memoria hace unas horas lo está sintiendo ahora.

Me acerco y le tiendo la mano.

—Charlie, tranquila. Lo solucionaremos.

Ella se aleja y comienza a sacudir la cabeza.

—¿Y si no es así? ¿Y si sigue pasando? —Empieza a dar vueltas, esta vez con las manos entrelazadas en la nuca—. ¿Y si sigue pasando una y otra vez hasta que nuestra vida llegue a su fin?

El pecho le sube y baja de lo fuerte que respira.

—¿Qué es lo que te pasa? —pregunta Janette. Me dirige la siguiente pregunta—: ¿De qué me estoy perdiendo?

Landon está a mi lado; me giro hacia él.

—Voy a llevarme a Charlie a dar una vuelta. ¿Puedes explicarle a Janette lo que nos está pasando?

Landon aprieta los labios y asiente.

—Sí, pero va a pensar que mentimos todos.

Agarro a Charlie del brazo y la animo a dar una vuelta conmigo. Las lágrimas empiezan a rodarle por las mejillas y se las enjuga con rabia.

—Llevaba una doble vida —dice—. ¿Cómo pudo hacerle eso?

—¿A quién? —le pregunto—. ¿A Janette?

Se detiene y dice:

—*No*, a Janette no. Ni a Charlie. Ni a mi madre. A *Cora*. ¿Cómo podía saber que era el padre de una niña y negarse a tener una relación con ella? ¡Es una persona horrible, Silas! ¿Cómo pudo Charlie no *verlo*?

¿Está preocupada por el Camarón? ¿La chica que ayudó a mantenerla *secuestrada* durante todo un día?

—Intenta respirar —le digo, agarrándola de los hombros y haciendo que me mire—. Probablemente, nunca viste esa parte de él. Era bueno contigo. Lo querías por quien fingía ser. Y no puedes sentir lástima por esa chica, Charlie. Ella ayudó a su madre a retenerte contra tu voluntad.

Mueve la cabeza de un lado a otro sin cesar.

—No me hicieron daño en ningún momento, Silas. En la carta procuré que quedara bien claro. Ella fue desagradable, claro, ¡pero fui yo la que entró en su casa! Debí de haberla seguido hasta allí la noche que no subí al taxi. Debió pensar que yo estaba drogada porque no recordaba nada, ¡y no la culpo! Entonces volví a olvidar quién era y seguramente me entró el pánico. —Exhala con fuerza y se detiene un momento. Cuando me mira parece más tranquila. Junta los labios y se los humedece—. No creo que tenga nada que ver con lo que nos ha pasado. Solo es una mujer loca y amargada que odia a mi padre y que quería vengarse por cómo traté a su hija. Pero fuimos nosotros quienes las implicamos. Todo este tiempo hemos estado mirando a otras personas... intentando culpar a los demás. Pero ¿y si...? —Suspira y luego—: ¿Y si nos hemos hecho esto el uno al *otro*?

Le suelto los hombros y doy un paso atrás. Se sienta en el bordillo de la acera y se agarra la cabeza con las manos. Es imposible que nos hayamos hecho esto a propósito.

—No creo que sea posible, Charlie —digo, sentándome a su lado—. ¿Cómo íbamos a hacerlo? ¿Cómo dejan dos personas de recordar al mismo tiempo? Tiene que ser algo más grande que nosotros.

—Si tiene que ser algo más grande que *nosotros*, entonces también tiene que ser más grande que mi padre. Y Cora. Y la madre de Cora. Y mi madre. Y tus padres. Si *nosotros* no somos capaces de provocar esto, entonces nadie más debería ser capaz de hacerlo tampoco.

Asiento con la cabeza.

—Lo sé.

Se lleva el pulgar a la boca durante un segundo.

—Si esto no nos está pasando por culpa de otras personas... ¿De qué podría tratarse?

Siento cómo se me tensan los músculos del cuello. Me pongo las manos detrás de la cabeza y miro al cielo.

—¿Algo más grande?

—¿Qué hay más grande? ¿El universo? *¿Dios?* ¿Es el comienzo del Apocalipsis? —Se levanta y camina delante de mí—. ¿Piensas que creíamos en Dios antes de que nos pasara esto?

—No tengo ni idea. Pero he rezado más en estos últimos días que probablemente en toda mi vida. —Me levanto y la agarro de la mano, tirando de ella en dirección al coche—. Quiero saber todo lo que te ha dicho tu padre. Volvamos y anota todo lo que te dijo mientras conduzco.

Ella desliza los dedos entre los míos y volvemos al coche. Cuando llegamos, Janette está apoyada en la puerta del acompañante. Nos mira a los dos.

—¿En serio no recuerdan nada? ¿Ninguno de los dos? —Tiene la atención centrada en Charlie.

Les pido a Landon y a ella que se sienten atrás. Abro la puerta del conductor mientras Charlie le responde.

—No. No podemos. Y te juro que no me lo estoy inventando, Janette. No sé qué clase de hermana he sido contigo, pero te *juro* que no me lo invento.

Janette mira a Charlie un momento y luego dice:

—Has sido una hermana *de mierda* los dos últimos años.

Pero supongo que, si todo lo que Landon me acaba de contar es cierto y realmente no puedes recordar nada, entonces eso explica por qué ninguno de ustedes, pedazos de idiotas, me ha felicitado hoy por mi cumpleaños.

Abre la puerta del asiento trasero, entra en el coche y cierra de un portazo.

—Ups —dice Charlie.

—Ya —le doy la razón—. ¿Has olvidado el *cumple* de tu hermana? Eso es muy egoísta de tu parte, Charlie.

Me da una palmada de broma en el pecho. La tomo de la mano y juro que sucede algo. Un segundo en el que me mira como si estuviera sintiendo lo que una vez sintió por mí.

Pero luego parpadea, me quita la mano y se sube al coche.

7

Charlie

No es culpa mía que el universo me esté castigando. *Nos* esté castigando.

A Silas y a mí.

Me olvido de que Silas está en la misma situación, lo que debe significar que soy una narcisista. «Genial.» Pienso en la hermana que va conmigo en el coche y que está teniendo un cumple de mierda. Y pienso en la hermanastra que vive en mi antigua casa con su madre psicótica, a quien, según mis diarios, llevo torturando una década. Soy mala persona, y una hermana aún peor.

¿Seguro que *quiero* recuperar mis recuerdos?

Miro por la ventanilla y observo los coches que pasan. No tengo recuerdos, pero al menos puedo asegurarme de que Janette tenga algunos del día de hoy.

—Eh, Silas —digo—. ¿Puedes poner una cosa en ese GPS de lujo?

—Sí —dice—. ¿Como qué?

No conozco para nada a la chica del asiento de atrás. Por lo poco que sé, tal vez esté enganchada a los videojuegos.

—Un local de maquinitas —digo.

Veo cómo Landon y Janette se animan en el asiento de atrás. «¡Sí!» Me felicito. A todos los púberes del mundo les gustan los videojuegos. Es típico.

—Es un momento un poco raro para ir a jugar —dice Silas—. ¿No crees que mejor...?

—Creo que deberíamos jugar —le interrumpo—. Porque es el cumple de Janette.

Abro mucho los ojos para que entienda que esto no se discute. Pone cara de «Oh» y me levanta el pulgar. Charlie odia que le levanten el pulgar, lo sé por la reacción inmediata de mi cuerpo.

Silas encuentra un sitio no muy lejos de donde estamos. Cuando llegamos, saca la cartera y rebusca hasta que encuentra una tarjeta de crédito.

Janette me pone ojitos, como avergonzada, pero yo me encojo de hombros. Casi no conozco a este chico. ¿Qué más da que gaste su dinero en nosotras? Además, no tengo ni un céntimo. Mi padre lo perdió todo y el padre de Silas aún tiene algo, así que no pasa nada. «Además de ser narcisista, también se me da bien justificarme.»

Metemos las fichas en unos vasos de papel y, en cuanto entramos en la sala, Janette y Landon se van por su cuenta. «Juntos.» Le hago un gesto a Silas para que los mire.

—Ven —dice Silas—. Vamos por pizza. Dejemos que los niños jueguen.

Me guiña un ojo e intento no sonreír.

Buscamos una mesa para esperar la pizza y me siento rodeándome las rodillas con los brazos.

—Silas —le digo— ¿Y si nos sigue pasando eso? El bucle sin fin del olvido. ¿Qué haremos?

—No lo sé —dice—. Encontrarnos una y otra vez. No es tan malo, ¿no?

Lo miro para ver si está bromeando.

No es tan malo. Pero la situación sí lo es.

—¿Quién iba a querer pasarse el resto su vida sin saber quién es?

—Podría pasarme cada día volviéndote a conocer, Charlie, y creo que no me cansaría.

El calor me recorre todo el cuerpo y enseguida aparto la mirada. Ese es mi recurso con Silas: «No lo mires, no lo mires, no lo mires».

—Eres tonto —digo.

Pero no lo es. Es un romántico y sus palabras tienen mucho poder. Charlie no, lo sé. Pero le gustaría serlo, eso también lo sé. Desea desesperadamente que Silas le demuestre que no todo es una mentira. Cada vez que lo mira siente como una atracción en su interior. Como si la acercase hacia él, y yo quiero apartarlo cada vez que sucede.

Suspiro, abro un sobrecito de azúcar y lo vacío sobre la mesa. Ser adolescente es agotador. Silas observa en silencio cómo dibujo patrones en el azúcar hasta que finalmente me toma la mano.

—Lo solucionaremos —me asegura—. Vamos por buen camino.

Me limpio las manos en los pantalones.

—Está bien.

Aunque sé que no vamos por ningún camino. Estamos tan perdidos como cuando nos despertamos esta mañana en el hotel.

Además, soy mentirosa. «Narcisista, mentirosa y me justifico por todo.»

Janette y Landon nos encuentran justo cuando llega la pizza. Se sientan con nosotros, ruborizados y riéndose. En el día que llevamos desde que conozco a Janette, no la había visto ni cerca de reírse. Ahora odio más al padre de Charlie. Por destrozar a una chica adolescente. A *dos* chicas adolescentes, si me cuento a mí. Bueno... *tres*, ahora que sé lo de Cora.

Miro a Janette mientras come pizza. Esto no debería ser así. Si pudiera salir de esta... *cosa...* la cuidaría. Sería mejor. Para las dos.

—Charlie —dice, dejando el trozo de pizza—. ¿Vienes a jugar conmigo?

Sonrío.

—Claro, por supuesto.

Me sonríe y siento de repente el corazón grande y lleno. Cuando me giro hacia Silas, veo que me está mirando, con los ojos vidriosos y una sonrisa en la boca.

8

Silas

Cuando llegamos a casa de Charlie y Janette ya es de noche. Hay un momento un poco incómodo porque debería acompañar a Charlie hasta la puerta, pero como Landon y Janette están coqueteando en el asiento de atrás, no sé cómo se supone que tenemos que hacerlo los cuatro a la vez.

Janette abre su puerta y luego Landon la suya, así que Charlie y yo esperamos en el coche.

—Están intercambiando números de teléfono —dice ella, mirándolos—. Qué monos.

Nos quedamos en silencio hasta que Janette entra en casa.

—Nos toca —dice Charlie, abriendo la puerta.

Camino despacio junto a ella, con la esperanza de que su madre no me vea. No tengo fuerzas para lidiar con esa mujer esta noche. Siento que Charlie tenga que hacerlo.

Se retuerce las manos nerviosa. Sé que está haciendo tiempo porque no quiere que la deje sola esta noche. Todos sus recuerdos son los nuestros.

—¿Qué hora es? —pregunta.

Saco el teléfono del bolsillo para ver.

—Son más de las diez.

Asiente y mira hacia la casa.

—Espero que mi madre esté dormida —dice. Y luego—: Silas...

Interrumpo lo que está a punto de decir.

—Charlie, creo que no debemos separarnos esta noche.

Sus ojos vuelven a encontrarse con los míos. Parece aliviada. Al fin y al cabo, soy la única persona que conoce. Lo último que necesitamos ahora es estar con gente que no conocemos.

—Bien. Estaba a punto de sugerirlo.

Hago un gesto hacia la puerta, que está detrás de ella.

—Tenemos que hacer ver que estás en casa. Entra, haz como si te fueras a la cama. Dejaré a Landon en casa y volveré a buscarte dentro de una hora.

Asiente.

—Nos vemos al final de la calle —dice—. ¿Dónde podemos quedarnos esta noche?

Lo medito. Seguramente lo mejor es que nos quedemos en mi casa; así podremos ver si hay algo en mi habitación que nos hayamos perdido antes y que pueda sernos de ayuda.

—Subiremos a mi habitación a escondidas. Tenemos mucho que repasar esta noche.

Charlie mira al suelo.

—¿Subiremos a tu habitación? —pregunta con curiosidad. Inhala lentamente y puedo oír el aire deslizándose entre sus dientes apretados—. ¿Silas? —Me mira y entorna los ojos. Tiene un aire acusatorio, pero no sé qué he hecho para provocarlo—. Tú no me mentirías, ¿verdad?

Inclino la cabeza, no estoy seguro de haber escuchado bien.

—¿Qué quieres decir?

—He estado notando algunas cosas. Algunas *cositas* —dice.

Se me para el corazón. «¿Qué he dicho?»

—Charlie, no sé adónde quieres llegar.

Da un paso atrás. Se cubre la boca con la mano y luego me señala con un dedo.

—¿Cómo sabes que tu habitación está en el piso de arriba si todavía no has estado en tu casa?

«Mierda.» He dicho que *subiríamos* a mi habitación. Sacude la cabeza y añade:

—E hiciste un comentario antes, en la cárcel. Hablaste de todo lo que había rezado estos últimos días y se supone que solo recordamos lo de *hoy*. Y esta mañana... cuando te dije que me llamaba Delilah, noté que contenías la risa. Porque sabías que estaba mintiendo.

Su voz vacila entre la desconfianza y el miedo. Levanto la mano para tranquilizarla, pero ella retrocede un paso más hacia la casa.

Esto es un problema. No estoy seguro de cómo responderle. No me gusta pensar que prefiere correr hacia la casa que hace cinco minutos la aterrorizaba antes que estar aquí conmigo. «¿Por qué le mentí esta mañana?»

—Charlie, por favor, no me tengas miedo. —Noto que ya es demasiado tarde. Sale disparada hacia la puerta y yo me abalanzo sobre ella, la rodeo con los brazos y la acerco hacia mí. Empieza a gritar y le tapo la boca con la mano—. Cálmate —le digo al oído—. No te voy a hacer daño. —Lo último que necesito ahora es que no confíe en mí. Me agarra del brazo con las dos manos intentando zafarse de mí—. Tienes razón. Charlie, tienes razón. Te he mentido. Pero si te calmas dos segundos, te explicaré por qué.

Sigo sujetándola por detrás y levanta una pierna, apoya el pie en el muro de la casa y empuja con tanta fuerza que nos caemos los dos hacia atrás. Se suelta de mí y empieza a alejarse, pero la agarro de nuevo. Me mira con los ojos muy abiertos, pero ahora no grita. Le presiono los brazos contra el suelo.

—*Para* —le digo.

—¿Por qué me has mentido? —grita—. ¿Por qué finges que eso también te pasa a ti? —Forcejea un poco más, así que sigo apretando.

—¡No estoy fingiendo, Charlie! También he estado olvidando, igual que tú. Pero hoy no me ha pasado. No sé por qué. Pero solo recuerdo los dos últimos días, eso es todo. Te lo juro. —La miro a los ojos y ella me mantiene la mirada. Sigue forcejeando; sin embargo, noto que también quiere escuchar mi explicación—. No quería que me tuvieras miedo esta mañana, así que fingí que me había vuelto a pasar. Pero te juro que hasta esta mañana nos había pasado a los dos.

Ya no forcejea y deja caer la cabeza de lado. Cierra los ojos completamente agotada. Emocional *y* físicamente.

—¿Por qué está pasando esto? —susurra derrotada.

—No lo sé, Charlie —le digo, soltándole un brazo—. No lo sé. —Le aparto el pelo de la cara—. Estoy a punto de soltarte. Voy a levantarme y subir al coche. Después de dejar a Landon, volveré por ti, ¿de acuerdo?

Asiente con la cabeza, pero no abre los ojos. Le suelto el otro brazo y me levanto despacio. Se sienta rápidamente y se aparta de mí antes de ponerse de pie.

—Mentía para protegerte. *No* para hacerte daño. Me crees, ¿verdad?

Se frota los brazos por donde la estaba sujetando. Y dice un dócil «Sí». Luego, tras aclararse la garganta:

—Vuelve en una hora. Y no vuelvas a mentirme.

Espero a que entre en casa antes de volver al coche.

—¿Qué demonios ha sido todo eso? —pregunta Landon.

—Nada —respondo, mirando por la ventanilla mientras salimos de allí—. Le estaba dando las buenas noches.

—Cojo las cosas del asiento de atrás—. Voy a volver a Jamais Jamais por la Land Rover.

Landon se ríe.

—Anoche lo destrozamos un poco. Derribando la verja.

Lo recuerdo. Estaba allí.

—Puede que aún funcione bien. Vale la pena intentarlo y no puedo seguir usando... ¿De quién es este coche?

—De mamá —dice—. Le envié un mensaje esta mañana y le dije que el tuyo estaba en el taller y que necesitábamos el suyo hoy.

Sabía que este chico me caía bien.

—Así que Janette, ¿eh? —le pregunto.

Se gira hacia la ventanilla.

—Cállate.

La parte delantera de la Land Rover era un amasijo de metal retorcido y escombros. Pero por lo visto el daño era solo exterior, porque arrancó de inmediato.

Me costó la vida no volver a atravesar la verja y gritar a esa psicópata por habernos engañado, pero no lo hice. El padre de Charlie ya ha causado suficiente mierda en su mundo. Conduzco tranquilamente hasta casa de Charlie y la espero al final de la carretera como dije que haría. Le envío un mensaje para avisarle que estoy en un coche diferente.

Empiezo a darles vueltas a varias teorías que tengo mientras la espero. Me cuesta pensar en cosas que van en contra de mis creencias, pero es que las únicas explicaciones que se me ocurren son sobrenaturales.

«Una maldición.»

«Una abducción alienígena.»

«Un viaje en el tiempo.»

«Tumores cerebrales gemelos.»

Nada tiene sentido.

Estoy tomando apuntes cuando se abre la puerta del copiloto. Una ráfaga de viento entra con Charlie en el coche y desearía que la empujara hasta mí. Tiene el pelo húmedo y se ha cambiado de ropa.

—Hola.

—Hola —dice mientras se pone el cinturón de seguridad—. ¿Qué estabas escribiendo?

Le doy el cuaderno y la pluma y salgo del camino de entrada de la casa.

Empieza a leer mi resumen.

Cuando termina, dice:

—Nada tiene sentido, Silas. Nos peleamos y rompimos la noche antes de que todo esto empezara. Al día siguiente solo recordábamos algunas cosas como libros y fotografías. Sigue sucediendo durante una semana, hasta que tú *no* pierdes la memoria y yo *sí*. —Sube los pies al asiento y tamborilea con la pluma en el cuaderno—. ¿Qué nos estamos perdiendo? Tiene que haber algo. No tengo recuerdos de antes de esta mañana, ¿qué pasó ayer para que tú *dejaras* de olvidar? ¿Pasó algo anoche?

No le contesto enseguida. Pienso en sus preguntas. En cómo hemos asumido todo el tiempo que esto tenía que ver con otras personas. Creímos que el Camarón estaba involucrada, pensamos que su madre estaba involucrada. Durante un tiempo quise acusar al padre de Charlie. Pero tal vez no sea nada de eso. Tal vez no tenga que ver con nadie más y solo tenga que ver con nosotros.

Cuando llegamos a mi casa, no estamos más cerca de la verdad que esta mañana. Ni hace dos días. Ni la semana pasada.

—Vamos por la puerta de atrás por si mis padres están despiertos.

Lo último que necesitamos ahora es que vean a Charlie entrando a hurtadillas en mi habitación para pasar la noche. Por la puerta de atrás no tendremos que pasar por delante del despacho de mi padre.

No está cerrada, así que entro yo primero. Cuando veo que no hay nadie, la cojo de la mano y atravesamos deprisa la casa, subimos las escaleras y llegamos a mi habitación. Cuando cierro la puerta con seguro, los dos estamos sin aliento. Se ríe y se deja caer en la cama.

—Ha sido divertido —dice—. Seguro que lo hemos hecho antes.

Se incorpora y se aparta el pelo de los ojos y sonríe. Empieza a mirar la habitación con ojos que la están volviendo a ver por primera vez. De repente siento en el pecho una nostalgia parecida a la que sentí anoche en el hotel cuando se durmió en mis brazos. La sensación de que haría absolutamente cualquier cosa por poder recordar cómo era amarla. «Dios, quiero recuperar eso.» ¿Por qué rompimos? ¿Por qué permitimos que lo que sucedió entre nuestras familias se interpusiera entre nosotros? Viéndolo desde fuera, casi diría que éramos almas gemelas antes de que todo se desmoronara. «¿Por qué pensamos que podíamos cambiar el destino?»

Me detengo un momento.

Ella me mira y sabe que algo me ronda la cabeza. Se acerca al borde de la cama e inclina la cabeza.

—¿Te acuerdas de algo?

Me siento en la silla del escritorio y ruedo hacia ella. Tomo sus manos entre las mías y las aprieto.

—No —le digo—. Pero puede que tenga una teoría.

Se incorpora.

—¿Qué *clase* de teoría?

Estoy seguro de que va a sonar más loco cuando lo diga en voz alta que estando solo en mi cabeza.

—Está bien, veamos... Puede que suene estúpido, pero anoche... cuando estábamos en el hotel... —Ella asiente, animándome a continuar—. Uno de los últimos pensamientos que tuve antes de dormirme fue que, mientras estabas desaparecida, no me sentía completo. Pero cuando te encontré, fue la primera vez que me sentí como Silas Nash. Hasta ese momento, no me sentía como *nadie*. Y recuerdo que me juré a mí mismo, justo antes de dormirme, que nunca permitiría que volviéramos a distanciarnos. Así que estaba pensando... —Le suelto las manos y me levanto. Doy un par de vueltas por la habitación hasta que ella se levanta también. No debería darme vergüenza decir esto en voz alta, pero me da vergüenza. Es ridículo. Como todo lo demás ahora mismo. Me aprieto la nuca mientras la miro a los ojos—. Charlie, ¿y si cuando rompimos jodimos al destino?

Espero a que se ría, pero, en lugar de eso, se le erizan los pelos de los brazos. Se los frota mientras vuelve a sentarse lentamente en la cama.

—Es ridículo —murmura.

No hay convicción en sus palabras, lo que significa que tal vez una parte de ella cree que vale la pena contemplar esa teoría. Vuelvo a sentarme en la silla y me coloco frente a ella.

—¿Y si se supone que tenemos que estar juntos? Y al jugar con eso causamos algún tipo de... no sé... fisura.

Pone los ojos en blanco.

—¿Estás insinuando que el universo borró nuestros recuerdos porque *rompimos*? Eso parece un poco narcisista.

Sacudo la cabeza.

—Sé cómo suena. Pero sí. Hablando hipotéticamente... ¿Y si las almas gemelas existen? ¿Y una vez que se juntan, no pueden separarse?

Pone las manos sobre su regazo.

—¿Cómo explica eso que tú recordaras la última vez y yo no?

Sigo dando vueltas por la habitación.

—Déjame que piense un momento —le digo.

Ella espera pacientemente mientras yo no paro de dar vueltas. Levanto un dedo.

—Escúchame, ¿sí?

—Te escucho —dice.

—Nos queremos desde que éramos niños. Está claro que hemos tenido una conexión que ha durado toda nuestra vida. Hasta que empezaron a interponerse factores externos en nuestro camino. Lo de nuestros padres, que nuestras familias se odien. Tú sintiendo rencor hacia mí por creer que tu padre era culpable. Hay un patrón, Charlie.

—Cojo el cuaderno en el que estaba escribiendo antes y miro todas las cosas que recordamos de forma natural y todas las que no—. Y nuestros recuerdos... podemos recordar cosas que no nos impusieron. Cosas que nos apasionaban por nosotros mismos. Tú recuerdas libros. Yo recuerdo cómo funciona una cámara. Recordamos las letras de nuestras canciones favoritas. Recordamos ciertas cosas de la historia, o sucesos varios. Pero las cosas que nos fueron impuestas por otros las olvidamos. Como el futbol.

—¿Y las personas? —pregunta—. ¿Por qué olvidamos a toda la gente que hemos conocido?

—Si recordáramos a la gente, seguiríamos teniendo *otros* recuerdos. Recordaríamos cómo las conocimos, la importancia que han tenido en nuestras vidas. —Me rasco la nuca—. No sé, Charlie. Hay muchas cosas que aún no tienen sentido. Pero anoche volví a sentir una conexión contigo. Como si te hubiera amado durante años. Y esta mañana... no perdí los recuerdos como tú. Eso tiene que significar algo.

Charlie se levanta y empieza a pasearse por la habitación.

—¿*Almas* gemelas? —murmura—. Es casi tan ridículo como una maldición.

—¿O dos personas con amnesia sincronizada?

Me mira con los ojos entornados. Puedo ver cómo trabaja su mente mientras se muerde la yema del pulgar.

—Bueno, entonces, explícame cómo volviste a enamorarte de mí en solo dos días. Y, si somos almas gemelas, ¿por qué no me he vuelto a enamorar yo de *ti*?

Deja de caminar y espera mi respuesta.

—Pasaste mucho tiempo encerrada en tu antigua casa. Yo pasé todo ese tiempo buscándote. Leía nuestras cartas de amor, revisaba tu teléfono, leía tus diarios. Cuando te encontré ayer sentí que ya te conocía. Leer sobre nuestro pasado de alguna forma me conectó contigo de nuevo... como si algunos de mis sentimientos de antes hubieran vuelto. Pero para ti... yo apenas era más que un extraño.

Los dos volvemos a sentarnos. Pensando. Barajando la posibilidad de que esto sea lo más cerca que hemos estado de algún tipo de patrón.

—Entonces, lo que estás sugiriendo es... que éramos almas gemelas, pero luego las influencias externas nos estropearon y nos desenamoramos.

—Sí, tal vez. Creo que sí.

—¿Y seguirá pasando hasta que todo vuelva a estar bien?

Me encojo de hombros porque no estoy seguro. Es solo una teoría. Pero tiene más sentido que cualquier otra cosa que se nos haya ocurrido.

Pasan cinco minutos sin que ninguno de los dos diga ni una sola palabra. Finalmente, ella se deja caer en la cama con un profundo suspiro y dice:

—Sabes qué significa esto, ¿no?

—No.

Se apoya en los codos y me mira.

—Si esto es verdad... significa que tienes treinta y seis horas para hacer que me enamore de ti.

No sé si estamos en lo cierto o si vamos a perder el tiempo en un callejón sin salida, pero sonrío, porque estoy dispuesto a sacrificar las próximas treinta y seis horas por esta teoría. Me acerco a la cama y me tumbo a su lado. Los dos estamos mirando al techo y digo:

—Bueno, nenita Charlie. Será mejor que empecemos.

Se tapa los ojos con un brazo y dice:

—No te conozco muy bien, pero sé que te vas a divertir con esto.

Sonrío, porque tiene razón.

—Es tarde —le digo—. Deberíamos intentar dormir un poco porque tu corazón va a trabajar un montón mañana.

Pongo el despertador a las seis de la mañana para levantarnos y salir de casa antes de que nadie se despierte. Charlie duerme pegada a la pared y se queda dormida en cuestión de minutos. Yo no creo que pueda conciliar el sueño pronto, así que saco uno de los diarios de la mochila y me pongo a leer antes de dormirme.

Silas está loco.

En plan... realmente loco. Pero, Dios, me lo paso tan bien con él. Se ha inventado un juego que se llama *Silas dice*. Es exactamente lo mismo que *Simón dice*, pero con su nombre en lugar de Simón. Total, que es mucho más agradable que Simón.

Hoy estábamos en Bourbon Street y hacía mucho calor, estábamos sudando y era un horror. No teníamos ni idea de dónde se habían metido nuestros amigos y no habíamos quedado con ellos hasta una hora después. Entre Silas y yo, yo siempre soy la quejumbrosa, pero esta vez hacía tanto calor que hasta él estaba protestando.

En fin, pasamos al lado de un tipo que estaba subido en un taburete y se había pintado todo de plateado, como un robot. En el suelo tenía un cartel que decía: «Hazme una pregunta. Obtén una respuesta real. Solo 25 centavos».

Silas me dio los 25 centavos y los eché en la cubeta. «¿Cuál es el sentido de la vida?», le pregunté al hombre de plata.

Giró la cabeza y me miró fijamente a los ojos. Con una voz robótica increíble dijo: «Eso depende de la vida a la que le busques sentido».

Miré a Silas y puse los ojos en blanco. Otro timador más estafando a los turistas. Clarifiqué mi pregunta para que al menos el dinero no se desperdiciara del todo. «Bien —dije—, ¿cuál es el sentido de mi vida?

Bajó del taburete de un salto y se inclinó en un ángulo de noventa grados. Con sus dedos plateados de robot, sacó la moneda del cubo y me la puso en la mano. Miró a Silas y luego a mí y sonrió. «Tú, querida, ya has encontrado tu sentido. Todo lo que te queda por hacer ahora... es bailar.»

Entonces, el tipo de plata se puso a bailar. A bailar de verdad. Ni siquiera como un robot. Tenía una enorme sonrisa bobalicona en la cara y levantaba las manos como si fuera una bailarina. Bailaba como si nadie lo estuviera mirando.

En ese momento, Silas me cogió de las manos y me dijo con voz de robot: «Bai-la-con-mi-go». Intentó arrastrarme a la calle para que bailara con él, pero mira, no. Qué vergüenza. Me aparté de él, pero me abrazó e hizo eso de acercar la boca a mi oreja, que sabe que me encanta, así que fue muy injusto. Me susurró: «Silas dice que bailemos».

No sé qué vi en él en ese momento. No sé si fue que realmente no le importaba que la gente nos mirara o si fue porque me seguía hablando con la voz de robot. Fuera lo que fuese, sé que hoy me he enamorado de él.

Otra vez. Por décima vez.

Así que hice lo que Silas dijo. Bailé. ¿Y sabes qué? Fue divertido. Muy divertido. Bailamos por toda la plaza Jackson y seguíamos bailando cuando nuestros amigos nos encontraron. Estábamos sudados y agotados y, si yo hubiera estado en la acera de enfrente viéndonos, probablemente habría arrugado la nariz y habría dicho «qué asco» en voz baja.

Pero yo no soy esa chica. No quiero ser esa chica. Durante el resto de mi vida quiero ser la chica que baila con Silas en la calle.

Porque está loco. Por eso lo quiero.

Cierro el diario. «¿Eso sucedió de verdad?» Quiero seguir leyendo, pero temo que si continúo me encontraré cosas que no quiero recordar.

Dejo el diario en la mesita de noche y me doy la vuelta para rodearla con el brazo. Cuando nos despertemos mañana, ya solo nos quedará un día. Quiero que sea capaz de dejar todas sus preocupaciones a un lado y pueda centrarse en mí y en nuestra conexión y en nada más.

Conociendo a Charlie... eso va a ser difícil. Necesitaré habilidades muy locas para lograr eso.

Pero, por suerte... estoy loco. «Por eso me quería.»

9

Charlie

—Entonces, ¿cómo vamos a hacer esto? —le pregunto mientras caminamos hacia el coche—. ¿Vamos a ir en un bote de remos por el río mientras unos animalitos cantan *Bésala*?

—No te pases de lista —dice Silas sonriendo—. Luego se detiene antes de llegar al coche, me agarra de la mano y me jala. Lo miro sorprendida—. Charlize —dice, mirándome primero a los labios, luego a los ojos—, si me das una oportunidad, puedo hacer que te enamores de mí.

Me aclaro la garganta e intento no apartar la mirada aunque me siento tentada.

—Bueno... digamos que vas por buen camino. Ahí lo dejo.

Se ríe. Estoy tan cohibida que no sé ni qué hacer, así que finjo estornudar. Ni siquiera me dice «salud». Solo me sonríe como si supiera que era un estornudo de mentira.

—Para —le digo—. No paras de mirarme todo el rato.

—De eso se trata, Charlie. *Mírame a los ojos.*

Me echo a reír.

—Tienes rollazo, Silas Nash —digo mientras me acerco al coche.

Cuando ya nos hemos puesto los cinturones de seguridad, Silas se gira hacia mí y dice:

—Según una carta que escribiste, la primera vez que lo hicimos fue...

—No. No quiero hablar de eso. ¿De dónde has sacado esa carta? Creí que la había escondido.

—No lo suficientemente bien. —Silas sonríe.

Creo que me gusta el Silas que coquetea. Aunque mañana nos olvidemos de todo, al menos hoy me lo habré pasado bien.

—Vayamos a algún sitio divertido —le digo—. Ya ni me acuerdo de la última vez que me divertí.

Los dos nos echamos a reír a la vez. Me gusta. De verdad. Se está tan bien con él. Quizá se ríe demasiado. Es decir, estamos totalmente jodidos, pero él no deja de sonreír. Preocúpate un poco, muchacho. Hace que me ría en vez de preocuparme.

—Está bien —dice, mirándome—. La verdad es que yo preferiría ir al sitio ese de la carta en el que hacía eso con la lengua, pero...

Es automático, debe de ser típico de Charlie porque, en cuanto dice eso, le doy un manotazo en el brazo. Me agarra la mano antes de que pueda retirarla y se la pone en el pecho. Esto también parece algo que hayamos hecho antes, algo que es de ellos, de Charlie y Silas, no mío y de este chico.

Me cansa que me tenga así cogida, aunque solo sea de la mano. No me puedo permitir cansarme, así que retiro la mano y miro por la ventanilla.

—Te estás resistiendo demasiado —dice—. Eso va un poco en contra del objetivo.

Tiene razón. Extiendo el brazo y le tomo la mano.

—Esta soy yo enamorándome de ti —le digo—. Amor profundo, del alma.

—Me pregunto si eres menos ridícula cuando tienes memoria.

Pongo la radio con la mano libre.

—Lo dudo —digo.

Me gusta hacerle sonreír. No es muy difícil hacer que las comisuras de los labios se le muevan, pero para conseguir que se curven del todo tengo que ser superatrevida. Ahora, mientras se incorpora al tráfico, las tiene totalmente curvadas y puedo observarlo sin que me vea. Actuamos como si nos conociéramos, aunque nuestras mentes conscientes no se conozcan. ¿Por qué será?

Cojo la mochila para buscar la respuesta en las cartas y los diarios.

—Charlize —dice Silas—. La respuesta no está ahí. Solo sígueme en esto. No te preocupes por eso.

Dejo la mochila. No sé adónde nos dirigimos. Tampoco sé si él lo sabe, pero acabamos en un estacionamiento porque empieza a llover. No hay más coches cerca y la lluvia es demasiado intensa como para que pueda distinguir los edificios de alrededor.

—¿Dónde estamos?

—No lo sé —dice Silas—. Pero deberíamos salir del coche.

—Está lloviendo.

—Sí. Silas dice que salgamos del coche.

—¿Silas dice...? ¿Como *Simón dice*?

Me mira expectante, así que me encojo de hombros. Bueno, ¿qué tengo que perder? Abro la puerta del coche y me pongo bajo la lluvia. Es una lluvia cálida. Levanto la cara y dejo que caiga sobre mí.

Oigo cómo Silas cierra la puerta, corre por la parte delantera del coche y se pone delante de mí.

—Silas dice que des cinco vueltas corriendo alrededor del coche.

—Eres raro, ¿lo sabías?

Me mira fijamente. Me encojo de hombros otra vez y empiezo a correr. Me siento bien. Como si con cada trote librase un poco de la tensión de mi cuerpo.

No lo miro cuando paso a su lado, me concentro en no tropezar. A lo mejor Charlie practicaba atletismo o algo así. Después de cinco vueltas, me detengo delante de él. Los dos estamos empapados. Le caen gotas de agua por las pestañas y le resbalan por el cuello bronceado. ¿Por qué siento el impulso de pasarle la lengua por esas líneas de agua?

«Ah, sí.» Estábamos enamorados. O tal vez es porque es endiabladamente atractivo.

—Silas dice que entres en la tienda y pidas un *hot dog*. Cuando te digan que no tienen, da un pisotón en el suelo y grita como esta mañana en el hotel.

—Pero ¿qué...?

Se cruza de brazos.

—Silas dice.

Pero ¿por qué diablos estoy haciendo esto? Le lanzo a Silas una mirada asesina y salgo dando pisotones en dirección a la tienda que me ha indicado. Es una agencia de seguros. Abro la puerta y tres adultos de aspecto malhumorado levantan la cabeza para ver quién ha entrado. Uno de ellos incluso me mira por encima del hombro como si yo no supiera que estoy chorreando agua por todas partes.

—Quiero un *hot dog* con todo —digo.

Me miran atónitos.

—¿Estás borracha? —me pregunta la recepcionista—. ¿Necesitas ayuda? ¿Cómo te llamas?

Doy un pisotón y suelto un grito espeluznante, ante el cual los tres dejan caer lo que tienen entre las manos y se miran.

Aprovecho el momento de confusión para salir corriendo. Silas me espera en la puerta. Se ríe tanto que está doblado.

Le doy un puñetazo en el brazo y salimos corriendo hacia la Rover.

Nuestras risas se mezclan. Ha sido divertido. Nos metemos en el coche y arrancamos justo cuando Gruñón Uno, Dos y Tres salen a ver qué hacemos.

Silas conduce unos kilómetros antes de parar en otro estacionamiento. Esta vez veo el letrero luminoso que anuncia: ¡EL MEJOR CAFÉ Y LOS MEJORES BUÑUELOS DE LUISIANA!

—Estamos chorreando —le digo sin dejar de sonreír—. ¿Sabes cómo nos vamos a ensuciar si comemos buñuelos?

—Silas dice que te comas diez buñuelos —dice impasible.

—Agh. ¿Por qué tienes que hacer de robot cuando jugamos a esto? Me está dando cosa.

No responde. Nos ponemos en una mesa cerca de la ventana y pedimos café y dos docenas de buñuelos. A la mesera no parece importarle que estemos empapados ni que Silas hable con voz de robot.

—A la mesera le parecemos monos —le digo a Silas.

—Lo somos.

Pongo los ojos en blanco. Esto es divertido. «¿A Charlie le parecería divertido?»

Cuando llegan los buñuelos tengo tanta hambre que no me importa tener el pelo y la ropa mojados. Me lanzo por ellos y gimo de placer cuando mi lengua entra en contacto con la masa caliente. Silas me observa encantado.

—Te gustan mucho, ¿eh?

—En realidad están asquerosos —le digo—. Solo que estoy muy metida en el juego.

Comemos todos los que podemos hasta que estamos los dos cubiertos de azúcar glas. Antes de irnos, Silas me restriega más por la cara y por el pelo. Para no ser menos, le devuelvo el favor. Dios, qué divertido es este chico. Creo que igual ya sé qué le ve Charlie.

10

Silas

Ella pone de su parte en el juego. Apenas había sonreído en los últimos días que he pasado con ella, pero ahora no puede *parar*.

—¿Adónde vamos ahora? —dice aplaudiendo. Todavía tiene azúcar glas en la comisura de los labios. Me acerco a ella y se la limpio con el pulgar.

—Vamos al Barrio Francés —le digo—. Hay muchos sitios románticos.

Pone los ojos en blanco y mira el teléfono.

—Me pregunto qué hacíamos antes para divertirnos. Además de hacernos *selfies*.

—Al menos eran buenas *selfies*.

Me mira con cara de pena.

—Eso es una contradicción. No existen las *selfies* buenas.

—He visto tus fotos del teléfono. No estoy de acuerdo.

Inclina la cabeza y mira por la ventanilla, pero veo cómo las mejillas se le ruborizan.

Después de estacionar el coche no tengo ningún plan. Hemos desayunado tantos buñuelos que no creo que tenga ganas de ir a comer todavía.

Pasamos las primeras horas de la tarde paseando por las calles y parando en casi todas las tiendas. Estamos tan fascinados con lo que vemos que casi nos olvidamos de que hoy tenemos un objetivo. Se supone que tengo que conseguir que se enamore de mí. O ella tiene que conseguir enamorarse de mí. «Céntrate, Silas.»

Estamos en Dauphine Street y pasamos por delante de lo que parece una librería. Charlie se gira y me toma de las manos.

—Vamos —dice, jalándome hacia la tienda—. Estoy segura de que el camino a mi corazón está aquí.

Hay pilas de libros desde el suelo hasta el techo, por todas partes. De lado a lado, de arriba abajo, libros que hacen de estanterías para más libros. A la derecha hay un hombre sentado detrás de la caja registradora, que también está cubierta de libros. Cuando entramos nos saluda con la cabeza. Charlie se dirige a la parte trasera de la tienda, que no está lejos. Es una tienda pequeña, pero hay más libros de los que una persona podría leer en toda su vida. Charlie pasa los dedos por los libros, mira arriba, abajo, a ambos lados. Cuando llega al final del pasillo, da un giro de alegría sobre sí misma. Está claramente en su elemento, tanto si lo recuerda como si no.

Está en una esquina sacando un libro rojo de la estantería. Me acerco por detrás y le doy otra orden de *Silas dice*.

—Silas dice... abre el libro por una página al azar y lee las primeras frases que veas...

—Eso es fácil. —Se ríe.

—No había acabado —le digo—. Silas dice que leas las frases a pleno pulmón.

Se gira para mirarme con los ojos muy abiertos. Entonces, una sonrisa traviesa se le dibuja en la cara. Se pone muy recta y sostiene el libro en alto.

—Bien —dice—. Tú lo has querido. —Se aclara la garganta y empieza a leer tan alto como puede—: «Hizo que me quisiera casar con ella. ¡Hizo que quisiera comprarle un avión mágico y llevarla a un lugar donde nada malo pudiera ocurrir! ¡Me dieron ganas de echarme cemento líquido en el pecho y tumbarme sobre ella para que estuviéramos pegados y nos doliera mucho si alguna vez intentábamos separarnos!».

Cuando termina, Charlie se está riendo. Pero, cuando empieza a procesar lo que acaba de leer, su sonrisa desaparece. Recorre las frases con un dedo como si tuvieran un significado para ella.

—Qué bonito —dice. Hojea el libro hasta que se detiene y marca con el dedo otro párrafo. Entonces, con apenas un hilo de voz, comienza a leer de nuevo—: «El destino es la atracción magnética de nuestras almas hacia las personas, los lugares y las cosas a las que pertenecemos». —Se queda mirando el libro un momento y luego vuelve a dejarlo en la estantería, pero aparta otros dos libros para que este pueda verse mejor—. ¿Tú lo crees?

—¿Qué parte?

Se apoya en una pared de libros y me mira por encima del hombro.

—Que nuestras almas son atraídas por las personas a las que pertenecemos.

Alargo la mano hacia ella y le cojo un mechón de pelo, lo acaricio y le doy vueltas.

—No sé si creo en las almas gemelas —le digo—. Pero durante las próximas veinticuatro horas, me jugaría la vida a que existen.

Gira el hombro hasta que apoya la espalda en la pared de

libros y me mira de frente. Ahora mismo me jugaría la vida por el destino *sin dudarlo*. Tengo tales sentimientos hacia esta chica que casi no me caben dentro. Y lo que más deseo es que ella sienta lo mismo. Que *quiera* lo mismo. Que... en este preciso momento... es que mi boca esté en la suya.

—Charlie... —Suelto el mechón de pelo y llevo la mano hacia su mejilla. La toco suavemente... recorriendo el pómulo con las puntas de los dedos. Su respiración es entrecortada y rápida—. Bésame.

Se inclina un poco hacia mi mano y parpadea. Por un momento, estoy seguro de que lo va a hacer. Pero entonces una sonrisa le roba la expresión ruborizada y dice:

—Silas no lo ha dicho.

Se escabulle por debajo de mi brazo y desaparece en el siguiente pasillo. No la sigo. Cojo el libro que ha leído y me lo pongo bajo el brazo mientras me dirijo a la caja.

Ella sabe qué estoy haciendo. Mientras estoy en la caja me observa desde el pasillo. Después de pagar el libro, salgo y dejo que la puerta se cierre tras de mí. Espero unos segundos para ver si me sigue, pero no lo hace. Sigue siendo la Charlie testaruda.

Me quito la mochila del hombro y meto el libro dentro. Saco la cámara y la enciendo.

Se queda dentro de la librería media hora más. No me importa. Sé que sabe que sigo aquí. Saco fotos sin parar, absorto en la gente que pasa y en la forma en la que el sol se pone sobre los edificios, proyectando sombras hasta en las cosas más pequeñas. Lo fotografío todo. Cuando sale Charlie, casi se me ha agotado la batería.

Se acerca y me dice:

—¿Dónde está mi libro?

Me echo la mochila al hombro.

—No he comprado el libro para ti. Lo he comprado para mí.

Resopla y me sigue mientras camino por la calle.

—Eso no es una buena jugada, Silas. Se supone que tienes que ser considerado. No egoísta. Quiero enamorarme de ti, no enojarme contigo.

Me río.

—¿Por qué tengo la impresión de que contigo el amor y el enojo van de la mano?

—Bueno, tú me conoces desde hace más tiempo que yo. —Me toma de la mano para hacer que pare de caminar—. ¡Mira! ¡Cangrejos de río! —Me jala hacia el restaurante—. ¿Nos gustan los cangrejos de río? ¡Tengo muchísima hambre!

Resulta que *no* nos gustan los cangrejos de río. Por suerte, también tenían tiras de pollo en el menú. Por lo visto, a los dos nos encanta el pollo.

—Deberíamos apuntarlo en algún sitio —dice—. Que odiamos los cangrejos de río. No quiero tener que volver a pasar por esta horrible experiencia otra vez.

—¡Espera! Cuidado con el... —Charlie se cae de sentón antes de que pueda terminar la frase— charco —termino la frase.

Me acerco para ayudarla a levantarse, pero ya se ha mojado los pantalones. Nos acabábamos de secar del todo después de la lluvia de esta mañana, y ahora está otra vez chorreando. Esta vez de barro.

—¿Estás bien? —le pregunto, intentando contener la risa. *Intentando* sin éxito. Me estoy riendo más de lo que me he reído en todo el día.

—Sí, sí —dice mientras intenta limpiarse el barro de los pantalones y de las manos—. Sigo riéndome cuando entorna los ojos y señala el charco de barro—. Charlie dice siéntate en el charco, Silas.

Niego con la cabeza.

—No. Ni de broma. El juego se llama *Silas* dice, no *Charlie* dice.

Arquea una ceja.

—¿Ah, sí? —Se acerca hacia mí y dice—: Charlie dice siéntate en el charco. Si Silas hace lo que dice Charlie, Charlie hará lo que *Silas* quiera.

¿Eso es una especie de invitación? «Me gusta la Charlie seductora.» Miro el charco. No es *tan* profundo. Me doy la vuelta y me pongo de cuclillas hasta que acabo sentado y con las piernas cruzadas en el charco de barro. Miro fijamente a Charlie, prefiero no ver cómo estamos llamando la atención de los otros transeúntes. Se está aguantando la risa, pero veo el placer que esto le está dando.

Sigo sentado en el charco hasta que incluso a Charlie empieza a darle vergüenza. Después de varios segundos, me echo hacia atrás para apoyarme en los codos y cruzo las piernas. Alguien me saca una foto tirado en el charco, y entonces ella se acerca para que me levante.

—Levántate —dice, mirando alrededor—. Rápido.

Niego con la cabeza.

—No puedo. Charlie no ha dicho.

Me toma de la mano riéndose.

—Charlie dice que te *levantes*, idiota. —Me ayuda a ponerme de pie y me agarra de la camisa y hunde la cara en mi pecho—. Dios, nos está mirando todo el mundo.

La rodeo con los brazos y empiezo a balancearme, que seguro no es lo que ella esperaba. Me mira, mientras sigue apretándome la camisa.

—¿Podemos irnos ya? Vámonos.

Sacudo la cabeza.

—Silas dice que bailemos.

Frunce el ceño.

—¡Estás bromeando!

Ahora hay varias personas paradas en la calle, algunas sacándonos fotos. No me extraña. Probablemente, yo también sacaría fotos si viera a un idiota sentándose voluntariamente en un charco de barro.

Le aparto las manos de mi camisa y se las tomo mientras la obligo a bailar al ritmo de una música inexistente. Al principio está rígida, pero luego deja que la risa se apodere de su timidez. Nos balanceamos y bailamos por Bourbon Street, chocando con la gente a nuestro paso. Todo el rato se está riendo como si no le importara nada.

Al cabo de unos minutos, hacemos un alto en el camino. Dejo de dar vueltas con ella y la estrecho contra el pecho para balancearnos suavemente de un lado a otro. Me mira y niega con la cabeza.

—Estás loco, Silas Nash —dice.

Asiento.

—Bien. Eso es lo que te gusta de mí.

Su sonrisa se desvanece de repente y su mirada hace que deje de balancearme. Me pone la mano sobre el corazón y la mira. Sé que no siente los latidos de mi corazón, sino más bien un redoble de tambores en plena procesión.

Nuestras miradas vuelven a encontrarse. Separa los labios y susurra:

—Charlie dice... besa a Charlie.

La habría besado aunque Charlie no lo hubiera dicho. Enredo la mano en su pelo un segundo antes de que mis labios se encuentren con los suyos. Cuando nuestras bocas se separan, siento como si me hubiera abierto un agujero en el pecho y me estuviera apretando el corazón con la mano. Duele, no duele, es precioso, es aterrador. Quiero que dure eternamente, pero me quedaré sin aliento si este beso se prolonga un minuto más. La rodeo por la cintura y cuando la acerco gime en voz baja en mi boca. «Dios».

Lo único que me cabe en la cabeza ahora mismo es la firme convicción de que el destino existe. Destino... almas gemelas... viajes en el tiempo... lo que sea. *Todo* existe. Porque eso es lo que se siente con su beso. «Existencia.»

Nos sobresaltamos cuando alguien choca con nosotros. Nuestras bocas se separan, pero nos cuesta liberarnos de lo que se ha apoderado de nosotros. La música que se escapa de los locales abiertos en la calle vuelve a oírse. Las luces, la gente, las risas. Todas las cosas del exterior que el beso ha bloqueado durante diez segundos vuelven a aparecer. El sol se está poniendo, y la noche parece transformar la calle en otro mundo. Lo que más quiero es salir de aquí. Sin embargo, ninguno de los dos puede moverse, y siento que el brazo me pesa varios kilos cuando la tomo de la mano. Ella desliza sus dedos entre los míos y empezamos a caminar en silencio hacia el estacionamiento.

Ninguno de los dos dice ni una palabra durante el trayecto de vuelta. Una vez dentro del coche, espero un momento antes de arrancar. Todo pesa demasiado. No quiero ponerme a conducir hasta que no hayamos dicho lo que necesitemos decir. Un beso así no puede ignorarse.

—¿Y ahora qué? —pregunta, mirando por la ventanilla.

La miro, pero ella no se mueve. Es como si estuviera congelada. Suspendida en el tiempo entre el último beso y el siguiente.

Me abrocho el cinturón y pongo el coche en marcha. «¿Ahora qué?» No lo sé. Quiero besarla así un millón de veces más, pero todos los besos terminarían de la misma forma. Con el temor de no recordarlo mañana.

—Deberíamos volver a casa y dormir bien —digo—. También tendríamos que tomar notas por si... —Me callo.

Se abrocha el cinturón.

—Por si las almas gemelas no existen... —termina.

11

Charlie

Durante el trayecto a casa de Silas, pienso en todo lo que hemos aprendido hoy. Pienso en mi padre, en que no es buena persona. Una parte de mí tiene miedo de que ser buena persona sea algo inherente. He leído lo suficiente sobre cómo era yo antes para saber que no trataba muy bien a la gente. Incluso a Silas.

Espero que la persona que acabé siendo fuera solo un resultado de las circunstancias de entonces y que no siempre seré así. Un despojo de persona vengativa y mentirosa.

Abro la mochila y empiezo a leer más notas mientras Silas maneja. Encuentro algo sobre unos documentos que Silas le robó a su padre y que sospechamos que podrían implicar a mi padre. ¿Por qué se los habría robado Silas? Si mi padre es culpable, y creo que lo es, ¿por qué iba a querer ocultarlo Silas?

—¿Por qué crees que le robaste esos documentos a tu padre? —le pregunto.

Se encoge de hombros.

—No lo sé. Lo único que se me ocurre es que tal vez los escondí porque me sentía mal por ti. Puede que no quisiera que tu padre estuviera en la cárcel más tiempo porque eso te había destrozado.

Es algo que cuadra con Silas.

—¿Siguen estando en tu habitación? —le pregunto.

Silas asiente.

—Creo que sí. Recuerdo haber leído en alguna parte que están guardados cerca de mi cama.

Deberías dárselos a tu padre cuando lleguemos a tu casa.

Silas me mira.

—¿Estás segura?

Asiento.

—Ha arruinado muchas vidas, Silas. Tiene que pagar por ello.

—¿Charlie no sabía que tenías esto?

Estoy fuera del despacho del padre de Silas. Cuando entramos en casa y me vio con Silas, pensé que le iba a pegar. Silas le pidió que le diera cinco minutos para explicárselo. Subió corriendo escaleras arriba, cogió los documentos y se los llevó a su padre.

No puedo oír toda la conversación. Silas le está explicando que los escondió para protegerme. Se está disculpando. Su padre está callado. Y entonces...

—Charlie, ¿puedes venir un momento, por favor?

Su padre me da miedo. No como me daba miedo mi padre. Clark Nash intimida, pero no parece malo. No como Brett Wynwood.

Entro en el despacho y me hace un gesto para que me siente al lado de Silas. Lo hago. Camina un poco por el despacho y luego se detiene. Cuando se gira hacia nosotros, me mira a mí directamente.

—Te debo una disculpa.

Seguro que nota la expresión de sorpresa en mi cara.

—Ah, ¿sí?

Asiente.

—He sido muy duro contigo. Lo que me hizo tu padre... lo que le hizo a nuestra empresa no tuvo nada que ver contigo. Sin embargo, te culpé cuando desaparecieron los documentos porque sabía que creías en él ciegamente. —Mira a Silas y le dice—: Mentiría si dijera que no estoy decepcionado contigo, Silas. Intervenir en una investigación federal...

—Papá, tenía dieciséis años. No sabía lo que hacía. Pero ahora sí, y Charlie y yo queremos hacer las cosas bien.

Clark Nash asiente y rodea el escritorio para tomar asiento.

—¿Significa eso que te veremos más a menudo, Charlie?

Miro a Silas y luego a su padre.

—Sí, señor.

Sonríe un poco, y su sonrisa se parece a la de Silas. Clark debería sonreír más a menudo.

—Pues muy bien —dice.

Silas y yo lo tomamos como una señal para que nos vayamos. Mientras subimos las escaleras, Silas finge caerse y se tira al suelo en el último escalón mientras se agarra el pecho.

—Dios, qué hombre más aterrador —dice.

Me río y le ayudo a ponerse en pie.

Si las cosas no salen bien mañana, al menos habremos hecho una buena obra.

—Charlie, gran partido hoy —dice Silas, lanzándome una playera.

Estoy sentada en el suelo con las piernas cruzadas. La

cojo y la estiro para ver qué dice delante. Es la camiseta de un campamento. No me ofrece pantalones.

—¿Es esa tu manera de coquetear conmigo? —pregunto—. ¿Hacerme un cumplido deportivo?

Silas hace una mueca.

—Fíjate en esta habitación. ¿Ves muchas cosas relacionadas con el deporte?

Es cierto. Parece que la fotografía le gusta más que ninguna otra cosa.

—Estás en el equipo de futbol —le digo.

—Sí, bueno. Pero no quiero.

—Charlie dice que dejes el equipo de futbol —le digo.

—Tal vez lo haga —dice, y abre la puerta de la habitación. Oigo cómo baja las escaleras de dos en dos. Espero un momento a ver qué está haciendo y, poco después, vuelve a subir las escaleras corriendo. La puerta se vuelve a abrir y sonríe—. Acabo de decirle a mi padre que dejo el equipo de futbol —dice orgulloso.

—¿Y qué dijo?

Se encoge de hombros.

—No lo sé. Debo de tenerle mucho miedo, porque, en cuanto se lo he dicho, he vuelto a subir corriendo las escaleras. —Me guiña un ojo—. Y *tú*, ¿qué vas a dejar, Charlize?

—A mi padre. —La respuesta me sale sin pensar—. Charlie necesita alejarse de las cosas que se interponen en su desarrollo emocional. —Silas deja lo que está haciendo para mirarme. Es una mirada rara. Una con la que no estoy familiarizada—. *¿Qué?* —De repente me siento a la defensiva.

Sacude la cabeza.

—Nada. Me ha parecido una buena decisión. Eso es todo.

Me abrazo las piernas y miro la alfombra. ¿Por qué cuando me ha dicho un cumplido se me ha alterado todo el cuerpo? No creo que sus opiniones pudieran importarle tanto a Charlie. Ni a *mí*. Si así fuera, lo recordaría. ¿Qué opiniones se supone que te importan en la vida? ¿La de tus padres? «Los míos están jodidos.» ¿La de tu novio? «A menos que estuvieras con un santo como Silas Nash, eso podría salir muy mal.» Pienso en qué le respondería a Janette si ella me hiciera esa pregunta.

—Confía en tu instinto —digo en voz alta.

—¿De qué hablas? —pregunta Silas. Está rebuscando en una caja que ha encontrado en el armario, pero se echa hacia atrás de cuclillas para mirarme.

—Confía en tu instinto. No en tu corazón, porque este solo quiere complacer a la gente, ni en tu cerebro, porque se basa demasiado en la lógica.

Asiente despacio, sin dejar de mirarme.

—Charlize, es muy sexy cuando te pones profunda y dices cosas así. Así que, a menos que quieras jugar a otra ronda de Silas dice, es mejor que dejes de ponerte profunda.

Dejo la playera y lo miro fijamente. Pienso en el día de hoy. Pienso en nuestro beso y en que mentiría si dijese que no espero que vuelva a besarme esta noche. Esta vez a solas, sin decenas de ojos mirándonos. Me inclino y arranco un hilo de la alfombra. Noto cómo me ruborizo.

—¿Y si *quiero* jugar a otra ronda de Silas dice? —pregunto.

—Charlie... —empieza a decir con un tono que parece una advertencia.

—¿Qué diría Silas?

Se pone de pie y yo lo sigo. Se pasa una mano por la nuca; el corazón me late tanto que parece que se me va a salir, como si quisiera escaparse antes de que Silas lo atrape.

—¿Seguro que quieres jugar? —pregunta, recorriéndome con la mirada.

Asiento con la cabeza. «¿Por qué no?» Según nuestras cartas, no será la primera vez que lo hagamos. Y lo más probable es que mañana no nos acordemos.

—Estoy segura —digo, intentando parecer más segura de lo que me siento ahora mismo—. Es lo que más me gusta hacer.

De repente, parece decidido, como más presente en su propia piel. Es emocionante verlo así.

—Silas dice que... te quites la blusa.

Arqueo las cejas, pero hago lo que dice. Me levanto la blusa y me la quito. Oigo su respiración entrecortada, pero no soy capaz de mirarlo a los ojos. El tirante del brasier se desliza y me cae por el hombro.

—Silas dice... bájate el otro tirante.

Me tiembla un poco la mano mientras lo hago. Da un paso lento hacia mí y me mira, justo donde aún tengo el brazo cruzado sobre el pecho. Me mira parpadeando. Noto cómo se levantan las comisuras de su boca. Cree que estoy a punto de dejar el juego. Lo noto.

—Silas dice... abre el cierre.

Es un cierre frontal. No dejo de mirarlo mientras lo hago. Noto cómo traga saliva mientras me quito el sujetador y lo sostengo con un dedo. El aire frío y sus ojos me dan ganas de darme la vuelta. Sigue el brasier con la mirada mientras cae al suelo. Cuando vuelve a mirarme, está sonriendo. Pero no. No sé cómo lo hace, parece que está feliz y serio al mismo tiempo.

—Silas dice... ven aquí.

Cuando me mira así, no soy capaz de apartar la mirada. Camino hacia él y, cuando estoy lo suficientemente cerca, viene por mí. Me pone la mano en la nuca y me pasa los dedos por el pelo.

—Silas dice...

—Cállate, Silas —lo interrumpo—. Bésame.

Se inclina y me atrapa los labios en un beso profundo que hace que me eleve para encontrarme con él. Une su boca a la mía en un beso suave, una, dos, tres veces antes de separarme los labios con la lengua. Besar a Silas es algo rítmico, como si hubiéramos tenido más veces que esta para descubrirlo. Me agarra el pelo con fuerza y hace que me tiemblen las rodillas. Me quedo sin aliento y tengo los ojos vidriosos.

¿Confío en él?

«Confío en él.»

—Charlie dice que te quites la camisa —le digo pegada a su boca.

—Este juego se llama *Silas dice*.

Le paso las manos por la piel caliente del abdomen.

—Ya no.

12

Silas

— Nenita Charlie —susurro, deslizando un brazo sobre ella. Pongo los labios en la curva de su hombro. Se remueve y se tapa la cabeza con las sábanas—. Charlie, es hora de levantarse.

Se da la vuelta para mirarme, pero se queda bajo la cobija. La levanto por encima de la cabeza hasta que los dos estamos tapados. Abre los ojos y frunce el ceño.

—Hueles bien —dice—. No es justo.

—Me bañé.

—¿Y te lavaste los dientes?

Asiento y ella frunce más el ceño.

—No es justo. Quiero lavarme los dientes.

Le quito las sábanas de la cabeza, se tapa los ojos con la mano y gruñe.

—Pues lávatelos rápido, vuelve y bésame.

Se levanta de la cama y va al baño. Oigo cómo empieza a correr el agua, pero el sonido queda ahogado enseguida por los ruidos que llegan del piso de abajo. Ollas y sartenes chocando, las puertas de los armarios... Parece que alguien está limpiando. Miro el reloj y son casi las nueve.

«Quedan dos horas.»

La puerta del baño se abre y Charlie sale corriendo, se mete en la cama de un salto y se tapa con las sábanas.

—Hace frío fuera —dice con la boca tiritando. La abrazo fuerte y le doy un beso—. Mejor —murmura entre dientes.

Y eso es lo que hacemos mientras intento perder la noción del tiempo. Nos besamos.

—Silas —susurra mientras le recorro el cuello—. ¿Qué hora es?

Estiro la mano hacia la mesa de noche y miro mi teléfono.

—Las nueve y cuarto.

Suspira, sé exactamente en qué está pensando. Yo también lo estoy pensando.

—No quiero olvidar esta parte —dice, mirándome con ojos que parecen dos corazones rotos.

—Yo tampoco —susurro.

Me besa de nuevo, suavemente. Siento cómo el corazón se le acelera en el pecho y sé que no es porque estemos besándonos debajo de las sábanas, sino porque tiene miedo. Ojalá pudiera hacer que dejara de tener miedo, pero no puedo. La acerco hacia mí y la abrazo. La abrazaría así para siempre, pero tenemos cosas de las que ocuparnos.

—Podemos esperar que suceda lo mejor, pero deberíamos estar preparados para lo peor —le digo.

Ella asiente sobre mi pecho.

—Lo sé. Cinco minutos más, ¿está bien? Quedémonos cinco minutos más bajo las sábanas y finjamos que estamos enamorados como antes.

Suspiro.

—Yo no necesito fingir ahora mismo, Charlie.

Sonríe y me besa en el pecho.

«Le doy quince minutos. Cinco no son suficientes.»

Cuando se acaba el tiempo, salgo de la cama y la ayudo a levantarse.

—Tenemos que desayunar. Así, si llegan las once y nos vuelve a dar eso, no tendremos que preocuparnos de comer durante unas horas.

Nos vestimos y bajamos. Cuando entramos en la cocina, Ezra parece estar recogiendo el desayuno. Ve a Charlie desperezándose y me mira con una ceja arqueada. Debe pensar que estoy tentando a la suerte al tener a Charlie en casa.

—No te preocupes, Ezra. Papá ya me deja que la quiera.

Ezra me devuelve la sonrisa.

—¿Tienen hambre? —pregunta.

Asiento con la cabeza.

—Sí, pero podemos prepararnos algo.

Ezra hace un gesto con la mano.

—Tonterías —dice—. Les haré su desayuno favorito.

—Gracias, Ezra —dice Charlie sonriendo.

Una leve expresión de sorpresa se dibuja en el rostro de Ezra justo antes de que se dirija a la despensa.

—Dios mío —dice Charlie en voz baja—. ¿De verdad era tan desagradable antes? ¿Tanto que era raro que diera las gracias?

En ese momento, mi madre entra en la cocina. Se queda parada al ver a Charlie.

—¿Dormiste aquí esta noche?

Mi madre no parece muy contenta.

—No —miento por Charlie—. La recogí esta mañana.

Mi madre entorna los ojos. No necesito tener recuerdos de ella para darme cuenta de que no se lo cree.

—¿Por qué no están en la escuela?

Los dos nos quedamos callados un momento, pero entonces Charlie suelta:

—Es un día flexible.

Mi madre asiente sin preguntar. Se acerca a la despensa y empieza a hablar con Ezra.

—¿Qué es un día flexible? —susurro.

Charlie se encoge de hombros.

—No tengo ni idea, pero sonó convincente. —Se ríe y luego susurra—: ¿Cómo se llama tu madre?

Abro la boca para responder, pero me quedo en blanco.

—No tengo ni idea. No recuerdo haberlo visto en ninguna de las notas.

Mi madre asoma la cabeza por la despensa.

—Charlie, ¿cenarás esta noche con nosotros?

Charlie me mira y luego a mi madre.

—Sí. Si me acuerdo.

Me río y Charlie sonríe y, durante una fracción de segundo, me olvido de lo que está a punto de volver a sucedernos de nuevo.

Descubro a Charlie mirando el reloj del horno. Noto su preocupación, no solo en los ojos, sino en todo su cuerpo. Le tomo la mano y se la aprieto.

—No pienses en eso —le susurro—. Al menos no hasta dentro de una hora.

—No entiendo cómo es posible que alguien se olvide de lo riquísimo que está esto —dice Charlie mientras da el último mordisco de lo que nos ha preparado Ezra. Algunos lo llamarían desayuno, pero este tipo de comida se merece una categoría propia.

—¿Cómo dijiste que se llama? —le pregunta Charlie a Ezra.

—Pan francés con Nutella —responde.

Charlie escribe «Pan francés con Nutella» en un trozo de papel y dibuja dos corazones al lado. Luego añade la siguiente frase: «Charlie, ¡¡¡odias los cangrejos de río!!!».

Antes de irnos de la cocina, Charlie se acerca a Ezra y le da un gran abrazo.

—Gracias por el desayuno, Ezra.

Ezra se queda parada un momento antes de devolverle el abrazo a Charlie.

—No hay de qué, Charlize.

—¿Volverás a hacerme lo mismo para desayunar la próxima vez?

Ezra se encoge de hombros.

—Supongo que sí.

Mientras estamos subiendo las escaleras, Charlie me dice de repente:

—¿Sabes qué? Creo que es el dinero lo que nos hizo ser malos.

—¿De qué hablas?

Llegamos a mi habitación y cierro la puerta.

—Tal vez éramos unos desagradecidos. Un poco malcriados. No estoy segura de que nuestros padres nos enseñaran a ser buenas personas. Así que, de alguna forma... me alegra que nos haya pasado esto.

Me siento en la cama y me la acerco al pecho. Apoya la cabeza en mi hombro y me mira.

—Me parece que tú fuiste siempre más amable que yo. Pero no creo que ninguno de los dos podamos estar muy orgullosos de quiénes éramos.

Le doy un breve beso en la boca y vuelvo a apoyar la cabeza en la pared.

—Creo que éramos producto de nuestro entorno. Intrínsecamente, somos buenas personas. Puede que volvamos a perder la memoria, pero seguimos siendo los mismos por dentro. En el fondo, queremos hacer el bien. Ser buenos. En el fondo nos queremos. Mucho. Y, pase lo que pase, eso no va a cambiar.

Desliza sus dedos entre los míos y aprieta. Nos quedamos un rato sentados en silencio. De vez en cuando echo un vistazo a mi teléfono. Faltan unos diez minutos hasta las once y creo que ninguno de los dos sabe muy bien qué hacer en ese tiempo. Ya hemos escrito más notas de las que seremos capaces de asimilar en las próximas cuarenta y ocho horas.

Lo único que nos queda es esperar.

13

Charlie

El corazón me late tan fuerte que pierde el ritmo. Tengo la boca seca. Cojo la botella de agua que está en la mesa de noche y le doy un buen trago.

—Esto es aterrador —le digo—. Ojalá pudiéramos acelerar los próximos cinco minutos y acabar de una vez.

Se sienta más recto en la cama y me toma de la mano.

—Siéntate frente a mí.

Me siento frente a él. Los dos tenemos las piernas cruzadas, la misma posición en la que estábamos hace unos días en la habitación de hotel. Recordar aquella mañana me da náuseas. No quiero ni pensar en la posibilidad de que en unos minutos ya no sepa quién es él.

Debo tener fe esta vez. Esto no puede durar para siempre. «¿O sí?»

Cierro los ojos e intento controlar la respiración. Noto cómo Silas me aparta el pelo de los ojos.

—¿Qué es lo que más temes olvidar? —me pregunta.

Abro los ojos.

—A ti.

Me roza la boca con el pulgar y se acerca para besarme.

—Yo igual. Te quiero, Charlie.

Y, sin dudarlo, le digo:

—Yo también te quiero, Silas.

Cuando nuestros labios se encuentran, ya no tengo miedo. Porque sé que, pase lo pase en los próximos segundos, estaré con él, y eso me tranquiliza.

Entrelazamos las manos y dice:

—Diez segundos.

Ambos inhalamos profundamente. Noto que le tiemblan las manos, pero no tanto como a mí.

—Cinco..., cuatro..., tres..., dos...

14

Silas

Lo único que oigo son los latidos de mi corazón. El resto del mundo permanece en un silencio escalofriante.

Nuestros labios siguen unidos, nuestras rodillas se tocan, tenemos los ojos cerrados y nuestras respiraciones se confunden mientras espero a hacer mi próximo movimiento. Estoy seguro de que esta vez no he perdido la memoria. Ya van dos veces seguidas... pero de Charlie no tengo ni idea.

Abro lentamente los ojos para poder ver qué encuentro en los suyos. Permanecen cerrados. La observo durante unos segundos y espero a ver cuál es su reacción.

«¿Se acordará de mí?»

«¿Sabrá dónde está?»

Empieza a separarse despacio y abre los ojos. Su expresión es una mezcla de miedo y sorpresa. Se retira unos centímetros más y me analiza el rostro. Gira la cabeza y echa un vistazo a la habitación.

Cuando vuelve a mirarme, el corazón se me desprende del pecho como si fuera un ancla cayendo. «No tiene ni idea de dónde está.»

—¿Charlie?

Dirige sus ojos llorosos hacia los míos y de repente se tapa la boca con la mano. No sé si está a punto de gritar. Debería haber puesto una nota en la puerta como la otra vez.

Mira la cama y se lleva la mano al pecho.

—Ibas de negro —susurra.

Mira la almohada que tengo al lado. La señala.

—Estábamos justo ahí. Llevabas una playera negra y me reía de ti porque decía que te quedaba demasiado ajustada. Dije que parecías Simon Cowell. Me tiraste en el colchón y luego... —Nuestras miradas se encuentran—. Y luego me besaste.

Digo que sí con la cabeza porque... recuerdo cada segundo de ese momento.

—Fue nuestro primer beso. Teníamos catorce años —le digo—. Pero llevaba queriendo besarte así desde que teníamos doce.

Se vuelve a tapar la boca con la mano. Empieza a sollozar. Se lanza hacia delante y me rodea el cuello con los brazos. La echo sobre la cama y todo vuelve como una gran oleada.

—¿La noche que te descubrieron metiéndote sin permiso? —dice.

—Tu madre me persiguió con un cinturón. Me echó por la ventana de tu habitación.

Charlie empieza a reír entre lágrimas. La abrazo con fuerza, hundo la cara en su cuello. Cierro los ojos y empiezo a ordenar todos los recuerdos. Los buenos. Los malos. Todas las noches que lloró en mis brazos por la forma en que acabaron las cosas entre sus padres.

—Las llamadas —dice en voz baja—. Cada noche.

Sé exactamente de qué está hablando. La llamaba todas las noches y nos quedábamos en el teléfono una hora entera. Cuando nuestros recuerdos nos abandonaron, no podíamos entender por qué hablábamos tanto tiempo cada noche si nuestra relación se estaba desmoronando.

—Jimmy Fallon —le digo—. A los dos nos encantaba Jimmy Fallon. Y te llamaba todas las noches cuando empezaba el programa y lo veíamos juntos.

—Pero nunca hablábamos —dice ella—. Simplemente, lo veíamos juntos sin hablar y luego nos íbamos a dormir.

—Porque me encantaba oírte reír.

Ahora, no solo me invaden los recuerdos, sino también los sentimientos. Todos los sentimientos que he tenido por esta chica se están volviendo a abrir y, por un momento, no estoy seguro de poder asimilarlo todo.

Nos abrazamos con fuerza mientras repasamos toda una vida de recuerdos. Pasan varios minutos en los que nos reímos de los buenos recuerdos, y luego pasan más minutos en los que sucumbimos ante los no tan buenos. El daño que nos causó lo que hicieron nuestros padres. El daño que nos hemos causado el uno al otro. El daño que hemos causado a otras personas. Lo sentimos todo, todo a la vez.

Charlie me agarra la camisa con las dos manos y hunde la cara en mi cuello.

—Duele, Silas —susurra—. No quiero volver a ser esa chica. ¿Cómo podemos estar seguros de que no somos los mismos que antes de que nos pasara esto?

Le paso la mano por la nuca.

—Pero es que *somos* esas personas —le digo—. No podemos deshacer lo que fuimos en el pasado, Charlie. Pero podemos controlar quiénes somos en el presente. —Le levanto la cabeza y sostengo su cara entre mis manos—. Charlie, tienes que prometerme algo. —Le limpio las lágrimas con el pulgar—. Prométeme que nunca volverás a desenamorarte de mí. Porque yo no quiero volver a olvidarte. No quiero olvidar ni un solo segundo contigo.

Ella niega con la cabeza.

—Te lo juro. Nunca dejaré de quererte, Silas. Y nunca lo olvidaré.

Inclino la cabeza hasta que nuestras bocas se encuentran.

—*Nunca nunca.*

Epílogo

Veintitantos años después

Silas va a traer la cena a casa. Lo espero en la ventana de la cocina mientras hago como que lavo verduras para una ensalada. Me gusta fingir que lavo cosas en el fregadero para poder verlo cuando llega a casa.

Su coche aparece diez minutos más tarde; tengo los dedos arrugados por el agua. Cojo un trapo. Ya siento las mariposas en el estómago. Nunca se han ido. Por lo que sé, no es algo normal después de tantos años de matrimonio.

Los chicos salen del coche primero. Jessa, nuestra hija, y luego Harry, su novio. Normalmente, estaría mirando a Silas, pero algo hace que me fije en Jessa y Harry.

Jessa es como yo: testaruda, habladora y distante. Me saca de quicio, pero sobre todo me hace reír con sus ocurrencias. Harry me cae bien; llevan juntos desde que empezaron secundaria y quieren ir a la misma universidad cuando se gradúen el año que viene. Son la personificación del amor adolescente, siempre con la emoción en los ojos y susceptibles como solíamos ser Silas y yo. «Aún lo somos.» Pero hoy Jessa se ha quedado cruzada de brazos a un lado del camino de entrada.

Harry también sale del coche y se pone a su lado. «Deben de estar peleándose», pienso. Jessa a veces coquetea con el vecino y Harry se molesta.

Silas entra un minuto después. Me agarra por detrás, me abraza y me besa el cuello.

—Hola, nenita Charlie —dice mientras me huele.

Me inclino sobre él.

—¿Qué les pasa a esos dos? —pregunto, sin dejar de mirarlos por la ventana.

—No lo sé. Estaban muy raros de camino a casa. Apenas hablaban.

—Oh, oh... —digo—. Debe de ser por el vecino guapo otra vez. —Oigo un portazo y llamo a Jessa desde la cocina—. ¡Jessa, ven aquí!

Entra lentamente, Harry no la acompaña.

—¿Qué pasa? —le pregunto—. Pareces disgustada.

—¿Ah, sí?

Miro a Silas y se encoge de hombros.

—¿Dónde está Harry?

Jessa señala con el pulgar hacia atrás por encima del hombro.

—Está ahí.

—Muy bien, pues prepárense para cenar. Comeremos en cuanto esté lista la ensalada.

Ella asiente, juraría que está a punto de empezar a llorar.

—Oye, Jessa —le digo cuando se da la vuelta para irse.

—¿Sí?

—Estaba pensando que podríamos ir a Miami el mes que viene por tu cumpleaños. ¿Te parece bien?

—Sí —dice ella—. Genial.

Cuando se va, me giro hacia Silas, que está con el ceño fruncido.

—No sabía que íbamos a Miami —dice—. No puedo sacar tiempo libre en el trabajo tan rápido.

—Silas —digo bruscamente—. Su cumpleaños es dentro de seis meses.

Su gesto se relaja y entreabre la boca.

—Ah, sí —dice. Y entonces se da cuenta—. Oh, *oh*. —Se lleva la mano a la nuca—. *Mierda*, Charlie. Otra vez no.

Acerca de las autoras

COLLEEN HOOVER empezó a escribir a los cinco años. Autopublicó su primer libro en enero de 2012 y en pocos meses estaba en la lista de los más vendidos del *New York Times*. Hasta la fecha es autora de más de veinte novelas y cuenta con el reconocimiento y apoyo incondicional de millones de lectores en todo el mundo. Ha ganado el Goodreads Choice Award a la mejor novela romántica en tres ocasiones y su novela *Romper el círculo* se ha convertido en uno de los mayores fenómenos literarios globales de los últimos años. En 2015 Hoover fundó junto con su familia The Bookworm Box, una organización sin fines de lucro que promueve la lectura y cuyos beneficios son donados a distintas organizaciones benéficas.

TARRYN FISHER es autora de quince novelas, ente las que destacan *Nunca, Nunca* y *Tres Mujeres*, así como la exitosa serie *Love Me With Lies*. Ha sido autora *bestseller* del *New York Times* y *USA Today*. Nació en Sudáfrica y vivió ahí la mayor parte de su infancia; ahora reside en Seattle, Washington, con su esposo e hijos.

Agradecimientos

Gracias a nuestros lectores.
Lo son todo para nosotras.

Tarryn y Colleen